中公文庫

カンブリアⅡ　傀儡の章

警視庁「背理犯罪」捜査係

河合莞爾

中央公論新社

CONTENTS

カンブリアⅡ　傀儡の章

警視庁「背理犯罪」捜査係

プロローグ　妖精（一九九七年、刑事・笹野《ささの》雄吉《ゆうきち》の記憶）

その血塗《ちまみ》れの部屋は、注文建築と思われる瀟洒《しょうしゃ》な二階建て住宅の一階にあった。アイランドキッチンと食卓、それにソファーセットが置いてある二十畳ほどのＬＤＫだ。天然木材を使ったフローリングは勿論のこと、珪藻土《けいそうど》が漆喰《しっくい》風に塗られた白い壁にも、綺麗な杢目《もくめ》の板張り天井にも、大量の赤黒い血液が飛び散って固まりかけていた。

その大量に撒《ま》き散らされた人間の血液の中に、自分が立っていることがわかった瞬間、私の胃は一時間ほど前に食った晩飯を危うく逆流させそうになった。その時私は三十三歳で、刑事としては中堅と呼ばれる歳になっていたのだが、それでもこんなに陰惨でむごたらしい現場は初めてだった。

死体は全部で五つ。そのうち二つがこの家に住む夫婦の死体だった。

どちらの死体も、夫婦のどちらかが愛用していた牛刀で首の頸動脈《けいどうみゃく》を切られ、胸や腹も滅多刺しにされていた。壁や天井など高い所を赤く染めている血は頸動脈から噴き出したもので、床に溜まっている血は胸と腹から撒き散らされたものだろう。

この夫婦を殺害したのは、残りの死人三人の中の一人であることがわかった。手袋に付いていた血痕と包丁の握りの血痕が一致したのだ。

そして不思議なのは、夫婦を除く三つの死体の身元だった。

この三人はこの家の住人ではなかったし、死んだ夫婦の知人でもないようだった。三人とも黒い上下を着ており、足はスニーカー履きの土足、顔にはやはり黒いニットの目出し帽を被《かぶ》っていた。晩餐《ばんさん》に招かれた知人とは考えにくい服装だ。さらに三人が着用していた衣服のポケットとボディーバッグから、バタフライナイフ、バール、ロープ、粘着テープなどが見つかった。

つまりこの三人は、この家に侵入した強盗だと考えるのが最も自然だった。

では、なぜ強盗三人の死体が、夫婦の死体と一緒に居間に転がっていたのか？　それはつまり、家に侵入したあと誰かに殺されたということに他ならない。鑑識が下足痕を採取した結果、この家に侵入したのは男四人だということがわかった。つまり強盗は四人いて、そのうちの一人が他の三人を殺害して逃亡したのだ。

不思議なのはこの強盗三人の死因だった。三人の死体はどれも鼻と口と耳から大量の赤黒い血を噴き出していて、それもまたこの赤くて乱雑な部屋の一部となっていたのだが、吐血した理由は、胸を構成する肺胞がぐしゃぐしゃに潰れていたからだった。そして奇妙なことに、身体《からだ》には外傷も圧迫痕も一切見られなかった。

逃亡した男は、一体どうやって三人の仲間の肺だけを潰したのだろうか？

まるで都市伝説の壁抜け男が、人間の胸にずぶりと手を差し込み、皮膚や骨格を通り抜けて内部に届かせ、肺だけを握り潰したかのように見える。しかし、そんなことが可能なのだろうか、可能な筈がない。そんなことが人間にできる筈がない。

一緒に臨場《りんじょう》した検視官は、さんざん頭を悩ませた結果、死因は外傷性の呼吸器損傷、即ち「胸部圧迫による肺破裂による死亡」と判定した。胸部表面には圧迫痕はおろかかすり傷一つないにも拘《かかわ》らずだ。この分ではこのあと死体を検死する監察医もまた、困りに困った挙げ句、この死因を丸写しした死体検案書を作成するのではないか。

「忘れることだよ」

年上の検視官は私の肩を叩いた。

「死因がわからない死体は、これまでにも沢山見てきた。今回の事件では状況から見て、逃げた男が仲間三人を殺したことは間違いない。だから殺害方法など現段階ではどうでもいいことだ。そいつを逮捕できたら、その時に聞き出せばいい。――いいか、理解できない状況に遭遇した時、一番いいのは忘れることだ」

検視官は噛《か》んで含めるように言った。

「なに、大丈夫だ。殺人事件は明日もまたどこかで起きる。その時はきっとわかりやすい死体さ」

しかし私には、この不条理な事件を忘れることなど到底できなかった。また、逃げた一人の賊をどうしても許せなかった。仲間三人と強盗に入り、その家の夫婦を殺し、仲間を皆殺しにし、盗んだ金品を独り占めして逃亡したのだ。必ずその男を捕まえて、あの夜ここで何を行ったのかを全て自白させ、相応《ふさわ》しい罰を与えなければならないと思った。

そして、その男の罪はそれだけではなかった。

この家の夫婦が惨殺された直後、つまり推定時刻十九時前後、何と間の悪いことだろうか、夫婦の一人娘が塾から帰宅した。そしてその男はあろうことか、十五歳になったばかりの中学三年生の少女を、首を絞めながら陵辱したのだ。両親の死体が転がっている床の脇のソファーで。

犯人は事後、窒息《ちっそく》して仮死状態に陥った少女を見て死んだと思ったのだろう。意識不明の少女と五つの死体を放置したまま立ち去った。その結果、不幸中の幸いというしかないのだが、少女は息を吹き返し、蘇生した。一人だけ命が助かったのだ。

隣家が真っ暗で様子がおかしいとの通報を受けて、我々が臨場した二十二時十三分、少女は白いバスローブだけを身に纏《まと》い、浴室前の洗面スペースで気を失っていた。我々はすぐに救急車を呼び、女性警察官が彼女を毛布でくるんで付き添い、中野《なかの》にある警察病院へと搬送した。

医者の許可が下りると私は少女の病室に行き、仕事なのでどうか許してほしいのだが、あの夜何があったのかを何度も根掘り葉掘り聞いた。だが強烈な心理的ショックのせいだろう、少女はあの夜見たことをほとんど覚えていなかった。

彼女が覚えているのは、赤くて乱雑な部屋の中に、愛する両親と知らない男たちの死体が転がっているという非現実的な風景だけだった。帰宅してからそれまでのおぞましい記憶は、全て飛んでしまったのだ。

可哀相な少女にとって、それは幸運なことだった。しかし我々警察にとっては不幸なことだった。極悪非道な殺人鬼に関する情報が、何一つ得られなかったからだ。男は髪の毛一本、指紋一つ残していなかった。残していったのは、全国チェーンの靴店で大量に売っている、ありふれたスニーカーの下足痕だけだった。

――いや。殺人鬼が残していったものは、実はもう一つだけあった。

それは、この家の一人娘の胎内に注ぎ込まれた体液だ。

だが、我々が臨場する直前、意識を取り戻した少女は浴室へ行き、汚《けが》された身体を隅から隅まで石鹼《せっけん》で綺麗に洗い流していた。そして我々がその事実を知ったのは、事件の何日もあとだった。その結果、殺人鬼のＤＮＡを含んだ体液は、下水道へと流れて消えてしまった。

この少女の行為を、誰が責めることができようか。しかし我々は深く落胆するしかなかった。逃亡した男を特定する唯一の手がかりが失われてしまったのだ。

その代わり、少女の証言によって新たな、しかも困った事実が浮かび上がった。

死んだ彼女の母親には、数年前に空き巣に入られた友人がおり、そのせいでこの家庭は防犯に関して非常に意識が高かった。警備会社と契約し、フルカラーのカメラ付きインターホンを設置して、玄関ドアは常時施錠した上にドアチェーンを掛け、さらに内側からしか開かない回転式の補助錠を掛けていたというのだ。

この話が事実であれば、強盗四人が玄関ドアをこっそり開けられた筈がない。しかし、防犯カメラの映像と強盗四人の下足痕は、全員が玄関を経由して侵入したことを証明しており、一方で玄関ドアの鍵もドアチェーンも補助錠も壊されてはいなかった。勿論他の出入り口、窓や勝手口には全く開けられた様子はなかった。

この事実は、何を意味するのだろうか？

四人の強盗は、どうやって外からドアの鍵を開錠し、ドアチェーンを外し、内側に付いている補助錠のレバーを回して、玄関ドアを開けたのだろうか？ 人間にそんなことができる筈がないではないか。

もし、そんなことができる者がいるとすれば——。

私はたった一人だけ、それが可能かもしれない男に思い当たった。三人の仲間の肺胞だけを潰して殺害し、盗品を独り占めして逃亡した、あの男だ。

三重に防犯装置が掛けられたドアを外から開けることと、外傷を付けずに肺胞だけを潰して人間を殺害することは、私には全く同じ種類の不条理で理不尽な行為だと思えた。どちらも人間にできる筈はないのだ。

しかし、ある仮定の上に立てば、どちらも可能だと私は考えた。

男は、手を触れずにものを動かすことができる。こう仮定しさえすれば――。

この男は一体、何者なのだろうか？　いや、この男は果たして人間なのだろうか？

この逃亡した謎の男を探し出すために、私はただ一人生き残った少女を、しばらくの間監視し続けることにした。しばらくというのはそんなに長い期間ではない。ほんの三、四ヵ月間だけ、その少女を見張っていればいいと考えた。

なぜなら少女は、謎の男の子を身籠っている可能性があるからだ。つまり、少女の胎内に謎の男のＤＮＡが生きている可能性があるのだ。三人の賊の死体を検分した結果、この中には少女を暴行した者はいないということが判明した。ということは、逃げた男が少女を陵辱したことになる。

妊娠していることがわかれば、少女はおそらく中絶するだろう。その前に産婦人科に手を回しておけば、堕《お》ろされた胎児の組織から、そのＤＮＡ型が手に入る。そしていつか謎の男と思《おぼ》しき人物が発見された時、その男が今回の強盗殺人事件の真犯人《ホンボシ》なのかどうか、少女が宿した胎児のＤＮＡ型が、決定的な証拠となる――。

そして、口にするのも憚《はばか》られることだが、勇気を出して正直に言おう。

警察官としてはあるまじきことだが、私はいつの間にか、このとても人間とは思えない殺人犯に惹《ひ》かれていた。いつの間にかその存在に魅せられていた、と言ってもいいかもしれない。

外からドアの二つの鍵を解錠してチェーンを外してしまう男。外傷を与えずに人間の肺胞だけを潰すことができる男。そんな信じられない能力を持つ人物に、この世に存在するとは到底信じられない存在に、どうしても会ってみたいという気持ちが抑えられなくなったのだ。

私が謎の男を追い求める情熱は、すでに犯人を追う刑事のそれではないのかもしれなかった。喩《たと》えて言えば、一度だけ目の前を横切った極めて稀少な蝶を、生涯を懸けて追い続ける昆虫学者のような、あるいは遠い森の中に棲《す》むという妖精を探しに、長い旅に出る少年のような、そんな狂信的《ファナティック》な高揚を感じてしまっているのかもしれなかった。

私はいつしか、謎の男を捕まえるためならば、私の人生の全てを捧げても構わないと思うようになっていた。

そして何の根拠もなく、いつか自分が、その謎の男に巡り会うことができるような気がしていた。

01　衝突

「もしもし？　僕だ。今、中央道に入ったから、あと十分くらいで着くよ」

十二月二十七日、午後四時二十分――。

陽も傾きかけた東京、地上十ｍを網の目のように走る首都高速道路。ヒーターを効かせ、屋根を全開にした白いアウディR８スパイダーの左側運転席で、その男はさも愉快そうに喋っていた。

サイドウィンドウを下げたドアに左肘を置き、右手で軽くハンドルを握っている。目にはクラシカルな丸い眼鏡《めがね》、白いジャケット、ゴールドと赤のアスコットタイ。その男の顔は、日本に住んでいる者なら誰でも知っているだろう。月曜日から金曜日まで、夜のゴールデンタイムに放送される報道番組の司会者、早見《はやみ》市朗《いちろう》だ。局アナから独立して丁度十年目の五十六歳。

「いやあ、マスコミ連中を撒くのが大変で疲れたよ。あいつらのしつこいことと言ったら、まるで食い物にたかる蠅みたいでさ。まあ自分も仕事柄、他人のことは言えないけどね。――それより、早く君に会いたいな」

車の中は早見だけ、他には誰もいない。喋っている相手は、世田谷《せたがや》区の蘆花恒春《ろかこうしゅん》園《えん》脇に建つ高級マンションにいる。早見はスマートフォンを車載用のスピーカーホンに接続してハンズフリーで通話していた。早見の猫なで声から察するに、話している相手は若い女性のようだ。

「え？　選挙運動？　大丈夫、大丈夫。少しぐらいサボったって問題ないさ。新聞の調査じゃ人気は僕がトップなんだから。まあ、相手が死に損ないのジジイと、薹《とう》の立ったババアだから、最初から負ける気はしてないけどね」

来年の一月三十一日、現職の東京都知事・中園薫子《なかぞのかおるこ》の任期が満了を迎える。そのため東京都選挙管理委員会は十二月二十四日に選挙を告示、投票日を十七日後の一月十日に設定した。早見市朗が東京都知事選挙への立候補を表明したのは告示日の前日、十二月二十三日のことだった。

十数人の泡沫《ほうまつ》候補を別にすると、選挙戦を争うのは実質三人。まず、現職の都知事である中園薫子、四十歳。次に、政府与党・自由民守党の都議会幹事長である藪田政造《やぶたせいぞう》、七十三歳。そして三人目が、無所属で出馬したニュースキャスターの早見市朗だ。そしてこの三人の支持率は拮抗《きっこう》し、三竦《さんすく》み状態となっていた。

中園は現職の都知事ではあるものの、前回の選挙で「待機児童をゼロにする」「電線を全部地下に埋めて電柱をなくす」「通勤電車の混雑を完全に消滅させる」といった夢のような公約を掲げた結果、一つも達成できず、都民の不満を集めていた。

藪田幹事長は「都議会のドン」と呼ばれる実力者で、政府与党・自由民守党の全面的なバックアップを受けて着実に票を集めていた。七十三歳という年齢や泥臭い容貌から、有権者の好感度は決して高くなかったが、いざ投票になると最後に強いのは藪田かもしれなかった。

そして早見だが、テレビ番組のメインキャスターとして知名度は抜群で、甘いマスクと抜群のファッションセンスも相まって、主婦層を中心に人気を集めていた。また番組でニュースに言及する際の毒舌とも言える鋭い舌鋒《ぜっぽう》も、政治経済に通じた知的な印象を視聴者に与えていた。そのため事前調査でも中園・藪田を上回る勢いだった。

電話の向こうで相手が何事かを言ったようだ。それを無言で聞いたあと、顔を曇らせながら早見が答えた。

「勿論、カミさんとはちゃんと話をしてるさ。ただね、あっちも女優という人気商売である以上、ドラマの放送時期とかCMの契約とか、いろいろ厄介な問題がある。だから、今すぐ離婚って訳にはいかないんだよ。それは君にも何度も説明しただろう?」

早見の妻は、結婚した時には「トレンディードラマの女王」の異名を持っていた人気絶頂の美人女優だが、そんな人もうらやむ結婚生活を続けながらも、早見は次々と若い娘に手を出し続けていた。勿論、離婚する気などない。

早見は急いで話題を変えた。

「それより君の誕生日だけどさ。素敵なレストランの予約が取れたんだ。え？　どこかはまだ言えないよ。でもミシュランでも毎年星を獲《と》ってて、予約が一年先まで一杯の人気店なんだ。勿論シャンパーニュだって揃ってる。――ああ、いいとも。君の好きなキャビアも頼んでおこう。ブリニとサワークリーム、エシャロット付きで」

車は高井戸《たかいど》インターで首都高速を降り、環状八号線を左折して南へ向かった。その先に蘆花恒春園がある。

ふと、早見は右上のルームミラーを見上げ、そして首を傾げた。鏡の中に、すぐ後ろを走っている黒い国産車のセダンが映っているが、その車に早見は見覚えがあるように思えたのだ。そう、麻布十番《あざぶじゅうばん》にある個人事務所を出たあと、鳥居坂《とりいざか》あたりで渋滞に巻き込まれた。その時にもあの黒い車が真後ろにいたような気がした。

――まさかな。早見は一人苦笑した。都知事選に出馬してから、これまで以上にマスコミに追われるようになった。そのせいで神経過敏になっているのだろう。黒いセダンなどいくらでも道路を走っている。

黒いセダンを運転しているのは、サングラスをかけた男だった。歳は三十代くらいだろうか。助手席に同乗者はいない。それはカメラマンが乗っていないということであり、自分を追いかけているマスコミの車ではない。早見は後続車への興味を失った。

環状八号線は順調に流れている。やがて前方に陸橋が見えてきた。甲州街道《こうしゅうかいどう》の上を通過する高井戸陸橋だ。これを登って降りれば、あと一㎞ほどで蘆花恒春園に着く。

早見は右折に備え、右側の追い越し車線に移動した。そして陸橋の緩《ゆる》やかな登り坂を駆け上がるため、軽くアクセルを踏んだ。最大五百八十馬力の五千ccV10エンジンを持つアウディR8スパイダーは、運転する早見に何のストレスも感じさせず、滑らかに加速しながらぐんぐんと緩い坂を登り始めた。

陸橋の頂《いただき》を越えて下りに差し掛かった時、早見は向こうから大型トラックがやってくるのに気が付いた。トラックも追い越し車線を走っている。環状八号線は着工が一九五六年で、当時の自動車に合わせて車線も狭い。トラックは白線の中を一杯に専有しながら猛スピードで走ってくる。もうすぐ早見のすぐ右側を通過し、すれ違う。

こっちはオプション含め三千万円近くを払ったドイツ製の高級オープンカーだ。まさかとは思うが、バックミラーがトラックに接触してはかなわない。この陸橋には上下車線の間に中央分離帯がないのだ。早見は左側をバックミラーで確認すると、一旦左側車線に移るためハンドルを軽く左に切った。

――いや。切ろうとしたが、ハンドルは微動だにせず、早見のアウディはそのまま直進を続けた。

早見は首を捻《ひね》った。そして今度は力を込めてぐいと左へハンドルを切ろうとしたが、それでもハンドルはぴくりとも動かず、アウディはまるでレールの上を走るかのように方向を変えようとはしなかった。

道路の轍《わだち》が深いのか？　早見は考えた。しかし田舎の砂利道ならいざ知らず、アスファルトで舗装された東京の幹線道路にそんなに深い轍がある訳がない。ではパワーステアリングが故障したのか？　それもありえない。先々月車検を通したばかりだ。

異常はそれだけではなかった。突然エンジンの回転がぐおんと上がり、アウディが急加速を始めたのだ。やがて早見は気が付いた。車が勝手に直進を続け、加速しているのではない。自分の両手が勝手にハンドルを固定していて、自分の右足が勝手にアクセルを踏み込んでいるのだ。

「お、おい、何やってんだよ？」

思わず早見は、自分の手足を見ながら話しかけた。だが、両手はハンドルをびしりと構え続け、右足はアクセルを踏み込み続けた。

アウディは陸橋の下り坂を加速しながら下り始めた。速度計の針がどんどん右に傾いていく。七十、八十、九十、百、百十、百二十km――。

突然、早見の両手が、早見の意思に逆らって、アウディのハンドルをぐいと右に切った。大型トラックが走ってくる、対向車線の追い越し車線に出たのだ。

凄まじい音のクラクションが響いた。大型トラックのクラクションだった。だが早見にはどうしようもなかった。何しろ手足が全く自分の言うことを聞かないのだ。早見はただ茫然《ぼうぜん》としながら、大型トラックに向かって疾走するアウディの運転席に座っているしかなかった。

早見の車を避《よ》けようと、大型トラックはハンドルを左に切った。だがそこには並走するステーションワゴンがいた。大型トラックはワゴンの側面にぶつかり、ワゴンは側面の防音壁にぶつかって横転した。だが大型トラックも衝突の反動で元の車線に戻り、早見のアウディに向かって再び直進を始めた。

「た、助けて!」

思わず早見は大声で叫んだ。そして叫びながら接近する大型トラックの運転席を正面から見た時、運転している若い男と目が合った。運転手は顔を歪《ゆが》ませながら、目と口を一杯に開いていた。絶望した人間の顔だった。

その表情を見た早見はなぜか無性に可笑《おか》しくなり、ハンドルを握ったまま大声でげらげらと笑い出した。

もう何もかもがどうでもよかった。

02　暴走

十二月二十八日、午後五時四十五分。東京・新宿《しんじゅく》駅西口——。

東都百貨店前を通る道路の左側車線に、一台の白い選挙カーが駐《と》まっていた。その屋根に載っている櫓《やぐら》のような箱の中で、背広姿の銀髪の男が左手にマイクを持ち、右拳を振り上げながら熱弁を振るっていた。水産市場で競《せ》りをする男のような濁声《だみごえ》が、周囲のビルに反響して、エコーがかかったようにわんわんと響いている。

「皆さんご存じでしょうか？　東京都の一般会計と特別会計を合わせた予算は約十三兆円。これはスウェーデンの国家予算と同じなんです。また都内総生産で言えば、なんと約九十三兆円。これは、オランダ一国の国内総生産よりも多いんですよ」

選挙カーの車体と櫓の壁には、太く角張った文字で「東京都知事候補　自由民守党公認　東京都議会幹事長　藪田政造」と書かれている。

「つまり東京都は、世界中の国の中に入れても、上から数十番目に入るほどの巨大な経済圏なんです。その東京を、ですよ？　任せられますか？　あんな女性に」

ここで勘のいい支持者たちがどっと沸いた。それを満足そうに眺め回すと、藪田幹事長はマイクを握り締めながら続けた。

「今回の都知事選は、私とお二人の候補者による三強の戦いなどと言われておりましたがね、皆さんご存じの通り、昨日、その中のお一人が交通事故で亡くなりました。驚きました。まことに悼《いた》ましい限りであります」

昨日交通事故で死んだ人物とは、テレビの報道番組でメインキャスターを務めていたフリーアナウンサー・早見市朗のことだ。藪田と同じく東京都知事選挙に立候補、最有力とも囁《ささや》かれていたが、環状八号線の陸橋を自家用車で通過中、なぜか対向車線にはみ出して大型トラックと正面衝突したのだ。即死だった。

「だから二強になった訳ですけれども、私以外のもうお一方というのが、一体どんなお方か、皆さんよくご存じですよね？」

藪田幹事長は嫌悪感に顔を歪めながら、聴衆をぐるりと見渡した。

「若い頃、海外特派員で人気が出たから政治家になって、当時の女性ブームに乗っかって大臣候補と言われるようになったけれど、総理大臣の宇倍《うべ》さんに嫌われて大臣の目がなくなったもんで、都知事にでもなろうか、都知事しかないかって都知事になった、あの女性ですよ。つまり、でもしか都知事ですよ」

聴衆から再び大きな笑いが沸き起こった。「あの女性」という言葉が中園薫子を指すことは、誰の耳にも明らかだった。

「都民の皆さん、どう思いますか？　東京都の都知事という、一国の元首にも匹敵する大変な要職の肩書を、まるで自分を飾るアクセサリーかなんかだと思っているような、そんな不心得な女性に東京を任せられますか？　私たちが暮らす大事な大事な街を、故郷《ふるさと》を、任せられますか？」

そうだ、その通り、という叫び声が飛び交い、選挙カーを取り囲む人々が拍手した。

「私はね、自由民守党の都議会幹事長として三十六年、歴代のいろんなタレント都知事たちを縁の下で支えて、その尻拭いをしてきました。小説家やら、放送作家やら、雑誌記者やら、国際政治学者やら、まあいろいろいらっしゃいましたよ。その全員が、こう言っちゃ申し訳ないけど、政治の素人《しろうと》ばっかりでしたよ」

その時、遠くから荒々しい車のエンジン音が響いてきた。巨大な乗り物のエンジンが太いトルクで車輪を回している音だ。新宿駅の西側の、藪田が選挙カーを駐車している広い道路を、青梅《おうめ》街道の方向からこちらに向かって近づいてきている。エンジン音は徐々に大きくなってくる。集まっている聴衆は、迷惑そうな顔で道路の方向を睨んでいる。

選挙カーの櫓の上で演説している藪田には、エンジン音の主《ぬし》が見えていた。東都百貨店に向かって左側から走ってくるのは、銀色に光るタンクを搭載した巨大なタンクローリーだ。

「でもね、皆さん！」

そのエンジン音に負けないよう、藪田はさらに声を大きくした。

「私は違いますよ！　自分で申し上げるのもおこがましいが、政治においてはプロ中のプロですから！　この三十六年もの間、ずっと都政を支えてきたのは、歴代のタレント都知事たちじゃあない。この私なんですよ！」

タンクローリーは轟音《ごうおん》を上げながらスピードを増し、選挙カーに接近してくる。

「皆さんおわかりでしょう？　あのでもしか都知事と、都政のベテランである私、一体どちらが東京都知事にふさわ――」

選挙カーの上に立っている藪田幹事長が、ふいに言葉を止めた。ビル街に響き渡っていた野太い声が、残響を残してふっと消えた。新宿駅西口の東都百貨店前に、一瞬、不穏な静寂が訪れた。選挙カーを取り囲む聴衆は、藪田幹事長が左を凝視していることに気が付いた。そして藪田幹事長は何を見ているのかと、一斉にそちらを見た。

その時だった。

どどおん、という地鳴りのような轟音が響いた。同時に聴衆は、巨大な獣のようなものが空高く飛び上がり、自分たちに向かって襲いかかってくるのを見た。

それは全長約十二mの巨大なタンクローリーだった。

新宿駅西側の道路を走行していたタンクローリーが、全速力で選挙カーに向かって突進してきて、その手前に停車していたセダンに乗り上げて車体を宙に浮かせ、まるで巨大な野獣が後ろ足で飛び上がったかのように、腹を見せながら、選挙カーとその周囲に集まった聴衆に落下してきたのだ。

選挙カーの周囲の人々は、悲鳴を上げながら我先に逃げようとしたが、ぎっしりと寿司詰め状態だったため、満員のプールに浸かっているかのようにもがくばかりで、ほとんどその場を離れることができなかった。

選挙カーの屋根に造られた櫓の上、藪田幹事長の隣にいた党員たちは、我先に飛び降りた。その中の誰かに突き飛ばされ、藪田幹事長は尻餅を搗《つ》いた。

その真上に、巨大なタンクローリーが落ちてきた。

藪田幹事長は、選挙カーの櫓の中央に座り込んだまま、絶望の表情で落下してくるタンクローリーの腹を見上げた。その顔に、巨大な車が作る黒い影が差した。

ああ、落ちてくる。

なんてでっかい車だ。

まるで、ビルが倒れてくるみたいだ――。

藪田幹事長には、自分に向かって落ちてくる巨大な物体をじっと凝視する以外、できることはもう何もなかった。

そして彼は死の直前、巨大なものが落下する時は、スローモーションのようにゆっくり見えるものなのだなあと、奇妙な感慨に耽《ふけ》っていた。

03　惨劇

宵闇の中、甲高《かんだか》いサイレンの音が二重三重に重なって鳴り渡っている。泣き叫ぶ女性の声が響いている。ガソリンの燃える臭いが鼻を突く。炎を上げて燃える巨大なタンクローリーに向かって、ホースを持った消防隊員が白く泡立つ液体を放射している。危険ですから退《さ》がって、押さないで、道を開けてという警察官の苛立った怒号が聞こえる。

新宿駅西口に建つ東都百貨店前の歩道は、まさに地獄絵図と化していた。既に犠牲者と重傷者は病院へ搬送されているが、まだ何人かの軽傷者が座り込んで手当てを受けている。道路には赤黒い血液が流れ、ガラスやプラスチック片、鞄、靴、上着が散乱している。まさに酸鼻《さんび》を極める事故現場だ。

選挙カーが駐車していた道路はパトロールカーによって両側を封鎖され、消防車と救急車の他にも、事故処理車、誘導標識車、交通鑑識車、ステレオカメラ車といった警視庁交通部の特殊車両が取り囲んでいる。

十二月二十八日、午後六時五十分――。

今からほぼ一時間前の午後五時五十四分、東都百貨店前で行われていた東京都知事候補・藪田政造の街頭演説会場に、巨大なタンクローリーが突入するという、前代未聞の大事故が発生した。藪田幹事長は即死。選挙カーの周囲にいた大勢の聴衆にもかなりの被害が出ているようだった。

ただ、不幸中の幸いと言うべきか、タンクローリーが背負っていた銀色のタンクの中身は、菓子製造用の液体チョコレートだった。石油や高圧ガスなどの可燃物であったら、死傷者数も被害金額も数倍に、いや数十倍に増えていただろう。

「酷《ひど》いや――」

若い男が口をハンカチで押さえながら、沈痛な表情で呟《つぶや》いた。

濃紺のスーツ、ベージュの短いステンカラーコート。痩せ型の体型、髪の毛全体を濃いブラウンに染めているが、これは地毛《じげ》の中に金髪のメッシュが入っているので、それを隠すためだ。警視庁刑事部捜査第一課・第四特殊犯捜査・特殊犯捜査第八係、通称「特殊八係」の刑事、閑谷一大《しずたにかずひろ》巡査。二十三歳。

「畜生――」

無精髭《ぶしょうひげ》を伸ばした中年の男が、怒りを露わにしながら、ぼさぼさに伸ばした頭をばりばりと掻《か》きむしった。

黒のスーツに黒いネクタイ、ホワイトシャツ、黒のトレンチコートという、葬式帰りのような黒ずくめの格好。関谷が所属する特殊八係の係長、尾島到《おじまいたる》警部補。三十八歳。通常、係長の階級は警部だが、次の昇任試験に必ず合格するという条件で、特殊八係の係長を任されている。

尾島は事故現場を眺めながら、無意識に右手でポケットの中を探っている自分に気付いて、忌々しげに舌打ちした。禁煙してもう一年ほどになるが、今でも感情の昂《たかぶ》りを感じると、つい煙が喉を通過する感触を求めてしまう。

ポケットから右手を出し、尾島は深呼吸して興奮を鎮めながら呟いた。

「昨日、ニュースキャスターの早見市朗が運転中の衝突事故で死亡。そして今日は、自由民守党の都議会幹事長・藪田政造。東京都知事選の有力候補者三人のうち二人が、相次いで交通事故に遭って死んだ、か――」

関谷は厳しい表情のまま、尾島を見た。

「マル能ですね？　トウさん」

「それを確認するのが、俺たちの仕事だ」

無表情に答えたあと、尾島は顔をしかめた。

「だから、イチ。そのトウさんってのはやめろって言ってるだろう。知らない人が聞いたら、親子だと思われる」

トウさんとは尾島の名前の到を音読みしたもので、閑谷が勝手に付けた呼び名だ。
「じゃあ、尾島さんだから、オジさん？」
首を傾げる閑谷に、尾島は息を吐きながら諦めたように言った。
「やっぱり、トウさんでいい」

尾島と閑谷の二人が所属する特殊八係は、十二月二十八日、つまりまさに今日設立されたばかりの新しい部署だ。現在のメンバーは、係長の尾島、閑谷、それに笹野雄吉《ささのゆうきち》警部補の三人。特殊八係が何の目的で新設されたのか、その事情を知る者は、捜査第一課長の巌田尊《いわたたける》警視正などごくわずかしかいない。

それは、特殊八係が「背理《はいり》犯罪」の捜査のために設立された部署だからだ。

この世の中には、「常識に反した能力」を持つ人間が確かに存在する。そのことを尾島と閑谷は、とある事件を通じて知った。東京都三鷹《みたか》市で起きた殺人事件だ。

住宅の二階に住む若い女性が死体で発見された時、鑑識も検視官も病気による心停止だと判断した。病院以外の死亡案件ということで捜査第一課から臨場した尾島も、それを疑わなかった。しかし、三鷹署から臨場した閑谷巡査が殺人事件である可能性を強く訴えたため、やむなく捜査を再開すると、尾島も現場と死体にいくつかの不審な点を見出した。

最も奇妙なのは、解剖で死体の心臓に発見された五ヵ所の損傷だった。何者かが右手で心臓を掴んだとしか考えられない痕跡。そして階下に住む大家への事情聴取の結果、大家が以前よりこの女性を天井越しに盗視しており、女性が恋人ではない男を連れ込んだことに腹を立て、階下から心臓を掴んで殺したことを自白した。

つまり大家には天井や壁の向こう側を透視する能力があり、また同時に、離れた場所にある物を、手を触れずに動かす能力を持っていたのだ。

尾島は捜査の途中、高山宙《たかやまひろし》というやはり奇妙な能力を持つ青年とも遭遇した。この出会いによって尾島は奇妙な能力の存在を知り、このような能力を持つ者が何人も存在することを知ったのだ。

尾島は監察医・大谷無常《おおたにむじょう》の助言から、今回確認された奇妙な能力を「背理能力」と名付けることにした。そしてこの能力を持つ者を「背理能力者」または符牒《ふちょう》で「マル能」、マル能が起こした犯罪を「背理犯罪」、背理犯罪を起こしたマル能を「背理犯」と呼ぶことになった。

実は、以前より捜査第一課で扱う事案には「事故死でも自殺でもない死亡例」が複数存在し、これを「0《ゼロ》号事案」と呼んで継続捜査のために蓄積していた。この0号事案の中のいくつかが、ことによると全部が背理犯罪だという可能性も考えられた。

巌田捜査第一課長は、背理能力者と背理犯罪の存在を公表するのは時期尚早と考え、三鷹事件の解決後は、捜査を担当した尾島を中心として、背理犯罪を極秘に捜査する専任部署を設立することにした。これが第四特殊犯捜査・特殊犯捜査第八係である。

第四特殊犯捜査に所属するのは特殊八係だけだ。即ち特殊八係は、捜査第一課長の直属部署ということになる。


「確かに、捜査第一課《ソウイチ》の巌田課長から話は聞いている」

制服制帽の壮年の男が、尾島と閑谷を冷ややかな目で見た。山元巧《やまもとたくみ》警視、五十二歳。警視庁交通部・交通捜査課・交通捜査第一係の交通事故事件捜査統括官。

交通事故事件捜査統括官とは、死亡・重傷事故の中でも「特定事故事件」、即ち救護義務違反に係るもの、危険運転致死傷罪の適用が見込まれるもの、一方当事者の供述以外に証拠が得られないおそれがあるもの、及び警察職員が一方当事者であるものが発生した場合、事故現場に臨場して捜査を統括するのが任務だ。

「だが、捜一《そういち》なら特殊三係がすでに臨場している。君たち、今頃やって来て一体何をするというんだ？　事故の情報が必要なら、特殊三係に聞いたらどうだね？　見ての通り、我々は現在多忙を極めているんだ」

特殊三係、正式には特殊犯捜査第三係。航空機、列車等での事故、爆破事件、爆発事故、労働災害による業務上過失致死傷事件の捜査にあたる部署だ。今回のような政治的テロの可能性も考えられる事故では、真っ先に出動する。

「ごもっともです。ご多忙中、まことに申し訳ありません」

尾島が頷《うなず》いて続けた。

「ただ我々特殊八係は、特殊三係とは異なる視点と方法で、独立して事件の捜査を行う部署ですので、予断を避けるためにも、山元統括官から直接お話を伺いたいのです。巌田課長からもそのようにお願いがあったと思いますが」

山元統括官が怪訝《けげん》な顔で聞いた。

「特殊犯捜査は七係までじゃなかったのか？　八係なんていつできたんだね？」

「はいっ、本日できたてのホカホカです！」

尾島の横で、閑谷がびしりと敬礼した。

「ご存じのように特殊犯捜査係は誘拐事件への対応のために設置されましたが、時代とともに交通機関でのテロやインターネット犯罪など新型の特殊犯罪が増加する一方で、すでに七係まで増員してきたにも拘らず手が回らない状況となり、新たに私《わたくし》ども八係が遊軍的部署として設置され、あらゆる特殊犯罪について各係の捜査のサポートを――」

「ああ、わかった。もういい！」

山元統括官は右手をひらひらと振って、閑谷の言葉を遮《さえぎ》った。

「巌田警視正からの直々の要望とあっては仕方がない。こちらもまだ各班から報告を集めている最中だが、現時点で入手している情報を特別に伝える。マスコミにはのちほど私から発表を行うから、聞かれても一切漏らさないように」

「ありがとうございます」

「絶対に漏らしません！」

尾島と閑谷が頭を下げると、山元統括官は書類を挟んだバインダーを手にとって説明を始めた。


事故を起こしたタンクローリーの所有者は、アオミ製菓株式会社。田無《たなし》にある原料工場を出て青梅街道を走行したあと、新宿駅の西側を通る東京都道四一四号線、通称・四谷角筈線《よつやつのはずせん》を通り、一般道で青海《あおみ》の製菓工場へ向かう予定だった。

しかし、新宿駅西側にある東都百貨店の手前百mあたりまで来ると、タンクローリーは急にスピードを上げ、左側車線で街頭演説を行っていた藪田政造候補の選挙カーに向かって猛然と突進を始めた。これは東都百貨店前の歩道橋にいた目撃者の証言だ。

その時、選挙カーの手前に新聞社のセダンが駐車していた。タンクローリーは勢いよくその上に乗り上げ、ジャンプするように車体を宙に浮かせ、腹から落下して選挙カーを押し潰した。

この結果、選挙カーがクッション代わりとなり、タンクローリーの運転手は奇跡的に命を取り留めた。だが、選挙カーの屋根の櫓にいた藪田候補は即死。周囲にいた聴衆十三名が死亡、軽重傷者合わせて二十一名が負傷した。なお、この数は現時点で判明している数字だ。

タンクローリーの運転手は、搬送される救急車の中で錯乱した様子を見せ、「大変なことをしてしまった」と繰り返し呟いていたという。

そして山元統括官は、こう結論付けた。

「事故の原因は、運転手の過失か健康異常だ。具体的には運転手に居眠り、脇見、スマホの操作などの過失があったか、もしくは運転手に目眩《めまい》や発作を伴うなど運転に支障を来《きた》す病気、精神疾患、脳神経障害などがあったかだ。運転手の状態が回復し、事情聴取できるようになれば、どちらかはっきりするだろう」

状況にもよるが、過失のみの場合は過失運転致死傷罪、七年以下の懲役もしくは禁錮、または百万円以下の罰金。運転に支障が生じる病気を認識して放置していた場合は病気の影響による危険運転致死傷罪、死亡事故なので二十年以下の懲役刑となる。

「統括官、念の為にお聞きしたいのですが」

手帳にメモを取りながら、尾島が口を開いた。

「今回の事件に、何か不審な点は感じませんでしたか？」

「不審な点？」

山元統括官は怪訝な顔で尾島を見た。

「もしかして君が言いたいのは、今回の大惨事が事故ではなく、タンクローリーの運転手がテロや個人的な恨みで、計画的に藪田候補を殺害した、ということか？」

尾島は口を濁《にご》した。

「ええ、まあ、そういった何らかの作為を感じた、とか」

「それはないね」

山元統括官はあっさりと否定した。

「さっきも言った通り、あのタンクローリーは以前から本日のスケジュールとルートが決まっていて、田無を出発して新宿駅西側を通り、湾岸の青海へと向かう予定だった。その通過する道路で、通過する時刻に、テロのターゲットや怨恨《えんこん》の対象である人物がたまたま路上にいるなど、確率的にありえない」

「はい！　質問です！」

閑谷が右手をさっと上げた。

「何者かがタンクローリーのブレーキを壊してた、ってことはないでしょうか」

「どうしてそう思うんだね？」

山元統括官が聞くと、閑谷は胸を張って答えた。

「さっき気が付いたんですけど、路面にブレーキ痕がなかったんです。運転ミスや病気でも、ぶつかりそうになったら反射的にブレーキを踏むんじゃないでしょうか？　急ブレーキをかけたら道路にブレーキ痕が残るって、警察学校で教わりました。だから、誰かにブレーキを壊されてたんじゃないかって――」

「折角のお説だが」

山元統括官は薄く笑った。

「あのタンクローリーにはABSが装備されていた。だから、急ブレーキを踏んでも道路にブレーキ痕は残らないんだ。警察学校で習わなかったか？」

ABS、アンチロック・ブレーキ・システム。急ブレーキを踏んでも制動力を残すためにタイヤをロックさせない装置で、道路にはブレーキ痕が残らない。最近の車にはかなりの確率で搭載されている。

「それに田無から新宿まで、あの車は正常に走行してきている。新宿まで来たところでいきなりブレーキが壊れるような細工ができるものかね？　一応、タンクローリーの車体はイタルダで詳細に分析するが、異常は発見されないと思うね」

イタルダとは、公益財団法人・交通事故総合分析センターの略称だ。一九九二年に警察庁、運輸省、建設省の認可により設立された公益財団法人で、国家公安委員会から道路交通法第六章に基《もと》づく「交通事故調査分析センター」の指定を受けている日本で唯一の法人である。

　山元統括官は、二人を順に見ながら言い放った。

「いいか、交通事故に関する限り君たちは素人なんだ。我々プロに任せてとっとと引き上げたほうがいいと思うがね。いろいろ嗅ぎ回るだけ時間の無駄だ」

「そんな言い方──」

　口を尖らせた閑谷を右腕で制して、尾島は頭を下げた。

「仰《おっしゃ》る通りです。もう一つ、ご教授頂いてもいいでしょうか？　何分《なにぶん》、交通事故については素人なものですから」

「何だね？」

「歩道橋にいた目撃者は、タンクローリーが東都百貨店の手前百mあたりまで来ると、急にスピードを上げて選挙カーに突進した、そう言っていたんですよね？」

「ああ、そうだ」

　すると尾島は首を捻った。

「そこがどうにも気になるんですよ。過失にせよ病気にせよ、なぜ運転手は衝突の前にアクセルを踏み込んだんでしょうね？　自分の運転している車が暴走を始めたら、普通は何とかして止めようとすると思うんですが」

「それは──」

山元統括官は一瞬言葉に詰まったが、すぐに気を取り直して答えた。

「それはつまり、あれだ。暴走でパニック状態になって、ブレーキとアクセルを踏み間違えたとか、あるいは発作や痙攣《けいれん》が起きた際に身体が硬直し、足が突っ張ってアクセルを踏んでしまったとか、そういうことだろうな」

「なるほど。いや、それなら大いにありえますね」

尾島は感心した顔で、深々と頭を下げた。

「どうもありがとうございました。おかげさまで大変勉強になりました」

顔を上げると、尾島は思い出したように聞いた。

「タンクローリーの運転手は、どこの病院に？」

「中野の東京警察病院だ」

「医者の許可が下りたら、運転手に話を聞いてもよろしいですか？」

すると山元統括官は不愉快そうな顔になった。

「私の言葉を信じないのかね？　今、詳細に説明してやっただろう」

閑谷が慌てて否定した。

「いえいえ！　何でも裏を取れって警察学校でも言われましたから、それで」

山元統括官は疑わしげな表情になった。

「まさか君たち、本当にこれが殺人事件だと疑ってるんじゃないだろうね？」

尾島は真面目な顔で首を横に振った。

「とんでもありません。私も統括官の仰る通り、運転手の過失か病気だろうとは思うんですが、刑事《デカ》の職業病って奴ですかね。人死《ひとじに》が出ると殺人《コロシ》じゃないかとついつい考えてしまいまして。まあ、念の為って奴です」

山元統括官は不愉快そうに鼻を鳴らした。

「人を見たら殺人犯と思えか。結構な心掛けだ。友人はできんだろうがな」

「そんなこと、大きなお世話——」

怒りを見せようとした閑谷の言葉を、尾島が遮った。

「ええ、そうなんです。そのせいで私、この歳まで独り者でして」

平然と笑顔で答えたあと、尾島は付け加えた。

「それに昨日の件もありますのでね、どうしても疑《うたぐ》り深くなってしまいまして」

昨日の件とは勿論、藪田幹事長と同じく東京都知事選に立候補していた人気キャスター、早見市朗の死亡事故のことだ。

山元統括官が、また薄笑いを顔に浮かべた。

「昨日って、早見市朗の自殺の件かね？」

驚いた閑谷が思わず声を上げた。

「自殺？　昨日の死亡事故って、自殺だったんですか？」

山元統括官は即座に頷いた。

「ああ。正式な発表はまだ行っていないがね。周囲を走行していた運転者の目撃証言、路面の痕跡などあらゆる状況が、早見市朗が対向車線を走行してきたトラックに自ら衝突したことを示している。現在も検証中ではあるが、まず間違いないだろう」

早見の事故については、一日経過しているだけに、ある程度詳細な情報がマスコミから流れていた。

昨日の午後四時二十分、選挙活動中の早見市朗は愛車のアウディに乗り、環状八号線を一人で南下していた。愛人のマンションへ向かうためだ。高井戸陸橋を越えて下り坂に差し掛かった時、なぜか早見の車はセンターラインを越えて対向車線に入った。そして、逆方向から走行してきた大型トラックに正面衝突し、早見は死亡した。

目撃者は、アウディが自ら対向車線に入り、スピードを上げながら真っ直ぐトラックに突っ込んでいったと証言した――。

「なるほど、自ら衝突した」

尾島は大きく頷くと、また質問した。

「報道によると、早見は愛人宅へ向かっていたとのことですが」

「ああ、そうだったようだ。事故の直前に若い女性と通話した履歴が残っており、その女性も、自分の部屋に来る予定だったと証言した」

尾島が疑わしげに聞いた。

「これから愛人宅でお楽しみって時に、自殺しますかね？」

「いいかね」

山元統括官が苛立ちを隠さずに尾島に詰め寄った。

「交通事故捜査で最も重要なのはエビデンス、証拠だよ。我々交通の人間はあんたら刑事みたいに、気分だとか動機だとか、勝手な想像で犯人を想定したりしないんだ」

「はい。それはよく承知していますが、どうしても自殺の理由が気になるんですよ。私、自分でも困ってるんですが、完全に納得しないと先へ進めない性格なもんで」

山元統括官は忌々しげに溜め息をつき、そして答えた。

「そう、その愛人が原因の自殺かもしれんだろう？　離婚を迫られて追い詰められていたとか、カミさんと愛人との板挟みで生きているのが嫌になった、とか」

すると閑谷がぱんと手を叩いて、大きく頷いた。

「なるほどですね！　説得力があるエビデンスです。――あれ？　もしかして統括官も、女性問題でご苦労されたことが？」

「うるさい！　下らないことを言っていないで、用が済んだらとっとと帰れ！」

「最後に、もう一つだけ」

さらに尾島がしつこく食い下がった。

「今日の事故と昨日の事故、二つの事故の間に何か関係はあると思いますか？」

　山元統括官があきれ顔になった。

「ある訳ないだろう？　早見は運転中の自殺だし、藪田は街頭演説中のもらい事故だ。都知事候補二人が、たまたま二日連続で交通事故死したというだけだ」

「じゃあ、二つの事故に何か共通点は？」

「ない。強いて言えば、車の暴走ということくらいだ」

「なるほど、車の暴走ですか」

　尾島は大きく頷く。

　確かにそこは大きな共通点だった。もし早見と藪田の死亡事故が、何者かによる殺人なのだとしたら、二台の車を意のままに走らせることで、都知事選の候補者二名を交通事故に見せかけて殺害したのだ。

「お忙しいところお邪魔しました。失礼します」

　帰ろうとして尾島は、山元統括官を振り返った。

「タンクローリーですが、ドライブレコーダーは付いていましたか？」

「装備していた。現在、製菓会社に証拠として提出を求めているところだ」

「早見の車と、衝突したトラックには？」

「両車とも装備していたが、早見の車はメモリーカードが焼け焦げており、再生不能だった。トラックのほうは無事だった。こっちは既に、車の所有者の許可を得て分析中だ」

「ではタンクローリーとトラックのを見せて頂いても？　もし非公開の資料だということでしたら、捜一《うち》の巌田課長から資料開示を要請してもらいますが」

山元統括官は諦めたように両手を軽く上げた。

「別に非公開ではない。コピーして渡すことはできんが、こちらの分析さえ終われば閲覧《えつらん》しても構わん。連絡するから交通捜査一係へ来たまえ」


「山元統括官、相当怒らせちゃったみたいですね」

新宿駅の構内を歩きながら、閑谷が楽しそうに舌を出した。

「ああ。巌田課長の口添えがなければ、追い返されていたろうな」

山元統括官は、尾島たちの質問を交通捜査への難癖だと思ったのだろう。無理もない。交通部は、いや警視庁でも一部の人間以外はマル能の存在すら知らない。知っているのは、警視庁では刑事部捜査第一課の巌田課長、それに尾島、笹野、閑谷の特殊八係。あとは検察庁の一部、裁判所の一部、刑務官の一部、それに弁護士だけだ。


背理能力者の存在は極秘とし、背理犯罪者の捜査・送致・勾留・公判・刑の執行に

携わる必要最小限の者以外に漏洩《ろうえい》してはならない――。

これが、確認された最初の背理犯・水田茂夫《みずたしげお》の検察官送致に先立ち、警察上層部によって決められた不文律だ。目的は「公衆の安全、及び公共の安寧のため」。証拠を残さずに人を殺害することができる人間がこの世に存在するという事実が、公衆の知るところとなれば、社会に大変な動揺と混乱が生じることは容易に想像されたからだ。

もっともこれは、背理能力者の存在が明らかになる前、犯人の特定が不可能な犯罪を、捜査第一課内で0号事案と呼んでいた頃から守られている原則だった。

急に真面目な顔になって、閑谷が聞いた。

「統括官の説明、どう思います？　トウさん」

尾島はじっと考え込んだ末に口を開いた。

「タンクローリーは衝突する前にスピードを上げた、この目撃情報が、俺はやはり無視できない」

尾島はきっぱりと言った。

「山元統括官はああ言ったが、仮に運転のミスでパニックになったとしても、プロのドライバーがブレーキとアクセルを踏み間違えるだろうか？　あるいは、運転中に発作や痙攣を起こしたせいで足が突っ張って、アクセルをずっと踏み続けてしまったなんてことが、確率的に起こり得るんだろうか？」

閑谷も同意した。

「ブレーキとアクセルを踏み間違えるのは、七十歳以上の高齢者がほとんどです。それに発作を起こしたからって、そんな都合よく足が突っ張ってアクセルを踏んだりしませんよ」

だが、背理能力者の存在を知らない交通捜査課が、運転手の過失か病気が原因だと考えたのも理解できる。一見してまず犯罪には見えないことが、背理能力者による犯罪、即ち背理犯罪の特徴なのだ。

尾島は慎重に続けた。

「藪田政造の事故だけで判断するのは早い。早見市朗のほうも調べる必要がある。明日、早見の死亡事故が起きた時刻に、死亡現場に行ってみよう」

翌日の十二月二十九日、午後四時——。

尾島到と閑谷一大は、杉並《すぎなみ》区上高井戸一丁目にある高井戸陸橋へと来ていた。南北に走る環状八号線が、東西に走る甲州街道の上を通過するために架けられた陸橋だ。

一昨日の午後四時、東京都知事選に出馬していた人気キャスター・早見市朗は、環状八号線を南下してこの陸橋を通過する時、なぜか対向車線に出て大型トラックと正面衝突、即死した。

　早見にモデルの愛人がいることは、公然の秘密だった。愛人の住所もマスコミは把握していたので、早見が選挙戦の間を縫って愛人のマンションへと向かっている途中だったことが、ネットニュースで流れ、たちまち拡散された。

　尾島と関谷は環状八号線沿いの建物をぐるりと眺め、高井戸陸橋が上から望めそうなマンションを見つけると、管理人に許可を得て最上階に登り、通路から事故現場を見下ろした。すでに事故処理は終わり、環状八号線の交通量は通常に戻っている。幹線道路だけに、貨物を運搬するトラックがひっきりなしに走行している。

　なるほど――。双眼鏡で陸橋を見下ろした尾島は、無言で頷いた。

　環状八号線は上下二車線の幹線道路だが、七十年以上前の一九四六年に計画されたせいで幅員《ふくいん》が狭い。道路に合わせて造られた高井戸陸橋も事情は同じだ。そのせいで高井戸陸橋には、上下線の間に中央分離帯がない。高さ十cmほどのコンクリート製の段と、その上のところどころにプラスチック製の赤いポールが立っているだけだ。

　もし、早見の事故がマル能による殺人ならば、これこそが、ここを殺害場所に選んだ理由ではないだろうか？

　環状八号線の本線には中央分離帯が設けられているため、車を対向車線に突っ込ませることは難しい。だが、この高井戸陸橋の区間なら、簡単に対向車線にはみ出させることができる。早見の事故が殺人事件だとすれば、ホシの背理能力者は早見の車をずっと尾行して、この陸橋を通る時を待っていたと考えられる。

隣で関谷が、双眼鏡を目から外して呟いた。

「早見は陸橋を登り切ると、スピードを一気に上げながら下り坂を降り、急に対向車線に出て、反対方向から走ってきた大型トラックに正面衝突したんですよね」

残念ながら大型トラックの運転手も、早見と同じく即死だった。昔のボンネット型とは違い、現在のトラックはクラッシャブルゾーンがほとんどない。交通捜査課の分析によると、衝突時の早見のアウディは時速百五十kmに達していたと推測されている。トラックが時速五十kmだったとすると、時速二百kmで壁に衝突したのと同じ衝撃だ。また、不運にもトラックの左側を走っていたステーションワゴンの運転手も、気の毒なことに死亡した。トラックの運転手は早見の車に気が付いた時、避《よ》けようと左へハンドルを切った。だがそこには別の車が走っていた。トラックに体当たりされたステーションワゴンは、陸橋の側壁にぶつかって横転し、後続車にも追突され、大破したのだ。

「トウさん、間違いありませんよ」

関谷が怒りを込めて言った。

「ホシは早見のアウディを尾行してきて、この陸橋の下り坂に来た時、アウディのハンドルをぐいっと右に切って、対向車線に入らせたんです。あの水田と同じように、手を触れずにものを動かせる奴に違いありませんよ」

「まだ、結論を出すのは早い」

尾島は慎重に、閑谷に言った。

「藪田候補を圧死させたタンクローリー、早見の車が正面衝突した大型トラック、どちらにもドライブレコーダーに事故当時の映像が記録されていた。それを見れば何かがわかるかもしれない。タンクローリーの運転手は奇跡的に軽傷だったから、治療が終われば話も聞けるだろう。結論を出すのは、それらを全部やってからだ」


閑谷と話しながら、尾島はずっと考え続けていた。

早見市朗の死も藪田政造の死も、背理能力者による殺人だという確証はない。だが、何と言っても、有力都知事候補三人のうち二人が二日連続で交通事故死しているのだ。どちらも殺人事件だと考えたほうが、自殺や事故よりも遥かに合理的だ。

そして、もし二つの死亡事故がどちらも殺人事件なら、非常に厄介なことになる。

なぜなら、早見と藪田の死で利益を得るのは、この二人と激しく選挙戦を繰り広げている現職の東京都知事・中園薫子以外には考えにくいからだ。

04　幻視（一九九七〜九八年、教師・加藤涼介《かとうりょうすけ》の記憶）

そのおぞましい事件が起きたのは、私がまだ教師になって間もない二十四歳の時。勤務先の杉並区立中学校では文化祭も体育祭も終わり、三年生は高校受験勉強の追い込みで必死になっている、そんな十月のある日だった。

久我山の一軒家に強盗が侵入、夫婦惨殺、現場に謎の三人の死体も——。

テレビで事件の第一報を見た時、それがまさか自分が担任するクラスの女子生徒・滝川毎水《たきがわうみ》の家だとは思わなかった。てっきり毎水も強盗に殺害されたものと覚悟していたが、校長から警察に確認してもらった結果、毎水だけが奇跡的に無事だったということがわかった。

滝川家は夫婦と毎水の三人家族。父親は国内線パイロット、母親はピアノ塾を経営しているという、人も羨む幸せな家庭だったが、娘の毎水は一瞬にして全てを失い、不幸のどん底に突き落とされてしまったのだ。

それでも命が助かったのは、やはり喜ぶべきことだろう。無理やりそう思い込もうとしていた私だったが、捜査を担当している笹野雄吉という刑事が学校に現れ、こっそり教えてくれた事実を聞いた時、私はあまりのショックに言葉を失った。

「毎水さんは、強盗の一人に乱暴されたことがわかっています。このことは加藤先生だけにお伝えしますので、絶対に口外されないようお願いします。どうか担任教師として、毎水さんの力になってあげて下さい」

犯人は四人いたが、毎水を陵辱した男が他の仲間三人を殺害、金品を独り占めして逃亡したようだ、と笹野刑事は付け加えた。

何の罪もない十五歳の少女が、何という酷い目に遭わされたのだろうか。こんなことがあっていいのだろうか。私は思わず神仏を恨んだ。

ただ、毎水にとって良かったことがたった一つだけあった。塾が終わって帰宅し、玄関ドアを開けたら目出し帽を被った知らない男たちがいたというところから、死体の転がる部屋で意識を取り戻すまで、記憶がぷっつりと途切れているらしいのだ。おそらく精神的に大きなショックを受けたせいだろう。

このことだけは、本当に不幸中の幸いだと言える。笹野刑事だけは、犯人の目撃情報が得られず落胆していたが。

毎水は治療のために入院し、私は時々病院に様子を見に行った。笹野刑事も時々見舞いに来ていたので、会った時には病院の喫茶店で話をした。笹野刑事は、毎水の親族は新潟《にいがた》に住む母親の姉、つまり伯母夫婦しかいないので、退院したらそこへ引き取られることになるだろうと教えてくれた。

そして、毎水の入院から半月ほど経ったある日。毎水の退院が明後日に決まったと担当医から連絡を受けた私は、その日も病院に見舞いに行った。

「受験勉強という心境じゃないだろうが――」

私は毎水に退院後の予定を聞いてみた。

「学校はどうする？　クラスの皆も心配しているぞ」

「学校へは、もう行かないです。すみません」

毎水は寂しそうに微笑んだ。無理もないことだった。同情されるのも好奇の目を向けられるのも、どちらも辛いのだろう。

「新潟の親戚の家に行くんだって？　刑事さんに聞いたよ」

私が話題を変えると、毎水は小さく頷いた。

「新潟に引っ越したら、あっちの中学校に転校して、卒業したあとは高校に行きたいんですけど、お金もかかるし、まだ伯父さん伯母さんとは話をしてないんです」

「新潟の住所を教えてくれないか？　時々様子を見に行くから」

私は手帳を取り出しながら毎水に頼んだ。

「転校ということになったけれど、滝川は今でも、これからもずっと僕の教え子だ。困ったことがあったら、何でも遠慮なく――」

「先生」

私の言葉を遮るように、毎水が言った。

「先生がいつもお見舞いに来てくれるのは嬉しいです。でも、できればあたし、あの事件のことは早く忘れたいんです。だから新潟に行くのもいいかなって。でも、先生と会ったら嫌でもあの事件のこと思い出しちゃうから、だから悪いんですけど、もう先生には会いたくないんです。ごめんなさい」

毎水はベッドの上でぺこりと頭を下げた。

「そうか。わかった」

私は溜め息をつくと手帳を鞄に戻し、そのまま病室をあとにした。


病室を出て出口へ向かうと、一階のロビーに笹野刑事がいた。私が会釈して帰ろうとすると、手を上げながら近寄ってきて、フロアの隅へと私を誘導した。

「毎水さん、明後日に退院らしいですね」

なぜか嬉しそうに、笹野刑事は言った。

「ええ、そうみたいですね。仰った通り、新潟に引っ越すそうです」

「引っ越したあとも時々新潟へ行って、相談に乗ってあげたりされるつもりなんでしょう？　先生は生徒思いだし、毎水さんの信頼も厚いようですから」

「どうでしょうね。滝川も、いつまでも今の学校を引きずるのは辛いでしょうし」

私が暗に否定したにも拘らず、笹野刑事は気が付かないのか、それとも気が付かないふりをしているのか、熱心に喋り続けた。

「逃亡した強盗の行方なんですがね。高井戸署に捜査本部を置いて、のべ三百人態勢で捜査しているんですが、困ったことに何の手掛かりも摑めないんですよ」

笹野刑事はそこで間を置き、こう切り出した。

「そこで、加藤先生にお願いがあるんです」

「はあ、何でしょう」

「毎水さん、妊娠している可能性がありますよね」

「は？」

私は眉をひそめると、笹野刑事は繰り返した。

「毎水さんは、犯人の子を妊娠しているかもしれないってことです」

私の中に、じわりと怒りが湧いてきた。いくら刑事とはいえ、あまりにも不謹慎な言葉だった。その怒りは顔に出てしまったと思う。それでも笹野刑事は、さらに私に向かって喋り続けた。

「でも妊娠に気付いたら、毎水さんはきっと中絶されると思うんです。伯父さんも伯母さんも中絶を勧められるでしょうしね。何しろ両親を殺した殺人犯の、しかも暴行されてできた子供ですからね。文字通り全てを水に流して、なかったことにして、人生をやり直したほうがいいに決まってる」

言わずもがなのことだった。私だってそう思う。何より、十五歳で子供を産んで育てていける訳がない。高校だって行きたいだろう。将来は恋愛して、結婚もして、平和な家庭を築きたいと思っているだろう。

「だから、もし毎水さんの妊娠がわかったら、中絶される前にこっそり私に教えてほしいんですよ」

笹野刑事は手を合わせて私に懇願した。

「聞いてどうしようっていうんです？」

戸惑いながら私が聞くと、笹野刑事は熱っぽく説明した。

「堕ろされた胎児の死体をお預かりして、ＤＮＡ型を採取したいんですよ。それが犯人を特定できる、たった一つの手掛かりですから」

何だって――？

その言葉を聞いた途端、私の中で怒りが爆発した。この刑事は、逃亡した犯人を見つけることができないから、犯人を逮捕する材料として、毎水が殺人犯の子を妊娠していて欲しいと願っているのだ。

「あんた、頭がどうかしているんじゃないか?」

私は笹野刑事に対して怒りをぶちまけた。

「私の教え子を、幼気《いたいけ》な中学生の女の子のことを何だと思ってるんだ? 犯人を逮捕するためとはいえ、殺人犯の子を妊娠していて欲しいと願うなんて。しかも堕胎《だたい》したら、その胎児の死体をこっそり手に入れたいだって? そんな酷いことをよく思いつくな、本当に信じられない。あんたそれでも人間か?」

断っておくが、これは二十二年前の話だ。現在では技術が進み、母体血《ぼたいけつ》、即ち妊婦の血液から胎児のDNA型検出が可能だ。だがこの当時は、妊娠中の胎児から直接血液を採取するか、それとも堕胎した胎児の組織を使うしか方法はなかった。

「何と言われようと構いません」

笹野刑事は急に、真剣な表情になった。

「ご両親を無残にも殺害され、心も身体も傷付けられ、幸せな人生を台無しにされた毎水さんに、警察官の私がしてあげられることがあるとすれば、憎い犯人を逮捕して、罪に相応しい厳罰を与えることだけです。そのためなら私は、どんなことだってしま
す」

そして笹野刑事は私を説得した。

「加藤先生、どうかご協力頂けませんか。毎水さんの胎児を警察が入手したことも、胎児の組織からDNA型を検出したことも、毎水さんには絶対に知らせません。お医者さんとしっかりと相談して、毎水さんには絶対にわからないように全てを進めます。お約束いたします」

私は言葉に詰まった。笹野刑事の、犯人逮捕に懸ける執念が伝わってきた。それでも私は、笹野刑事をさんざん罵倒《ばとう》した手前、つい憎まれ口を叩いた。

「私じゃなくて、毎水を引き取る伯父伯母夫婦に頼めばいいじゃないですか」

笹野刑事は首を横に振った。

「私も田舎の出身なのでよく知っていますが、田舎は娯楽が少ないせいか噂話が大好きなんです。しかも悪い噂に限ってあっという間に広がります。ですから、毎水さんの伯父伯母夫婦は噂になるのを嫌がって、毎水さんが妊娠したことも中絶したことも隠し通そうとするかもしれません。警察に教えてくれるとは限らないんです」

どうしたらいいだろう――。私は途方に暮れた。

私にしても、犯人を逮捕してほしいと心の底から願っていた。しかし、毎水はもう私とは会いたくないと言ったし、その辛い気持ちもよくわかった。だから、こちらから毎水と連絡を取ることはするまいと心に決めていた。

迷った末に、私は笹野刑事にこう返事をした。もし毎水と連絡が取れて、妊娠に関する話が聞けたら連絡します、と——。笹野刑事は喜び、それで構いませんのでよろしくお願いしますと頭を下げた。


事件から三ヵ月と少しが経ち、年が明けた一月のある日の深夜——。

自宅アパートで夜食のカップ麺を食べていると、私の携帯電話が鳴った。こんな時間に誰だろうと思いながら、二つに折り畳んでいた電話機を開き、液晶画面を見たところで私の身体が固まった。

電話をかけてきたのは、滝川毎水だった。

「先生、すみません。会いたくないなんて言ったのに電話しちゃって。でも、先生以外に相談できる人がいなくて」

寝ている伯父伯母の耳を気にしているのか、毎水は囁くように謝った。

「い、いや。いいんだ。全然気にしてないから。僕も心配していたんだ」

意表を突かれて慌てたせいだろう、私は思わず畳の上に正座で座り直した。

「元気か？　こんな夜中にどうした？　相談って？」

「先生、あたし、産みたいんです」

「——え？」

毎水の言葉はシンプルで、誤解のしようがなかった。でも、まさかそんなことを言う筈がないという気持ちが邪魔をしたのだろう、私は毎水の言葉の意味を、すんなり理解することができなかった。

「産みたいって、ええと――、何を？」

「子供です。あたし、赤ちゃんができたんです」

私は衝撃のあまり絶句した。聞こえた言葉の意味で間違いなかった。何ということだろう、毎水はやはり自分を襲った男の子供を妊娠しており、そして信じられないことに、その子を産みたいと言っているのだ。

絶句した私を他所《よそ》に、毎水は喋り続けた。

「実は一週間くらい前、伯父と伯母に騙《だま》されて、埼玉県にある産婦人科の病院に連れて行かれたんです。そうしたら、もう赤ちゃんを堕ろす手術の準備ができていて、お医者さんと三人がかりで、今すぐ堕ろせって迫られて。あたしどうしたらいいかわからないし、嫌だって言えない雰囲気だったし、仕方なく手術室に入ったんです」

その時の恐怖を思い出したのか、毎水はぐすっと洟《はな》を啜《すす》った。

「でも、あたしが麻酔で眠っている間に、手術中のお医者さんが急死しちゃったとかで、手術は中止になって、お陰で赤ちゃんも助かったんです」

手術中に医者が死んだだって？　どういうことだろう。心臓でも悪かったのだろうか、それとも脳溢血《のういっけつ》だろうか。またしても私は混乱し、茫然と口を開けたまま黙って毎水の話を聞いているしかなかった。

「とりあえず今は新潟の家にいるんですけど、伯父と伯母は、また私を病院に連れて行こうと相談してるみたいなんです。でもあたし、今日になって自分の気持ちがようやくわかったんです。産みたいんです。お腹の赤ちゃんを絶対に産みたいんです」

毎水は何度も産みたいと繰り返し、そして私に懇願した。

「加藤先生、どうしたら伯父と伯母は赤ちゃんを産ませてくれるでしょう？　何かいい方法ありませんか？」

私は返事に窮《きゅう》した。むしろ私こそ、堕ろしたほうがいいと思っていたからだ。毎水の将来と身体のことを考えると、それ以外の選択肢はないと思っていた。両親も亡くなってしまったし、唯一の親戚の伯父伯母も反対している。助けてくれる人は誰もいない。一人で赤ん坊を抱えて生きていける訳がない。

「もう名前も考えてるんです。あたしがうみだから、子供はそらがいいなって。男の子か女の子かわからないから、まだ漢字は決めてないけど、そらって名前はどっちにも合うと思うんですよね。だから――」

「滝川」

私が呼びかけると、毎水は期待の込もった声を返した。

「はい、先生」

「僕の考えも、伯父さん伯母さんと同じだ。お腹の子とはさよならしたほうがいい」

私の言葉を聞いて、毎水はぴたりと黙り込んだ。

「どう考えても無理だよ、その若さで子供を産んで育てようだなんて。身体だってまだ成長途中だし、出産に耐えられるかどうかも心配だ。それに今年から高校に行くんだろう？　子育てしながら通えるのか？　伯父さん伯母さんは協力してくれるのか？　悪いことは言わないから、考え直したほうがいい。な？」

いいいいいいいい悪いことは言わないから――。自分の発した言葉に、私は嫌悪感を抱いた。

何の根拠もない言葉だった。私も子供の頃、そういう言葉を吐く大人が大嫌いだった。悪いことは言わないから――そう大人が言う時は、必ず幼い私の希望の芽を摘もうとする時だった。つまり私にとっては、悪いこと以外の何物でもなかった。

そして私も気が付いてみれば、同じ言葉を子供に言う大人になっていた。

でも、その時の私はそう言うしかなかったのだ。そうか産みたいか、よしわかった頑張れ、先生も応援する、お前なら頑張れる、きっとなんとかなるよ――。そんな無責任なおためごかしの言葉など、毎水の未来を考えたら言える筈がないではないか。

私が喋り終わってしばらく、毎水は無言だった。ただ、携帯電話を握り締めているであろう毎水の、息をするすうすうという規則的な音が、かすかに聞こえるだけだった。風のようなその音は、私への失望と軽蔑のように聞こえた。

「わかりました。先生、ありがとうございました」

毎水は突然、本を朗読するかのように言い、電話はぷつりと切れた。

「お、おい、滝川、滝川？」

私は慌てて電話機に呼びかけたが、ただ、つーつーという突き放すような音が聞こえるだけだった。すぐにこちらからかけ直したが、呼び出し音が何回か鳴ったあと留守番電話になった。何度かけても、毎水は私からの電話に出ようとはしなかった。

諦めて電話をテーブルに置こうとした時、私の頭の中に笹野刑事の言葉が蘇った。

「堕ろされた胎児の死体をお預かりして、ＤＮＡ型を採取したいんですよ。それが犯人を特定できる、たった一つの手掛かりですから」

笹野刑事に、毎水の妊娠を教えるべきだろうか――？

確か私はあの刑事に、毎水と連絡が取れて妊娠の話が聞けたら教える、と言ったような気がした。笹野刑事の連絡先は、私の携帯電話のアドレス帳に入っている。

しかし、しばらく迷った挙げ句、私は笹野刑事には黙っていることにした。まず、毎水が子供を産むのか堕ろすのかわからなかった。二つ目に、犯人のＤＮＡ型を欲しがる笹野刑事が新潟に押しかけ、加藤先生に聞いたと言って、伯父伯母と一緒になって毎水に堕胎手術を迫ることを危惧《きぐ》した。私はこれ以上、毎水に嫌われたくなかった。

そして三つ目の理由は、もう警察に犯人を探して欲しくなかったからだった。

今さら犯人を逮捕したところで、毎水の心の傷が癒《い》えるとは思えなかった。犯人が捕まろうと捕まるまいと、毎水の両親は生き返らない。ならば、犯人が捕まって憎悪の対象が具体的になるよりも、事故か天災で死んだのと同じく、憎む相手がいない今の状態のほうが、毎水は気持ちが楽なのではないだろうか？

そして毎水は今、お腹の子供を産みたいと願っている。憎い男が残した子供を産みたいとはどういう心理なのか、男である私にはわからない。だけど子供には何の罪もないのは事実だ。ならば、犯罪者である父親が明らかになるよりも、一生わからないほうがいい。父親の情報が全くなければ、子供は純粋に自分だけの子供なのだから。

それから数日後。一月末のしんしんと冷え込む夜――。

晩飯のコンビニ弁当を食べている私に、毎水の伯母から電話がかかってきた。伯母は私の勤める中学校に電話し、毎水の担任だった教師に連絡したいと言って、私の携帯電話番号を教えてもらったという。その頃はまだ個人情報という言葉もない時代だった。

「滝川毎水を引き取りました新潟の伯母でございます。その節は大変ご迷惑をおかけしまして。今日は突然お電話いたしまして申し訳ございません」

一体、私に何の用だろう——？　電話の向こうで頭を下げているであろう伯母に、私は警戒しながらも努めて平静を装った。

「いえ、こちらこそ。何か私に御用でしょうか？」

「毎水がいなくなったんです。持ち物もないので、家出だと思います」

毎水が、家出した——。私は衝撃のあまり、耳に当てた携帯電話を危うく取り落とすところだった。

「毎水のお友だちも知らないもので、全く探しようがなくて。うちに来てから二階の六畳間も与えたし、我が子のように可愛がっておりましたのに、何が不満だったんでしょう。それともあの子、元々東京じゃ不良だったんでしょうか。先生、毎水が行きそうなところに心当たりはありませんか？　早く見つけないと、ご近所の噂になっては嫌だし」

延々と自己弁護を繰り返す伯母に、私はきっぱりと言った。

「滝川は不良でもないし、盛り場をうろつくような不真面目な生徒でもありません。行き先に心当たりはありませんが、もし何かわかったらお知らせします。では」

まだ何かを喋ろうとする伯母を無視して、私は電話を切った。

私は、携帯電話を握り締めたまま、茫然と畳の上に座って、食べかけの弁当のことも忘れて考え続けていた。

毎水がどこへ行ったのかはわからない。でも、いなくなった理由はわかっている。お腹の子供を産むためだ。新潟の伯父伯母の家にいたら、必ずまた病院に連れて行かれると思ったのだろう。だから毎水は家を出て、一人で産もうと決めたのだ。何と強い女性だろうか。いや、女性とは何と強いものだろうか。私は毎水の覚悟と行動力に感動した。

勿論、心配なことは山ほどあった。どこで産むのか、出産費用は払えるのか、出産後はどこに住むのか、どうやって母子《おやこ》二人の生計を立てていくのか——。

でも一方で、毎水なら何とかやっていくんじゃないかという気もしていた。たった十五歳の少女なのに、なぜか私は楽観していたのだ。

毎水はおそらく、東京に戻っているんじゃないだろうか。私はそう考えた。東京で生まれ育った毎水は、東京以外の土地鑑はない。それに、昼間人口は千四百万人以上といわれる大都会・東京は、人に紛れて隠れ住むのに好都合だ。選り好みしなければ、仕事だっていくらでもある。

毎水は必ず、この東京のどこかにいる——。そう思った時、ある幻影が私の脳裏をよぎった。

繁華街の雑踏で、オフィス街の煉瓦道《れんがみち》の上で、下町の狭い路地で、公園の遊歩道で。東京のどこかで赤ん坊を抱いて歩いている毎水の姿が、あるいは元気にはしゃぐ子供の手を引いている毎水の姿が、私の頭の中に鮮明に浮かんできた。

そして幻想の中の毎水は、私には誰よりも幸せそうに見えたのだ。

05　証言

病室のベッドに横たわっているのは、格闘技選手のように屈強な大男だった。目と口だけが出るように顔に包帯を巻き、上半身も胸から腰にかけて包帯でぐるぐる巻きにされている。下半身はタオルケットで見えないが、おそらく同様だろう。片腕は白いギプスで固められ、もう片方の腕には二種類の点滴の管《くだ》が刺さっている。

「全て、私の責任です」

男は病室の天井を見上げながら、抑揚のない口調でゆっくりと言った。

「大勢の人の命を奪い、また大怪我を負わせてしまいました。まさか自分が、こんな取り返しのつかないことをしようとは――」


年が明けて一月四日、午後一時。

都知事選に出馬していた藪田政造が、街頭演説中にタンクローリーの突入で死亡した七日後。尾島到と閑谷一大は、奇跡的に命を取り留めたタンクローリーの運転手に話を聞くため、中野の東京警察病院に来ていた。

「交通捜査課もいろいろ話をお伺いしたと思います。重複する質問もあると思いますが、どうぞご容赦下さい」

尾島が言うと、運転手は天井を見上げたまま小さく頷いた。包帯の隙間から見える顔は無表情で、放心しているようにも見える。おそらく事故以来、毎日自分を責め続け、罪悪感という鑢《やすり》で感情を摩耗《まもう》させてしまったのだろう。

今日の午前中、尾島と閑谷は交通捜査課を訪れ、この運転手の取り調べを行った捜査官に事故についての見解を聞いた。捜査官は事故の原因を「過労による居眠り運転」と結論付けていた。その理由として、捜査官は次の五つを挙げた。

一、タンクローリーを精査した結果、車体や装備に異常は見られなかった。
二、運転手には脳神経疾患、精神障害、発作や痙攣を伴う病気の治療歴はなかった。
三、運転手と藪田候補との間には、個人的・組織的な接点はなかった。
四、運転手に、過激な思想偏向はなかった。
五、日頃から運転手の勤務は長時間に及び、慢性的な疲労状態にあった。

そして、事故について以下のような報告をまとめていた。

――運転手はタンクローリー車で新宿駅西側を通る四谷角筈線を走行中、累積した疲労が原因の居眠り運転を行い、左側車線に駐車していた新聞社のセダンと、その奥に駐車していた選挙カーにタンクローリー車を衝突させたと考えられる――。

このままであれば運転手は、刑事上は過失運転致死傷罪に問われ、民事上は被害者に対する損害賠償の義務を負い、行政上は免許取り消し等の処分を受けることになる。

しかし尾島は、この報告に納得できないものを感じた。

まず、居眠り運転とは通常、田園地帯の一本道や渋滞中の高速道路など、単調な環境で起きるものだ。新宿駅西側の道路は車の通行量も多く、信号も頻繁に通過する。決して居眠りできるような環境ではない。

それに一昨日《おととい》、尾島と閑谷は運転手が勤務する製菓会社にも話を聞いたが、上司は事故を起こした運転手について、真面目で慎重な性格のドライバーで、入社以来事故を起こしたことは一度もないと言っていた。さらに事故の前日はローテーションによる休暇日で、疲労が蓄積しているとも思えなかった。

何より、尾島が疑問を持った「衝突百m手前からの加速」について、全く言及されていなかった。なぜ運転手は選挙カーに衝突する前にアクセルを踏んだのか？　この疑問が解消されない限り、納得できる筈もなかった。交通捜査課の見解は、消去法で導き出した結論だとしか思えなかった。

この事故の陰には、何かが隠れている――。

尾島は確信に近いものを感じていた。何かとは勿論、背理能力者の関与だ。その根拠を探し出すため、尾島は運転手への聴取を開始した。

「御社であなたの勤務表を拝見しましたが、スケジュールはいつもハードだったようですね。あの日も過労気味だったのではありませんか？」

運転手は淡々と答えた。

「あの日は前日が休みだったんで、疲れはありませんでした」

「その休みの日は、スポーツや長時間の街歩きなどをしましたか？」

「家内と家でテレビを見たりして、一日中ゴロゴロしてました」

やはり、運転中に過労で居眠りした可能性は低い。尾島は質問を変えた。

「過去に脳の病気や精神的な疲労などで治療を受けられたことはないと伺いましたが、間違いありませんか？」

運転手は小さく顔を横に動かした。

「一度もないです」

「発作や痙攣を伴う既往症は？」

「それもないです。頑丈さだけが取り柄《とえ》なんで」

確かに運転手は立派な体格をしている。また尾島は質問を変えた。

「あの日以外でもいいのですが、あのタンクローリーを運転していて、車に何か異常を感じたことはありませんでしたか？」

「いえ。車はいつも快調でした。半年に一度、会社の提携工場で、腕のいい整備士に頼んで完璧に整備してもらってるし」

「それでは、あの日、運転中にいつもと違うと感じたことはありませんでしたか？どんなに小さなことでもいいのですが。例えば、そうですね――」

「刑事さん、もういいでしょう？」

ふいに運転手は顔を尾島に向け、尾島の言葉を遮った。その顔に苛立ちが表れていた。今日運転手が見せた初めての感情だった。

「私が悪いんです。事故の原因は私の運転ミスです。居眠りか他所見《よそみ》かわかりませんが、私が運転を誤って、大勢の人を殺してしまったんです。言い訳するつもりはありません。警察がこうだろうと仰ることは、何でもその通りですと認めます。どんな重い刑罰にも服します。ですから、もう帰ってもらえませんか？」

運転手はじっと尾島の目を睨んでいたが、すぐに顔を元に戻し、天井を見上げた。

しばらくの沈黙ののち、尾島が口を開いた。

「私たちは、そうではないと思っています」

「――え？」

怪訝な表情で、運転手が再び尾島を見た。尾島は静かに続けた。

「今回の事故は、あなたの過失運転が原因じゃない。あの事故は、あなたの運転していたタンクローリーに、何らかの別の要因が働いた結果起きたのではないか、そう私たちは思っているのです。ですから、何か思い当たることがあったら、何でもいいんです、私たちに教えて頂けませんか？」

　すると運転手は投げやりな口調で呟いた。

「どうせ、信じてもらえませんよ」

　その言葉に尾島は緊張した。やはり事故の最中、何かが起きていたのだ。運転手はそれを交通捜査課に喋ったのだが、信じてもらえなかったのだろう。

「信じますから！」

　閑谷が尾島の横で叫んだ。

「僕たち、絶対にあなたの言うことを信じます！　ですから教えて下さいませんか。本当はあの時、あなたの身に何が起きたのか。どうかお願いします！」

　運転手は天井を見上げたまま黙り込んだ。

　何秒そうしていただろうか。やがて視線を上に投げたまま、ぽつりと言った。

「私の手が、勝手にハンドルを切ったんです」

「手が、勝手に――？」

予想外の言葉に、思わず尾島は鸚鵡返《おうむがえ》しに聞いた。すると運転手はいきなり尾島に視線を移すと、堰《せき》を切ったように早口で喋り出した。

「可笑《おか》しいですよね、でもそうだとしか言えないんです。私の手が勝手に動いて、運転していたタンクローリーのハンドルを左に切って、左車線に停まっていた選挙カーの方向にぴたりと向けたんです。勿論私は慌ててハンドルを元に戻そうとしました。でも私の手は全く私の言うことを聞かなかったんです。――いや、そうじゃない」

運転手は喋りながら、急いで首を横に振った。

「手だけじゃない。足もです。必死にブレーキを踏もうとしても、私の右足はアクセルを床まで踏みつけたまま、ぴくりとも動きませんでした。自分の身体なのに、手も足も全く言うことを聞かなかったんです。まるで――」

言い淀む運転手に、尾島は先を促した。

「まるで、何です？」

「まるで、誰かに身体を乗っ取られてしまったかのように」

運転手は必死の表情で、尾島と関谷の顔を交互に見ながら、熱に浮かされたかのように喋り続けた。

「ねえ刑事さん。自分の手や足が急に言うことを聞かなくなって、勝手に動くなんて、そんなことがあるんでしょうか？　それとも私は、頭がおかしくなってしまったんでしょうか？　ねえ、どっちだと思います？　教えてくれませんか、刑事さん」

「どう思った？」

病院を出ると、尾島は歩きながら閑谷に聞いた。

「運転手さんの過失なんかじゃないと思います。そのことが一番わかってるのは運転手さん自身です。でも他の人が全く信じてくれないから、自分も運転を誤ったんだと思い込もうとしてるんです」

閑谷の返事に尾島も頷いた。

「俺もそう思う」

交通捜査課はマル能の存在を知らない。だから過失による事故にしか見えなくても不思議はない。だがそのせいで無実の人間が罪を着せられ、その罪を背負い込もうとしている――。

その時、尾島のスラックスのポケットで電子音が鳴った。スマートフォンに音声通話の着信が入ったのだ。

「係長、交通捜査課から電話がありました」

柔らかい物腰の声は、尾島たちと同じ特殊八係の笹野雄吉だった。

「早見が衝突したトラックと、藪田の選挙カーに突っ込んだタンクローリー、この二台に装備されていたドラレコの映像分析が終わったので、閲覧を許可するそうです。交通捜査課の会議室に用意をしているそうです」

尾島は思考を中断して返事をした。

「わかりました。すぐに閑谷と向かいます。笹野さんも来て下さい」

通話を切ると、尾島は無意識に拳を握り締めた。

ドラレコ、正確には映像記録型ドライブレコーダー。その中に残されていた映像を再生すれば、二つの死亡事故が起きた瞬間を見ることができる。

そこには必ず、マル能による殺人であることを示す証拠が残っている筈だ。

06 再生

「係長、イチくん、ご苦労様です」

パイプ椅子に座っていた壮年の男が立ち上がると、にっこりと笑った。明るいグレーのスーツ、細いストライプのネクタイ。痩身、白髪交じりの短髪、髭は生やしていない。

「先程、交通捜査課の担当者から機器の説明を受けまして、すでに映像を閲覧する用意ができています」

男は特殊八係の笹野雄吉だった。五十五歳、階級は警部補。

「お願いですから、敬語はやめてくれませんか。笹野さん」

尾島が困った顔で言った。

「係長ったって、部署には責任者がいないといけないんで、たまたま俺がやらされてるだけで。階級は笹野さんと同じ警部補ですし、何より笹野さんのほうが年長なんですから、タメ口でお願いします」

本来係長の階級は警部だが、特殊八係に関しては巌田課長の判断で、特例として警部補の尾島が務めている。但し、次の昇任試験に必ず合格するという条件付きだ。

「はあ。でも上長ですから、そういう訳にも――」

そう言いながら笹野も、困ったように頭を掻いた。


一月四日、午後五時――。

尾島と閑谷は、笹野の連絡を受けて警視庁交通部交通捜査課の小会議室に来ていた。

会議室の壁には、五十インチの大型モニター。それに正対するように二mほど離れて置かれた長机には、十七インチの黒いノートPCとマウス。ノートPCはすでに開かれ、電源も入っている。

「このノートPCは、ミラーリングソフトを使って壁の大型モニターに無線接続されています。私は右端の席で操作しますので、係長はここに」

長机の中央に置かれたパイプ椅子を、笹野が右手で指し示したので、尾島は仕方なくそこに座った。閑谷は尾島の左側、そして笹野が右側。

笹野は藪田政造が死亡した十二月二十八日、設置されたばかりの特殊八係に異動してきた。前の部署は同じ捜査第一課の特命捜査対策室・第四係。特命捜査対策室とは未解決事件、いわゆる迷宮《オミヤ》入り事件を継続捜査する部署だ。

その未解決事件の中に、0号《ゼロ》事案という名称でファイルされたいくつかの事件が存在する。0号事案とは、犯行方法が不明だったり有力な容疑者が存在しなかったりする、いわゆる「不可能犯罪」事案の呼称だ。

　笹野が特命捜査対策室で担当していた事件の一つに、二十二年前に発生した久我山0号事案と呼ばれる殺人事件があった。杉並区久我山の一軒家に住む夫婦が惨殺され、金品が強奪されたという強盗殺人事件だ。

　この事件が0号事案に分類された理由は、夫婦の死体とともに侵入した強盗と思われる若い男三人の死体も発見されたことと、その三つの死体が、外傷もなく肺胞だけを潰されていたことだった。現場の痕跡とただ一人生き残った中学生の娘の証言から、犯人はもう一人いて、その男が仲間の三人を殺害して金品を持ち去ったと考えられた。

　実は、この久我山0号事案に臨場した刑事の一人が、当時高井戸署にいた若き日の笹野で、以来笹野は、ずっとこの事件の犯人を追い続けていた。それが高井戸署から本部の特命捜査対策室に抜擢された理由だった。

　そして背理能力者の存在が明らかになった現在、0号事案の多くがマル能による犯行と推測され、久我山0号事案はその最たるケースだと思われた。それが今回、笹野が特殊八係に呼ばれた理由だった。

　尾島よりはるかに年長であるにも拘らず、笹野は非常に腰の低い男だった。名ばかり上司の尾島に敬語を崩さないばかりか、息子のような歳の閑谷も呼び捨てにせず、イチくんと親しげに呼んで可愛がっている。そして尾島も、そんな笹野の参加を非常に有り難く、また頼もしく思っていた。

笹野はノートPCに向かってマウスを操作した。再生しようとしているのは、早見市朗が衝突死した大型トラックと、藪田政造を圧死させたタンクローリーが搭載していたドライブレコーダーの記録映像だ。早見のオープンカーにもドラレコが装備されていたそうだが、衝突時の炎上でメモリーカードは焼失したという。

「それでは再生を始めます。まず最初に、タンクローリーのドラレコ映像です」

笹野がそう言うと、五十インチモニターに四分割された映像が映った。それぞれの区域に前方、後方、右側、車内の四映像が配置されている。タンクローリーに搭載された三六〇度カメラに、運転手が設定していた四つの角度だ。

「トウさん、運転手さんが――」

映像が始まった途端、閑谷が困惑した顔で囁いた。

「ああ」

尾島も険しい顔で頷いた。

ドライブレコーダーに映った運転手は、濃いグレーのサングラスを掛けていた。

運転用の偏光レンズが入ったサングラスだろう。これで居眠り運転かどうかの判断が難しくなった。車内映像で運転の様子を見る限り、船を漕いではいないが、目をしっかり開けているかどうかはわからない。この映像を見て交通捜査課は、居眠り運転でも矛盾はないと判断したのだろう。

そして三人は、再生される映像に集中した。

大型タンクローリーは、三車線道路の第二車線、つまり真ん中の車線をまっすぐ走行している。やがて左前方から、拡声器越しの大きな濁声が聞こえてくる。

——この三十六年もの間、ずっと都政を支えてきたのは、歴代のタレント都知事たちじゃあない。この私なんですよ——。

東都百貨店前に駐《と》めた選挙カーの上で街頭演説を行っている、藪田政造の声だ。

突然、画面が左を向く。運転手がハンドルを左に切ったのだ。同時に、どかんという音がして画面が揺れる。左隣を並走していた軽ワゴンにタンクローリーがぶつかったのだ。軽ワゴンは弾き飛ばされ、ガードレールに激突する。再び硬い衝突音が響く。潰れて停止した軽ワゴンが、後方映像の中で遠ざかっていく。

「え？　おい、嘘だろ？」

運転手が後方を見て、慌てた声を出す。タンクローリーのエンジン音が一気に大きくなる。運転手がアクセルを踏み込んだのだ。

「え？　いや、どうして？」

運転手が混乱した声を上げる。

前方、左の路側帯に選挙カーが見える。屋根に設けられた櫓にスーツ姿の男が立っている。藪田政造だ。藪田は左を向き、左手にマイクを持って、歩道に詰めかけた聴衆に向かって拳を振りながら演説している。

その選挙カーに向かって、タンクローリーはスピードを上げながら突進する。選挙カーの手前に、黒塗りのセダンが停まっているのが見える。

運転手が焦りを顕《あらわ》に叫ぶ。

「畜生！　どうなってんだ、おい？」

その時、前方の群衆が一斉にこっちを見る。突進してくるタンクローリーに気が付いたのだ。人々は悲鳴を上げながら逃げ惑う。選挙カーの屋根にいた男二人が飛び降りて逃げる。だが藪田は腰が抜けたのか、茫然とへたり込んでいる。画面はどんどん選挙カーに接近する。その手前に黒いセダン。

「ああ――」

運転手の絶望の声。直後に衝突音。画面が激しく揺れ、車内映像が真っ白になる。エアバッグが開いたのだ。前方カメラに夜空が映る。タンクローリーが黒いセダンに乗り上げて、高々と跳ね上がったのだ。

そして、落下。

どうんという轟音とともに画面が滅茶苦茶に揺れ、突然ぷつりと暗転する——。

映像の再生が終わると、尾島は、ふう、と大きく息を吐いた。

笹野と閑谷は無言だった。狭い会議室が、重苦しい雰囲気に満たされていた。

「死亡事故が起きる瞬間を見たのは、生まれて初めてです」

閑谷はハンカチを取り出すと、額の汗を拭った。

悪い汗をかいたのは尾島も同じだった。最後の衝撃音とともに、藪田政造と聴衆十数人が死んだのだ。人が死ぬ瞬間を目撃するというのは、日頃死体に慣れている警察官であっても決して慣れるものではない。

笹野がようやく口を開いた。

「何だか、ちぐはぐな印象ですね。運転手の言っていることとやっていることが、全く違っています」

笹野の言う通りだった。運転手は自分で車線変更しながら「嘘だろ？」と不思議がり、自分でアクセルを踏んで突進しながら「どうなってんだ？」と混乱を見せていた。見方によっては、運転手がハンドル操作を誤り、ブレーキとアクセルを踏み間違えたようにも見える。交通捜査課もそう解釈したのだろう。

だが運転手は、尾島と閑谷に「自分の手と足が勝手に動いた」と言った。もしそうだとしたら、映像には何の矛盾もない。運転手の意思に反して、手が勝手にハンドルを左に切り、足が勝手にアクセルを踏みつけたのだ。

「次に、早見市朗の車が正面衝突したトラックのドラレコ映像です」

笹野はそう言うと、二つ目の映像を再生した。

環状八号線。トラックは北に向かって、片側二車線道路の右側車線を走行している。大型車両は騒音防止のため、追い越し車線の走行が指示されているからだ。車線は上下とも交通量が少なく、順調に流れている。

やがて前方に、小高い丘のような陸橋が見えてくる。高井戸陸橋だ。その陸橋の頂上部に、こちらに向かって走行してくる白い車が現れる。アウディのオープンカーだ。アウディは反対車線の追い越し車線を、つまりセンターラインを挟んで右隣の車線を走ってくる。

突然、そのアウディがセンターラインを越え、トラックが走っている車線に入り込む。そしてぐんとスピードを上げながら、真正面からこちらに向かって、陸橋の緩やかな下り坂を疾走してくる。

「何だ、あの野郎！　死にてえのか！」

トラック運転手の叫び声。クラクションを鳴らしながら運転手はハンドルを必死に左へ切る。だが、左側車線を走っていたステーションワゴンにぶつかり、トラックはまた元の車線に跳ね戻される。背後でステーションワゴンが横転するのが見える。真正面からアウディが突進してくる。もう目の前だ。その運転席で、早見市朗が目をまん丸に見開き、大きく口を開けている。

画面の下部にアウディが激突する。轟音。画面が激しく揺れる。トラックの車内映像に一瞬で白いものが広がる。エアバッグが開いたのだ。前方カメラの中では、アウディの運転席と助手席でも白いエアバッグが開くのが見える。

一台は屋根のないオープンカー、もう一台は車高の高いトラック。トラックはアウディに乗り上げるように、その車体をぐしゃりと押し潰す。

早見の身体も、アウディと一緒にトラックの下に潜り込み、潰れていく――。

映像が終わった。

またしても人間が死ぬ現場を生々しく体験し、映像が終わったあとも会議室は陰鬱な雰囲気に包まれた。

沈黙を破ったのは、閑谷の自信なさそうな声だった。

「この映像だけだと、確かに自殺にも見えますね」

尾島も迷っていた。早見が運転するアウディの動きを見る限り、自らセンターラインを越えてトラックの正面に回り、スピードを上げて突っ込んだように見える。「死にてえのか」という運転手の言葉も、早見が自殺したことを裏付けているように思える。事故の状況だけを見れば、自殺というのが最も矛盾のない説明かもしれない。

――だが。

早見はなぜ、東京都知事選への立候補中に自殺したのか？　当選する可能性も充分にあったというのに。それになぜ、愛人の家に向かう途中に自殺したのか？　そしてなぜ、このような他人を巻き添えにする方法を自殺に選んだのか？　自殺にしては、いくつもの不自然な点があった。

いや。尾島が納得できない最も大きな理由は、尾島の頭の中で「何かがおかしい」という声が鳴り響いているからだった。一言で言えば、ただの勘に過ぎないのかもしれなかった。だが、こういう時には、得てして自分が何かを見逃しているものだ。それを尾島は何度も経験していた。

「あの」

おずおずと笹野が声を上げた。

「何です？　笹野さん」

「気のせいかもしれませんけれど」

「何でも言ってみて下さい」

尾島が促すと、笹野は自信なさげに続けた。

「衝突の直前、早見が何か言ったように見えませんでしたか？」

尾島は気が付かなかった。ただ口を大きく開けて叫んだように見えただけだ。

「前方を撮った映像だけを拡大して、もう一度スローで再生します」

閑谷がPCを受け取り、手早く操作した。

再び、早見の最期《さいご》がゆっくりと再生され始めた。大きく口を開けた早見。その口がスローモーションで動く。ア行、ウ行、エ行、一度舌が上がり、また工行——。

「た、す、け、て——。そう言っているように見えます」

閑谷が緊張した声で言った。

確かに尾島にもそう見えた。自らトラックに向かってハンドルを切り、自らスピードを上げて突進しながらも、トラックと正面衝突する寸前、「助けて」と早見は叫んでいたように見えた。

「やっぱり自殺じゃないですよ。自殺なら、助けてなんて言う筈ないですから」

閑谷が確信を込めて言った。

「方針を決めよう」

尾島は閑谷と笹野を見た。

「藪田の死亡事故と早見の死亡事故、どちらも交通事故だとしたら、ここから先は交通捜査課に任せることになる。だが、もしどちらもマル能による殺人だとしたら、俺たちの仕事だ。巌田課長に継続捜査を志願する。二人の意見は？」

閑谷が即答した。

「マル能に間違いありません。捜査を継続しましょう」

「笹野さんはどうです？」

尾島に聞かれた笹野は、ためらいがちに答えた。

「私も、マル能の犯行である可能性は否定できないと思います。でも――」

言い淀む笹野に、尾島は先を促した。

「でも、何です？」

「私はマル能とは会ったことがありません。マル能の犯行だと思われる事件現場に一度臨場しただけです。ですからお二人と違って、彼らと話したこともないし、彼らが実際に能力を使うところを見たことがないんです。つまり、彼らがどんな能力を持っているのか、本当はよくわかっていないんです」

笹野が臨場した殺人現場とは、二十二年前に起きた久我山０号事案のことだ。久我山の一軒家で夫婦二人が惨殺され、同時に若い男三人の死体が発見された事件。現在も迷宮入りとなっているが、三重に掛けられた玄関の鍵を開け、外傷を残さず肺だけを潰すという殺し方から、犯人は背理能力者だと推定されている。

「ですので、あの、言わずもがなの疑問かもしれないのですが」

「構いません。何でも言って下さい」

尾島に重ねて言われ、笹野はようやく疑問について喋り始めた。

「今回の二つの交通事故がマル能による殺人だとすると、そのマル能はどうやってタンクローリーとアウディを暴走させたのでしょうか？」

閑谷が、何をいまさらという顔で言った。

「そりゃあ勿論、離れた場所から車を無理やり操作したんですよ」

閑谷は、三鷹事件の犯人だった背理能力者・水田茂夫の、手を触れずに物体を動かす能力について説明し、今回も同じ能力を使ったに違いないと力説した。

するとと笹野は申し訳なさそうに反論した。

「ですがイチくん、車を暴走させるのは、想像よりも遥かに難しいと思うんです」

「難しい？　どういうことです？」

尾島が聞き返すと、笹野は説明を始めた。

「もし車を暴走させようと思ったら、マル能はまず、アクセルペダルを床まで押し込んでスピードを上げ、次にハンドルを意図した方向に向けなければなりません。でも、それだけでは駄目です。運転者が全力で抵抗するからです」

運転者はブレーキを踏もうとするから、右足を押さえ付けておく必要があるし、ハンドルを戻そうとするから、それにも逆らわなければならない。さらに運転者はエンジンブレーキをかけたり、バックギアに入れたり、パーキングブレーキを使用したり、あらゆることをやるだろう。それらの行為も封じなければならない――。

「ええっと笹野さん。つまり」

笹野の話を聞いて、閑谷が確認した。

「車を暴走させるためには、車のアクセルを押し下げて、ハンドルを操るだけじゃダメ。他にもいくつものことを、合計すると七つとか八つの作業を同時に、しかも失敗せずに正確に行わなくちゃならない、ってことですね？」

笹野は頷いた。

「そうなんです。もし、ホシが手を触れずにものを動かすことができたとしても、こんな複雑で繊細で、かつ非常に大きな力が必要な多数の作業を、限られた時間の中、一発で成功させるのは至難の業《わざ》なんじゃないでしょうか？　しかもホシはこの難しい作業を、二回も続けて成功させたんです」

尾島は考え込んだ。笹野の言う通りだった。

ホシのマル能は、いかにして二台の車を意図通りに暴走させ、早見と藪田を殺害したのか？　この謎が解けない限り、もしホシのマル能を探し出すことができたとしてもも、殺人を立証することができない。

もし立証できなければ、早見と藪田、それに巻き込まれた不幸な死傷者数十人は、全員が事故死で処理されてしまう。それだけではない。何の罪もないタンクローリーの運転手が、過失運転致死傷罪という冤罪《えんざい》で投獄されてしまう。そしてこれが殺人事件だという事実は闇から闇に葬られ、真犯人はのうのうと生きながらえるのだ。


尾島はしばらく無言で考え続け、そしてようやく意を決したように口を開いた。

「あいつに相談してみるしかないようだ」

笹野が首を傾げた。

「あいつって誰です？」

閑谷が嬉しそうに、ぱんと手を叩いた。

「あ！　もしかして、あの人ですね？」

「そうだ」

尾島は頷いた。

「俺が知る限り、最も頭脳明晰な男。そして唯一、マル能の死体を解剖した男だ」

07　仮説

「生きた人間を連れてきて、診《み》ろというのならまだわかる。死体専門とは言え、俺は一応医者だからな」

スキンヘッドの男が、机の左側に置かれた電子顕微鏡を覗き込んだまま言った。白いカットソーの上に白衣、白いスラックス、ドクターシューズ。痩身、椅子に座っていてもかなりの長身だとわかる。

「しかしまさか、まだ見たことも会ったこともない人間について所見を求められるとは思わなかった。尾島、お前、監察医を占い師だとでも思っているのか?」

一月五日、夜十時三十分——。

尾島到と閑谷一大は、文京区《ぶんきょうく》大塚《おおつか》にある東京都監察医務院を訪れていた。尾島が多忙を極める監察医・大谷無常に会うのは、いつも勤務が終了した深夜だ。

監察医の大谷無常は三十八歳。かつては尾島と警視庁に同期入庁した警察官だったが、自分の捜査能力に限界を感じて警察官を辞職、その後医大で医師免許を取得して監察医となった人物だ。実家は京都の古刹《こさつ》だが、頭をスキンヘッドにしている理由はそれとは関係なく、解剖中に髪の毛を一本も落としたくないからだという。

昨日、笹野が一日かけて二件の事故についての詳細な情報をまとめてくれたので、それを大谷に送った。大谷は一日だけ読み込む時間がほしいと言い、あらためて翌日の今夜、閑谷を伴って大谷の職場にやってきたという訳だった。笹野は今も警視庁で交通捜査課と連絡を取り、二件の事故に関する情報を収集している筈だ。

「とんでもない。勿論占い師じゃなくて、監察医としての考えを聞きたいんだ」

閑谷と並んでパイプ椅子に座る尾島が、真面目な顔で応じた。

「何しろ無常、お前は世界で唯一、マル能の死体を解剖した男だからな。他の誰よりもマル能についてよく知っている。お前なら見たことも会ったこともなくても、今回のホシがどんな能力を持った人物かわかる。そうだろう?」

大谷は諦めたように顕微鏡から目を外し、椅子を回して尾島のほうを向いた。モデルのような整った顔に、フレームレスの眼鏡がよく似合っている。

「そういう他人の都合を全く考えない強引さが、俺にはなかった。だから捜査はお前に任せ、俺は捜査を後方支援する監察医の道を選んだ。その結果、刑事のお前にこき使われることになったが、これも俺の運命だろう」

大谷は机に向かって座り直すと、キーボードとマウスを操作し、目の前の液晶モニターに一枚の画像を表示した。

「これは三鷹事件のマル能・水田茂夫の頭部をＭＲＩ撮影し、その画像を３Ｄ化したものだ。これを使用して、まず水田が持っていた背理能力について説明しておく」

３Ｄ画像は、まるで人間の頭部が透明であるかのように、脳や眼球や歯や骨格といった内部の組織を見ることができた。それをマウスでくるくると回して見せたあと、大谷は、ふと思いついたように尾島に聞いた。

「ホルマリン溶液浸けの臓器も保存してあるが、そっちのほうがいいか？　地下に行けば水田の脳と眼球の実物が見られる」

「い、いや。画像で大丈夫だ。続けてくれ」

尾島が慌てて言うと、大谷は肩をすくめて説明を再開した。

「水田茂夫に確認された能力は二つ。第一に、物体を透視する能力。第二に、非接触で物体に力を加える能力。透視の原理は、以前も説明した通りすでに判明している。この、水田の眼底部にある網膜に――」

大谷は画像を拡大し、角度を変えながら眼球の裏側を見せた。

「このマークしてあるエリアに、紫外線、赤外線、放射線という三種類の不可視光線を知覚する視細胞《しさいぼう》が発見された。これによって、今まで人間になかった新しい知覚を手に入れたのだ。つまりマル能とは、遺伝子に変異を起こした人間だと言っていい」

「あの――」

閑谷が恐る恐る口を開いた。

「人間って、そんなに急に新しい器官ができたりするものなんですか？　人間にはこれまで何百万年も、そんな視覚細胞はなかったんですよね？」

大谷は即答した。

「生物の遺伝子は短期間に変異し、新しい器官を獲得させる。人間も例外ではない」

まず大谷が挙げたのは、フィリピンのセブ島で代々素潜り漁を営む民族・バジャウ族だった。彼らは一日の大部分を漁のために海で過ごすが、驚くべきはその潜水能力だ。普通の人間が息を止めていられるのは一～二分。素潜り深度百ｍの世界記録を持っていたダイバー、ジャック・マイヨールでも潜水時間は三分四十秒。だがバジャウ族は、水深六十ｍの海中に十分以上も留まることができるという。

秘密は彼らの脾臓《ひぞう》にあった。バジャウ族には脾臓が大きくなる遺伝子の変異があり、酸素を運ぶ赤血球の再生能力が通常の人間より遥かに高いのだ。一族で素潜り漁を続けた結果、自然選択によって遺伝的に素潜りに有利な子孫が残ったのだ。

大谷はさらに別の例を挙げた。

「最近になって人類全体が手にしかけている器官もある。前腕部の正中《せいちゅう》動脈だ」

正中動脈は、前腕や手に血液を供給する三本の動脈の一つだ。胎児の初期発生で形成されるが、妊娠八週目ほどで消え、橈骨《とうこつ》動脈と尺骨《しゃっこつ》動脈の二本が残る。よってほとんどの成人には正中動脈がない筈なのだが、十九世紀後半以降、成人しても正中動脈を保持している人が急激に増えているという。ここ百年ちょっとでの話だ。

「十九世紀後半と言えば、十八世紀に出現したキーボード式文書作成機が広く普及し、タイプライターという名称が生まれた頃だ。現在はPCに置き換わったが、キーボードで操作する仕組みは変わらない。両手の指を高速で動かすという新しい習慣が定着した結果、人体には、前腕部と手の血流を増やす必要が生じたのかもしれない」

尾島と閑谷は、ただ茫然とするしかなかった。明らかに人類は、短いスパンで肉体的進化を進めているのだ。

大谷は話を元に戻した。

「第一の透視する能力は、新たな視覚細胞の獲得によるものと判明した。一方で第二の能力、つまり非接触で物体に力を加える能力については、その原理が今日まで皆目わからなかった。——しかし」

「しかし？」

尾島が促すと、大谷は独り言のように言った。

「今回出現した新たなマル能のお陰で、その原理がわかったような気がする」

「本当ですか！」

閑谷が思わず叫ぶと、大谷は頷いた。

「彼らの能力を背理能力と名付けたのは俺だが、原理がわからないから理屈に背いているように見えるだけであって、そこには必ず何らかの力学上の原理が存在し、物理的な現象が生じている筈だ。その原理に、今日ようやく仮説が立ったということだ」

「その仮説って何ですか？　早く教えて下さいよ！」

「そう、先を急ぐな」

　はやる関谷を大谷は制した。

「それを説明する前に、今回のマル能はどうやって二台の車を暴走させ、早見市朗と藪田政造を殺害したのか。この問題に関する推論を聞いてもらう必要がある。それがわからないことには、第二の能力の原理も理解できないからだ。そもそもお前たちは、それを聞くためにここに来た筈だからな」

「いいだろう。そうしてくれ」

　尾島が頷くと、大谷は机の上からA４用紙の書類を手に取った。それは尾島が送った、今回の二事件に関する資料を出力したものだった。その書類をめくって確認し、何度か小さく頷いたあと大谷は顔を上げた。

「今回、未知のマル能が使用したのは、既知のマル能で確認された二種類の背理能力のどちらでもない。第三の背理能力だと思われる」

「第三の背理能力——？」

思わず尾島が呟いた。大谷は頷いて続けた。

「まず、お前たちが考えた通り、第二の能力で車の暴走をコントロールし、交通事故に偽装して殺人を行うことは非常に困難だ。それなのに今回のマル能は、この厄介な作業を二度繰り返して行い、どちらも成功させた。これは今回のマル能に、確実に車の暴走をコントロールできるという根拠と自信があったからだ」

大谷は資料にちらりと目を落とし、また顔を上げた。

「次に、タンクローリーの運転手の発言。運転手は、自分の手足が勝手に動いたと表現した。第二の能力を使用したのであれば、目に見えない足がアクセルを踏んだとか、見えない手にハンドルが引っ張られたと言っただろうが、そうではない。つまり、第二の能力とは異なる力が運転手に加えられたのだ」

尾島はタンクローリー運転手の奇妙な独白を思い出した。

――私の手が、勝手にハンドルを切ったんです。手だけじゃない。足もです。まるで、誰かに身体を乗っ取られてしまったかのように――。

「そして早見市朗。トラックと衝突する直前に、助けてと叫んだが、トラックのドライブレコーダーに残された映像からは、どう見ても自殺だったとしか思えない。早見は明らかに自らアクセルを踏み込み、自らハンドルを切って、自らトラックに正面衝突している。――以上のことから判断すると」

大谷は尾島と閑谷を交互に見た。

「今回の新たなマル能は、車を操ったのではない。運転者を操ったのだ」

大谷はきっぱりと言い切った。

「別の言葉で言えば、他人の脳神経に外部からアクセスして筋肉を操った。あるいは、人体をハッキングしたと言ってもいいだろう」

「人体を、ハッキングした――？」

茫然としながら、尾島は無意識に呟いた。つまり大谷は、今回のマル能が「他人の身体を操る能力」の持ち主だというのだ。

尾島はにわかにはその言葉を信じられなかった。あまりにも突飛な考えだった。人間が他の人間の行動を操ることなど、できよう筈がないではないか。

だが一方で、それ以上に納得のいく説明はないようにも思えた。むしろ今回の二つの事件に遭遇して以来、初めて腑《ふ》に落ちる説明を聞かされたと思った。マル能は、運転中の早見の身体を操って対向車線のトラックに正面衝突させ、タンクローリーの運転手の身体を操って藪田政造の選挙カーに激突させたのだ。まるで操り人形のように――。

もし大谷の言う通りだとすれば、確かにこの能力は、水田茂夫の二つの能力とは明らかに異なる能力だ。まさに第三の能力と言うしかない。

「しかし――、一体どうやったら、そんなことができるんだ？」

尾島が困ったように聞くと、大谷は再び喋り始めた。

「繰り返すが、背理能力という言葉は、あくまでも我々一般人から見た異常さの表現にすぎない。実際に物理現象が生じている以上、そこには何らかの物理的な原理に基づく、力学的な作用が働いている筈なのだ」

尾島と閑谷は、ただ無言で大谷の言葉に耳を傾けた。

「マル能・水田の出現によって第一、第二の背理能力が確認され、今回新たなマル能の登場によって、第三の背理能力が確認された。この三種類の背理能力を俯瞰《ふかん》した結果、俺は背理能力とは、全て同じ原理で発生していると考えるに至った」

「全部、同じ原理なんですか？」

閑谷が驚きの表情で聞いた。大谷は頷いた。

「そうでないと、三種類もの異なる背理能力が、同時に出現したことに説明がつかない。もしかすると今後、第四、第五の背理能力も出現するかもしれないが、それらもまた全て共通の原理で発現することが予想される。全ての背理能力には、科学的な整合性がある筈なのだ」

尾島が我慢できずに聞いた。

「じゃあ、その原理とは何だ？」

「電磁波だ」

大谷は即答した。

「これまで人類が利用できなかった種類の電磁波を利用した能力、それが背理能力だ。一応この仮説で、三種類の背理能力を全て説明することができる」


電磁波とは放射線、光線、電波などの「真空中でも伝播《でんぱ》するエネルギー波」のことをいう、と補足してから、大谷は具体的な説明を始めた。

まず第一の能力。人間は可視光線から視覚情報を得ているから、元々電磁波を利用する生物だと言える。全ての光線は電磁波だからだ。これに加えて背理能力者は、紫外線、赤外線という不可視光線に相当する電磁波からも視覚情報を得ることができる。さらに放射線もまた電磁波だが、これも視覚情報として利用することができる。

「次に第二の能力。非接触で物体に力を加える能力だが、これは周囲の電磁波を利用するのではなく、自らが放出する電磁波を利用していると考えられる」

「マル能って、身体から電磁波を出すんですか？　電子レンジみたいに？」

閑谷が聞くと、大谷は否定した。

「そうではない。マル能に限らず全ての人間が、脳や心臓、それに筋肉から電磁波を発しているのだ」

特に心臓から出る電磁波は脳の五千倍もあり、一〜二m離れても計測が可能だ。この心臓が発する電磁波を計測することで健康状態を知ることができる。一般の健康診断で心電図検査はあっても脳電図検査がないのは、脳より心臓のほうが遥かに強い電磁波を発しているからだ、と大谷は説明した。

「しかし、無常」

尾島が疑問を呈した。

「電磁波で物体を持ち上げたり潰したり、そんなことができるのか？　マル能は普通の人間よりうんと電磁波が強いのかもしれないが、それにしても——」

「その通り。電磁波で物体を動かすなど、物理学的に不可能だ。——だが」

大谷は慎重に続けた。

「質量の大きい物体を直接動かすことは不可能でも、素粒子を動かすことなら可能ではないだろうか？　素粒子には質量が無いか、ほとんど無いのだから」

「そ、そりゅうし、ですか？」

閑谷は混乱した。電磁波の次は素粒子。話がどこへ向かうのか見当もつかない。

「引力は存在しない、という話を聞いたことがあるか？」

大谷が閑谷に聞いた。閑谷は慌てて首を横に振った。

「い、いえ、聞いたことがありません。だって、引力があるからリンゴが木から落っこちるし、僕たちも地面に立っていられるんでしょう？　引力が存在しないなんて、まさかそんな馬鹿なことが」

「では、その引力はどんな原理で発生している？」

「さ、さあ――？」

　首をひねる閑谷を見て、大谷も頷いた。

「引力がなぜ存在するのか。実は、これは未だに解明されていない謎なのだ。観測されるから存在する、わかっているのはそれだけだ」

　大谷によると、量子力学ではこの謎に辻褄《つじつま》を合わせるため、重力波を媒介する重力子という素粒子が存在すると考えている。だが、この重力子も想像の産物で、未だに発見されていない。重力子など存在しないという可能性もある。

「そのため重力という現象の説明には、様々な異説が存在する。その異説の一つに『引力とは、素粒子の圧力差だ』という説がある。重力子どころか引力の存在を完全に否定してしまう、大胆で、かつ興味深い説だ」

　もはや尾島と閑谷は全く話についていけず、茫然としたまま質問を差し挟むことすらできなくなっていた。だが、大谷は構わず滔々《とうとう》と喋り続けた。

　この宇宙には、無数の素粒子が水のように充満している。素粒子は常に生じては消え、またあらゆる方向に向かって流れ、あらゆる物体を全方向から通過している。この時、ザルを水流が通過する時のような通過抵抗が生じている。その均衡が崩れると物体は一方向に押され、あたかも逆方向から引っ張られているように見える——。これがその異説の骨子だと大谷は言った。

地球上にいる我々にも、あらゆる方向から素粒子が通過しているが、真上から流れてくる素粒子の圧力よりも、真下から流れてくる素粒子の圧力のほうが弱い。真下からの流れは、地球を通り抜ける際の抵抗で速度が弱められているからだ。この圧力差の結果、我々は真上から地面に押し付けられることになり、それを地球から引っ張られていると感じている——。

「ヒッグス理論にしても、質量の正体は素粒子であると言っている。それに静的カシミール効果とも矛盾しないし、しかも引力は質量に比例するから——」

「ちょ、ちょっと待ってくれ」

たまらず尾島が大谷の言葉を遮った。

「すまん。もう難しすぎてこれ以上は無理だ。要するに、マル能の二番目の能力は、物体の周りにある素粒子の流れを操ることで、物体に力を加える能力だ。——これで合ってるか？」

「まあ、かなりざっくりと言えばそうだ」

大谷はしぶしぶ頷くと、話を再開した。

「そして、今回使われたと推測される第三の背理能力、即ち他人の身体を操る能力だ。これもまた、自分が発する電磁波を使用した能力だと思われる」

大谷は例を引いて説明した。二〇一八年にアメリカで発表された、デボラ・ロズマンという行動心理学者の論文によると、ある被験者の心臓が発した電磁波が、別の被験者の脳波とシンクロしていることが確認されたという。

「今回の新たな背理能力者は、自分が出す電磁波を、素粒子を媒介として他人の電磁波とシンクロさせ、それによって他人の神経や筋肉に流れる電気をコントロールし、行動を操るのではないか。なぜなら電気もまた、電子という素粒子の流れだからだ。

——そう、それから一つ、付け加えておくが」

大谷は思い出したように尾島を見た。

「三鷹署で撮影された水田の映像を見たが、奴は背理能力を発揮しようとする時、右手を前に突き出し、五本の指を奇妙な形に折り曲げていたな。お前はこれを、力を自分から引き出すための引鉄《トリガー》、つまり儀式《セレモニー》ではないかと想像していたが、もしかすると、手印《しゅいん》やムドラの一種かもしれない」

手印というのは、真言密教で神仏の力を受け取り、神仏と一体化するために指で作る形のことで、臨兵闘者皆陣列在前《りんぴょうとうしゃかいじんれつざいぜん》という九字《くじ》を唱えながら印を結ぶ。ムドラというのはインドのヨーガで取り入れられた手の形で、用途別に百八種類があるとされるが、心や身体のバランスを整えて精神的な覚醒を促すものだという。

「手印とムドラ。どちらも体内の気《き》と言われるものの流れを整え、利用するためのものだというが、もしかすると電磁波を送信または受信するために、手をアンテナ化しているのかもしれない。となると、真言密教やヨーガでいう気とは、身体が発する電磁波のことなのだろう」

そこまで一気に喋って、大谷はようやく話を終えた。

「何か、質問はあるか？」

大谷の話がようやく一段落し、尾島はふうと大きく息を吐いた。犯罪の手口について相談しにきたつもりだったが、まるで物理学の講義を受けたような気分になった。

「背理能力の原理は、何となくわかったような気がする」

尾島は疲れた顔で口を開いた。

「しかし、人間が電磁波を使って物を動かしたり他人を操ったりするなど、そんな魔法のようなことができるとは、頭ではわかっても、なかなか実感できないな」

「俺もこの仮説に至った時、すぐには確信が持てなかった」

尾島の正直な感想に、大谷も頷いた。

「だが考えてみろ。例えば視力だ。そこにあるものが見えるということは、実は生物が長い進化の果てに手に入れた大変な能力なのだ。光という電磁波を網膜で捉えて脳に伝達し、様々な要素を補完して画像《イメージ》として組み立てる、そんな信じられないメカニズムだからな。その結果人間は、自分に見える波長の電磁波を可視光線と呼ぶようになった訳だ」

同じく、音が聞こえるということも大変な能力なのだ、と大谷は言った。

「空気の振動を、鼓膜を通じて音声に変換して感知し、何が発する音声なのか、そしてどういう意味なのかを判断するのだから。まして自ら音を発してやりとりし、互いの意思を交換するなど、まるで奇跡のような行為だ。目や耳を持たない生物には、人間の視覚も聴覚も、魔法を使っているとしか思えないだろう」

つまり、と大谷は結論を述べた。

「これまである波長の電磁波や音波を利用してきた我々人間が、別の波長の電磁波を利用するようになったとしても、不思議でもなんでもない。見ることや会話することと、さほど違いがないとも言える」

「でも、大谷先生」

関谷が講義を受ける学生のように質問した。

「どうして最近になって、そんな人間が次々と出現するようになったんでしょう？」

「背理能力者自体は、遥か古代から存在したと考えたほうが合理的だ。彼らの存在を暗示する伝承が世界中にあるからな。だが、最近になって彼らの出現率が上昇しているように思えるのも確かだ」

閑谷の質問を予想していたのか、大谷はすらすらと回答した。

「そもそも、遺伝子の変異における最も大きな要因は、生活環境の変化だ。そう考えれば、二、三十年ほど前から人間の生活環境では、人工的な電磁波の総量が急増している」

閑谷が質問した。

「人工的な電磁波って言うと、もしかして無線通信ですか？」

「その通りだ」

大谷はＰＣを操作し、無線通信インフラに関するウェブサイトを表示した。

「例えば、我が国で携帯電話サービスが始まったのが一九八七年。我が国で無線ＬＡＮ機器が発売されたのが一九九三年――」

Ｗｉｎｄｏｗｓ95が発売され、一気にパソコンが普及し始めたのが一九九五年。デジタル衛星放送の開始が一九九六年。Ｂｌｕｅｔｏｏｔｈの登場が一九九九年。地上デジタル放送の開始が二〇〇三年。二〇一五年には４Ｇ、二〇二〇年には５Ｇ移動通信システムの運用が開始――。

「このような電磁波量の急激な増大は、我々人間の生活環境の明らかな変化であり、結果として電磁波に適応するための変異を、人間に生じさせたのではないだろうか？過去には、生物が視力を獲得したのも、地球を覆《おお》う厚い雲が晴れ、太陽光が射すようになったという生活環境の変化ゆえだった」

太陽光という電磁波が地球に降り注ぐようになった結果、生物は可視光線を利用して情報を得るようになった。それと同じことが、今、起きているというのだ。

「生き物って、進化しないといけないんでしょうか」

突然、閑谷がぽつりと呟いた。

尾島と大谷は、思わず閑谷を見た。閑谷は続けた。

「人間にはそんな能力なんか要らなかったのに。壁の向こうを透視したり、手を触れずに物を動かしたり、他人の身体を操ったり、そんな能力なんか手に入れる必要はなかったのに。だって手に入れても結局、犯罪に使うだけなんですから」

静かに淡々と、閑谷は喋り続けた。

「活かせるのが犯罪だけだとしたら、どんなにすごい能力があったって、人間は幸せにはなれません。不幸になるだけです」

そう言うと閑谷は黙り込んだ。

「俺もそう思う」

尾島が頷きながら口を開いた。

「この遺伝子の変異が、人間の進化だというのであれば、そして進化という言葉が生物の進歩を意味するのであれば、こんなものは進化でもなんでもない。ただの異形《いぎょう》化だ。人間が異形の化け物に近づいているというだけだ」

すると、二人の話を聞いていた大谷が言葉を発した。

「生物が進化する理由、それは進化しなければ滅びてしまうからだ」

今度は尾島と閑谷が、同時に大谷を見た。

「進化を続けなければ、刻々と変化する生活環境の中で、生物は存在し続けることはできない。この原則をアメリカの進化生物学者リー・ヴァン・ヴェーレンは、ルイス・キャロルの小説に登場する人物の名前を取って『赤の女王仮説』と呼んだ」

小説『鏡の国のアリス』に登場する「赤の女王」は、「同じ場所に居続けるには、全力で走り続けなきゃならないの」と言った。この言葉から、生物が存在し続けるためには、常に進化を続けていかねばならないという仮説の譬《たと》えに使われたのだ。

「そして、進化とは同時に退化でもある。何かを獲得することは、代わりに何かを喪失することなのだ。トレードオフと言ってもいいだろう。陸上生活に適応することは、水中で呼吸できなくなることだった。大空を羽ばたく翼を手に入れることは、物を作り出す両手を諦めることだった」

宙に視線を投げたまま、独り言のように大谷は喋った。

「他者が持たない能力を手に入れた者は、人間でありながら人間を見下す存在になるのではないか。そして社会との協調を失い、社会から孤立し、疎外《そがい》され、やがて社会と敵対するようになる。そして、その能力を使った犯罪へと走るのだろう」

尾島もかつて同じようなことを考え、閑谷に語ったことがあった。

――背理能力者はその背理能力ゆえに、全てが犯罪者予備軍と考えていい。次の背理犯罪が起きないと考えるほうがおかしい――。


気が付くと、時計の針はとっくに零時を回っていた。

「随分長く喋ってしまった」

大谷無常が疲れたように言った。

「他に聞きたいことがなければ、これで終わりにするが?」

「じゃあ、最後にもう一つだけいいか?」

尾島が言うと、大谷は諦めたように右手を差し出した。

「これからマル能は、どんどん増えるんだろうか? もしそうだとしたら、いずれ俺たちの係では対応できなくなる。それに、マル能の存在をいつまでも一般市民に隠しておく訳にもいかなくなる。というか、遠からず必ずバレるだろう。その時司法は、対応を迫られることになる。まあ、俺が考えることじゃないのかもしれないが」

大谷が確認した。

「今の質問は、背理能力は一部の人間だけに留まるのか、それとも人間全体に波及していくのか、という意味か？」

「そうだ」

大谷は黙り込んだ。何事かを考えているようだった。そしてしばらくののちに、ようやく口を開いた。

「現在の、生活環境における電磁波の増加傾向が、遺伝子の変異を起きやすくしている可能性はある。この電磁波環境が長く続けば、いつか人類の遺伝子に変異が定着するかもしれない。だが、それは現在の電磁波環境が何万年も続いた場合の話だろう。それまでマル能は例外的な、ごく少数の存在であり続けるのではないか」

よかった——。尾島は心の底からそう思った。水田や今回のホシのようなマル能が次から次へと現れてはかなわない。身体がいくつあっても足りないだろう。

「じゃあ、マル能が増えていくことは心配しなくていいんだな？」

「ああ。何か特殊な状況が訪れない限り、マル能は増加しないだろう」

この大谷の言葉を、尾島が聞き咎《とが》めた。

「特殊な状況とは何だ？」

「それは――」

言いかけたあと、大谷は首を左右に振った。

「いや。何でもない。忘れてくれ」

尾島は確認した。

「本当に何でもないのか？」

大谷は頷いた。

「特殊な状況とは、あくまでも例外的な状況だ。確率的に気にする必要はない」

そう言いながらも大谷は、じっと何かを考えているようだった。尾島は大谷の思考の邪魔をしないよう、隣の閑谷に目配せして立ち上がった。


「ああ、尾島」

出口に向かう尾島の背中に、大谷が声をかけた。

「笹野さんが、お前の所に配属になったそうだな」

「笹野さんを知ってるのか？」

尾島が振り向くと、大谷は頷いた。

「俺が警視庁入庁後、最初に配属された部署で、俺の指導係をやってくれた人だ。いろんなことを教えて頂いた」

大谷は懐《なつ》かしげな表情になった。

「物静かで穏やかで思慮深く、いつも頭の片隅で何事かを考えているような人だった。今でもそうか？」

「まさにそんな感じの人です」

閑谷が微笑みながら答えた。

尾島も、笹野の穏やかな顔を思い浮かべながら頷いた。

「誠実で信頼できる人だ。存分に活躍して頂く」

「よろしく頼む」

そう言うと大谷は、珍しく殊勝に深々と頭を下げた。

08　決断

翌日。一月六日、午前十時――。

警視庁本部庁舎の六階、巌田尊捜査第一課長の個室。

革張りの三人掛けソファーに尾島到が一人で座っていると、電話を終えた巌田課長がやってきて、向かい側の一人掛けソファーにどっかりと腰を下ろした。

警視庁本部は屋外喫煙所を除いて全館禁煙だが、個室内は黙認されている。テーブルの上には来客用にクリスタルのライターと灰皿が置いてあるが、巌田課長はポケットから百円ライターを取り出し、咥《くわ》えたショートホープに火を点けた。殺人犯など強行犯捜査を行う捜査第一課の課長は、キャリア組ではなく叩き上げの刑事が務めるのが慣例だ。

「どうだ、確証は摑めたか？」

ぼそりと巌田課長が聞いた。

尾島も小声で答えた。

「未知のマル能による犯行、そう考えて間違いないと思います」

今日、尾島が巌田課長の個室にやってきたのは、現段階での捜査結果を報告し、引き続き特殊八係で捜査を継続するかどうか、その指示を仰ぐためだった。尾島の特殊八係は、対外的には遊軍的部署であることになっているが、実は背理能力を持つ犯罪者、通称・背理犯の捜査を専門に行うために新設された部署であるからだ。

「根拠は？」

巌田課長に聞かれ、尾島は説明を始めた。

まず大前提となるのは、都知事選を争う有力候補者三人のうち中園を除く二人が、相次いで死亡したという事実。加えて自殺と判断された早見市朗の場合、死亡したのが愛人宅へ向かう途中であったこと、ドラレコの映像を見ると死ぬ瞬間に「助けて」と叫んでいたことを挙げた。

もう一人の藪田政造は、タンクローリー運転手の過失運転による事故死と判断された。しかし、なぜかタンクローリーは衝突の百m前から急加速し、しかもその運転手は「自分の手足が勝手に動いた」という奇妙な発言をしており、ドラレコの映像にもそれを裏付ける運転中の混乱が映っていた――。

「ふん」

何度も頷いたあと、巌田課長が尾島をじろりと見た。

「俺は、三鷹事件の水田ってマル能を知ってる。あの野郎がお前を殺そうとした映像も見てるし、法廷であいつが弁護士を殺そうとしたのも聞いたし、絞首刑台の下で何が起きたかも知ってる。だから、お前の話を聞いただけで、俺の鼻にもあいつらの存在がぷんぷん臭ってくる。——だが」

巌田課長は、白煙の混じった溜め息を吐き出した。

「覚悟してたことだが、今回もやはり物証は何一つねえ。言っちまえば、俺たちの感触だけだ。マル能の仕業だってことを第三者に証明するのは、やはり至難の業だ」

「それが背理犯罪の厄介なところです」

尾島も頷いた。

「早見を自殺、藪田を事故死と判定した交通捜査課も、おそらくもやもやした違和感を感じていたと思います。でも物証が何もない以上、それ以外の結論は出せなかったのです」

交通警察だけではなく世間も同じだ。尾島はそう考えていた。

早見市朗と藪田政造という都知事選を争う二人の連続死は、社会的にも衝撃をもって受け止められ、当然テレビや新聞でも連日大きく取り上げられていた。だが、あくまでも偶然連続した事故という扱いで、そこに犯罪性を指摘するものはなかった。

週刊誌、夕刊紙、スポーツ紙、ネットニュースといったスキャンダリズムが売りのメディアにしても同様だった。せいぜいが「呪われた都知事選　候補者二名死亡の怪」といったオカルトじみた切り口か、「偶然か？　都知事候補連続死の謎に迫る」といった、犯罪を臭わせながらも中身は何もない記事を載せるだけだった。

結局、「中園が対立候補二人を呪い殺した」という悪い冗談があちこちで囁かれているのを除けば、誰もが違和感を抱えたまま、「都知事候補二人が、たまたま二日連続で死んだ」と結論付けるしかなかったのだ。

巌田課長がさらに質問した。

「早見と藪田を殺《や》ったマル能は、同一人物か？」

「そう考えていいと思います」

尾島はその理由を説明した。

第一に、どちらも交通事故に偽装、車を暴走させることで標的を殺害するという手口が同一であること。第二に、早見と藪田の事故が別の日なのは、同じ日に二ヵ所で行動できなかったからと想像されること。

「第三に、二件のホシはどちらも、非常に特殊な能力を使用したと思われます。監察医の大谷無常は、人体をハッキングしたのではないかと推測していました。確かにそう考えない限り不可能な殺人です」

背理能力の原理に関する話は省略して、尾島は伝えた。

「ハッキング？　何だそれは？」

顔に強い嫌悪を浮かべながら、巌田課長が聞いた。

「要するに、人間の身体を操って死亡事故を起こさせたってことです」

「身体を操っただと？」

「はい」

「そんな奴を」

巌田課長はあきれたように、ソファーにどさりと背中を預けた。

「どうやってパクりゃあいいんだ――」

巌田課長が途方に暮れるのももっともだった。三鷹事件の水田の場合は、被害者の心臓に力を加えた痕跡が残っていた。だが今回は、直接人体に力を加えた訳ではない。従って背理能力を使用した痕跡は、犠牲者にも現場《げんじょう》にもどこにも残っていないのだ。

「だがよ、尾島」

巌田課長は、急に身を起こして尾島を見た。

「他人の身体を操れるんなら、例えばビルの屋上から飛び降りさせることも可能だろう。なぜ今度のマル能は、交通事故に偽装するなんて面倒な殺り《や》方にした？」

「それは私も疑問に思っていました」

そう前置きして、尾島は自分の考えを述べた。

「都知事選を争う有力候補者二人が立て続けに自殺したら、いくらなんでも不自然です。警察の捜査もマスコミの取材も、相当な長期間に亘《わた》って継続されるでしょう。その間に何かが発覚しないとも限りません。しかし、交通事故死だと警察が断定すれば、それ以上死因を詮索されることはありません。捜査はそれで終了です」

巌田課長が考え込みながら言った。

「だとすれば、後先考えない乱暴な殺し方にも見えるが、実は綿密に計算されたコロシだとも考えられるな」

尾島は頷いた。

「マル能は単独犯ではないでしょう。別に殺害計画を練った人物がいる筈です」

「問題は、そこだ」

巌田課長は小声になった。

「実行犯のマル能に、早見と藪田を殺させたのは誰かってことだ」

尾島も声を落として答えた。

「何度考えても、早見と藪田の二人が死んで利益を得る人物は、二人と都知事選を争っていた人物、即ち現職の東京都知事・中園薫子。それ以外に考えられません」

中園薫子、四十歳。「幸せの党」党首、現職の東京都知事。その存在が世の中に知られるようになったのは、彼女が二十一歳の時だった。

二〇〇一年九月十一日、国際テロ組織アルカイダによるアメリカ同時多発テロ事件が勃発した。その時、アラブ情勢を伝える現地レポーターとして颯爽《さっそう》とテレビに現れたのが、アラブ首長国連邦《UAE》の超難関大学・アブダビ法科大学に在籍し、現地の弁護士事務所に勤めるという女子大生、中園薫子だった。

アラビア語をネイティブ並みに操れるという中園は、ＵＡＥの政府高官やマスコミに聞いたという誰も知らない情報を披露し、中東情勢に詳しい美貌の才媛として、たちまち人気報道番組の専属解説者に抜擢される。

やがて中園はアブダビ法科大学首席卒業という勲章を引っ下げて帰国すると、中東のみならず海外の最新情報に詳しい女性として、マスコミで人気を集めるようになる。その人気に与党・自由民守党が目をつけた。国会議員に占める女性比率の向上を掲げて中園に参議院選出馬を打診、中園もこれに応えて見事当選、三十歳で国会議員となった。

しかし、この頃から中園に学歴疑惑が囁かれるようになる。アブダビの外国人向けナイトクラブで中園と一緒にホステスをしていたという日本人女性が現れ、アブダビ法科大学は首席卒業どころか入学もしていない、アラビア語もネイティブ並みどころか片言程度、と週刊誌で暴露したのだ。

野党はこの問題を追及したが、中園は「卒業証書は紛失したが、首席卒業は本当だ」と言い張り、保管していたという学生証と成績表のコピーを提示して反論した。

野党は他人のものを改竄《かいざん》した偽物だと主張したが、証明することはできず、学歴詐称

疑惑はいつしかうやむやになった。

三十五歳になった時、中園は史上初の女性総理を目指して、自由民守党の総裁選に

立候補する。だが、各派閥の長に嫌われていたため当然のように大敗、総裁選後に成

立した内閣では入閣も果たせなかった。

その翌年つまり四年前、当時の東京都知事が汚職の疑いで辞任すると、中園は突如

として東京都知事選への立候補を宣言、自由民守党を脱党する。そして「七つのＴＯ

ＫＹＯ革命」と自ら名付けた公約を掲げ、女性とマイノリティーの地位向上を訴える

ことで都民の人気を集め、圧倒的大差で選挙に勝利、見事東京都知事の座を射止める。

都知事に就任すると同時に、中園は新党「幸せの党」を旗揚げし、その翌年の東京

都議会選挙でも大勝する。しかし都知事になった中園は、選挙で掲げた七つの公約を

一つも実行する様子はなく、都民の支持は徐々に下降を始める。

そして昨年の年末、中園の任期満了に伴う都知事選には、人気キャスターの早見市

朗と自由民守党の都議会幹事長・藪田政造が出馬、三つ巴《みどもえ》の選挙戦が繰り広げられて

おり、今度ばかりは中園も危ないのではないかと囁かれていた。

そんな中で起きたのが、早見と藪田の死亡事故だった。

当然中園にも、定例会見の場で二人の死亡事故についての質問が飛んだが、中園は以下のようにコメントした。

——ともに都知事選を戦っていた、戦友とも言うべきお二人の非業の死は、こんなことがあっていいのか、これ以上の悲劇があるのかと思ったくらい衝撃的な出来事でした。しかし、これはもしかすると、神仏のような存在が「中園よ、やはりお前が東京のために働く運命にあるのだ」と私を叱咤《しった》しているのではないかと、そう思えて参りました。

この都知事選がどうなるかは、それこそ神のみぞ知る訳ですけれども、必ず勝利して、お二人のご遺志も背負って、東京のために尽力する所存でございます——。

憮然《ぶぜん》とした表情で巌田課長が言った。

「中園は、自分の最終目標は日本初の女性総理大臣だと公言している。東京都知事の椅子なんてのは、そのための踏み台にすぎねえ。だが、それだけに都知事選でしくじる訳にはいかねえんだろうよ」

喋りながら巌田課長は、吸い殻を灰皿の中で乱暴に揉《も》み消した。

「学歴疑惑を見ても、有名になりたい、人の上に立ちたいって欲望が強く、目的を果たすためならなりふり構わねえ女だ。中園が真犯人《ホンボシ》だとしても何の不思議もねえ」

頷きながらも、尾島が付け加えた。

「中園とマル能の間に、もう一人、別の人間がいる可能性もあります」

「というと？」

「何者かが中園を都知事に再選させ、それによって何らかの利益を得るために、マル能を使って二人を殺害したのかもしれない、ということです。東京都知事が、直接マル能の殺し屋を探し出し、連絡を取って報酬を払ったと考えるより、仲介した人物がいると考えたほうが自然です」

考えをまとめながら、尾島は喋り続けた。

「マル能が実行共同正犯。中園及び仲介した人物が共謀共同正犯。このように仮定して捜査を進めたいと思います。よろしいでしょうか」

「わかった。その線で捜査を継続しろ」

「ありがとうございます」

尾島が頭を下げると、巌田課長はこう釘を刺した。

「だが尾島、下手を打つなよ。パクったあとで証拠不十分で釈放なんてことになったら、相手は東京都知事様だ。疑って済みませんでしたじゃ済まねえ」

「課長にご迷惑をかけるようなことはしません」

「馬鹿野郎」

巌田課長が尾島を睨んだ。

「俺は、手前《てめえ》の首が怖くて言ってんじゃねえ。警視庁は東京都の公安委員会の管理下にある。そして公安委員会を仕切ってるのは東京都知事だ。もし証拠不十分で中園を取り逃がしちまった場合、それ以上ほじくり返されねえように警視庁を締め上げてくるに違いねえ。下手すりゃ責任問題で警視総監の首が飛ぶ」

「わかってます。細心の注意を払って捜査します」

「今のところ、中園と二つの死亡事故を繋ぐ接点は何もねえ。だとすれば、早見と藪田《や》を殺った実行犯のマル能を見つけないことには、中園にはたどり着けねえ。これからそいつを、どうやって炙《あぶ》り出すつもりだ？」

「考えていることがあります」

巌田課長の問いを予測していたかのように、尾島は答えた。

「他部署の協力が必要ですので、課長からのGOサインを待って行動します。協力依頼に当たっては、課長からもお口添えをお願いします。勿論、他部署との打ち合わせは、マル能の存在については伏せたまま進めます」

「考えていること？」

「マル能の奴らが人間には不可能な能力を使うのなら、こっちも同じように、人間には不可能な能力を使おうってことです」

「お前、何を考えてるんだ？」

訝《いぶか》しげな巖田課長を前に、尾島は不敵な笑みを浮かべた。

09 解析

「ねえ、教えて下さいよ。これって一体、何の捜査なんですか?」

　壁際の広い机に向かって座る若い男が、興味津々という表情で背後に立っている尾島を振り返った。机にはキーボードとPCの筐体《きょうたい》、そして目の前には横に三列、縦に二列、合計六つの液晶モニターが並んでいる。複数のソフトウェアを走らせ、複数のウインドウを一覧するためにマルチディスプレイ接続されているのだ。

　若い男は急に正面に向き直ると、複数の画面を順に指差しながら喋り続けた。

「これが、早見キャスターが亡くなった時の、高井戸陸橋に設置された交差点カメラの映像。そしてこっちの五つが、タンクローリーが藪田候補の選挙カーに突っ込む直前の、新宿駅西口に設置された街頭防犯カメラです」

　天然パーマの髪を七〇年代のロックバンドのように伸ばし、しかも丸い眼鏡を掛けている。そのせいで、何となくユーモラスな印象がある。

　若い男はまた振り向いて、二人を見た。

「でも、早見さんは自殺で、藪田さんはタンクローリー運転手の過失運転による事故死なんでしょう？　これから誰を、何のために探そうっていうんです？」

「詳しく説明する訳にはいかないんです。そこんとこ、察してくれませんか」

困ったように閑谷が答えると、若い男はにやりと笑った。

「お二人とも捜査第一課ですよね？　てことは、殺人事件の捜査でしょう？」

「そうです。だが、言えるのはそこまでです」

尾島が答えると、その隣で閑谷が、若い男の背中に両手を合わせた。

「とにかく今はあなただけが頼りなんです。よろしくお願いします！」


一月七日、夜八時――。

尾島と閑谷は、警視庁本部に隣接する警察総合庁舎第二別館四階、警視庁刑事部・捜査支援分析センターにいた。笹野は連絡係として特殊八係に残っている。

捜査支援分析センター、略称ＳＳＢＣ。犯罪の広域化や電子化に対応するため二〇〇九年に設立され、街頭防犯カメラの画像解析、電子機器の解析を主とする分析捜査支援と、プロファイリングによる情報捜査支援を行う。刑事部のみならず組織犯罪対策部、生活安全部、交通部など警視庁内の全ての事件捜査を支援する。

尾島がＳＳＢＣに協力を要請した目的は、一つしかない。早見と藪田、二人を殺害した実行犯と目される背理能力者を表に引きずり出すためだ。

パーティションで区切られた半個室とも言える空間の中、二人の前でPCに向かっているのは、機動分析第二係の分析捜査官・並木想作《なみきそうさく》、二十八歳。階級は巡査部長。防犯カメラの画像の収集と、それを分析し、繋ぎ合わせて犯人の逃走経路を突き止める技術のプロフェッショナルだ。

「頼りにされるのは嬉しいんですけどね、でも、これだけの尺の映像を解析して、映ってる人の顔を全部切り出すなんていう作業を、出来る限り早く、しかも誰の力も借りずにたった一人でやれだなんて、もう無茶苦茶ですよ。まあ、何とか丸二日でやりましたけどね。民間企業にいた頃は、無茶苦茶な納期の注文をいくらも経験しましたから」

恩着せがましい口調で並木が言った。SSBCは、同じ刑事部の捜査第一課や機動捜査隊から来た捜査官と、コンピューター技術の資格を持ち、民間企業から中途採用された特別捜査官から構成されているが、並木は後者だ。そのせいか喋り方も、上下関係が厳しく躾けられた生粋《きっすい》の警察官とはどこか違う。

そして今回、ただ一人で分析作業に当たってもらったのは、背理能力者の存在が露見する危険性を出来る限り排除したいからだ。そのために尾島は、巌田課長を通じて、SSBCの所長に「とにかく一番有能な人間を、一人だけ貸してほしい」と要望した。そして紹介されたのが、ここにいる並木だったのだ。

ＳＳＢＣの分析捜査官は、外回りをすることはないため警察の制服は着用しない。並木も濃紺のスーツにワイシャツ、ネクタイという会社員のような格好だ。

「あれ？」

突然、並木がモニター画面に顔を近づけた。

「どうしました？」

不安になって尾島もモニターを覗き込んだ。

「今、選挙演説の聴衆の中に、元カノがいたような気が」

「――元カノ？」

思わず尾島が聞くと、並木は大きく頷いた。

「ええ。去年振られちゃったんですよねえ。後でわかったんですけど、こっそり別に男を作ってたんです。ひどいと思いません？」

並木は顔をモニター画面に近づけ、マウスのホイールをくりくりと動かして映像を行き戻りさせていたが、すぐに姿勢を戻し、残念そうに息を吐いた。

「他人の空似でした。よく考えたら政治に興味なんかない女性だったし、去年からシンガポールに住んでる筈だし。ははは」

並木が作業を再開すると、尾島と閑谷は無言で顔を見合わせた。

本当にこの人が、ＳＳＢＣで一番有能な人なんでしょうか――？　閑谷の目は、不安げにそう語っていた。

「あ、そうそう」

並木がまた振り返った。尾島と関谷は、急いで顔を並木に向けた。

「何です？」

「別途お預かりしていた、トラックのドラレコ映像です。早見の最後の言葉ですけど、口唇《こうしん》形状認識ソフトで解読した結果、お二人が仰る通り『たすけて』である確率が九十八・九七％。つまり正解でした」

並木によると、口唇形状認識は二〇一八年に大手ＩＴ企業が開発した技術で、話す人の唇の動きを画像認識することによって会話の内容を解読するというものらしい。ＡＩのディープラーニングを応用し、日本語を喋る口の動きを数千時間かけて学習させ、誤差を極限まで少なくしているという。

「早見の言葉、再生しましょうか？」

並木の言葉に関谷が驚いた。

「そんなことができるんですか？」

「ええ。唇の動きから解読した言葉を、早見の生前の声を素材にして、音声として再現します。早見の声はネット動画でいくらでも拾えますからね。聞き取りやすいように、少しスローにしましょう。いきますよ？」

並木がエンターキーを、たん、と叩いた。

するとの右上のモニターで、映像の再生が始まった。画面の中で、ハンドルを握った早見の姿が徐々にアップになる。早見は引き攣った顔で、大きく口を開ける。そしてPCの脇にあるスピーカーから、スロー再生で間延びした早見の恨めしげな声が、大音量で聞こえてきた。


たあ、すう、けぇ、てえええぇぇぇ——。


得意満面の顔で、並木が振り返った。

「どうです、口の動きにピッタリ。間違いないでしょう？　もう一回聞きます？」

尾島と閑谷は急いで首を横に振った。

「いや、もういい。ありがとう」

「あの、一回で大丈夫です！」

まるであの世から聞こえてくるような、怨念の込められたような声を聞かされて、尾島も肝を冷やす思いがした。ともあれ早見が死ぬ直前に「助けて」と叫んでいたのは確かなようだ。やはり最先端の技術は、尾島から見ると魔法だと言うしかなかった。死者の声を蘇らせてしまうのだから。

「でも早見さん、自殺なのにどうして助けてなんて言ったんでしょうねえ。いざ死ぬ段になって、急に怖くなったのかなあ」

首を捻る並木には答えず、尾島が聞いた。

「それで、二つの現場にいた人物の顔は全て抽出したのか？」

並木は軽く答えた。

「ええ。もう終わったようなもんです」

「い、い、ようなもん、って――」

まだ終わってなかったのかと尾島はあきれたが、並木は悪びれずに続けた。

「今、早見の現場の三十二人と、藪田の現場の五百十三人、計五百四十五人分の顔の画像をＡＩで正面画像に角度変換し、さらに手作業で解像度と明度、コントラストを調整しているところです。ポンと一括で調整出来れば楽なんですが、このへんがＡＩにはできない味付けというか、職人技って奴で――。でも、すぐですよ」

そう言うと並木は、鼻歌を歌いながら作業を開始した。


尾島から捜査支援分析センターへの依頼はこうだった。

まず早見市朗の死亡現場。常時録画式交差点カメラとＮシステム、Ｔシステムの映像を利用し、早見が乗っていたアウディと同じ方向へ、半径五十ｍ内を走行していた車をチェックし、乗っていた人間の顔を全て抽出する。実行犯の背理能力者は、早見の車を同じく車で尾行していたと考えられるからだ。

なおNシステムとは、警察庁が手配車両発見のため配置した「自動車ナンバー自動読み取り装置」のこと。Tシステムとは国土交通省が設置した「旅行時間測定システム」で、ドライバーに目的地までの到達予定時間などの情報を提供するものだ。どちらも全国数千ヵ所に設置され、犯罪捜査のために情報が統合されている。

次に藪田政造の死亡現場。新宿駅西口の街頭防犯カメラ二十七台の映像を使用し、暴走したタンクローリーが四谷角筈線に入ってから選挙カーに衝突するまでの間、カメラに映っていた聴衆や通行人の顔を全て抽出する。

そして、両方の現場で確認された全ての顔を照合し、「両方の事故現場にいた者」が発見できれば、その人物が実行犯の背理能力者である可能性が極めて高い。

尾島がこの捜査方法を採用したのは、背理能力者が能力を発揮できるのは、対象からおよそ十〜十五m以内にいる時だという経験則があったからだ。

三鷹事件の犯人・水田茂夫の場合、殺害したのは自宅の二階に住む女性だったし、尾島や弁護士を殺害しようとした時も数mの距離だった。また、尾島が遭遇したもう一人の背理能力者・高山宙にしても、コインロッカーの扉を解錠したのは数mの距離からだったし、駅で幼児を空中に浮かせて救出した時も十mほどの距離にいた。

監察医・大谷無常の仮説によると、今回の実行犯は、自分の身体が発する電磁波で運転者の身体を操り、車を暴走させたという。もしそうであれば、運転者を目視する必要があっただろうし、距離が離れると電磁波が減衰することを考えると、実行犯は暴走車両の近くにいたと推定できる。

実行犯の背理能力者と目される人物の顔が入手できれば、あとは警察の顔認証システムで、「三次元顔形状データベース」と呼ばれる犯罪者データベースに登録された者の、全員の顔写真と照合する。

並行して、事故現場周辺の街頭防犯カメラ映像と、交通機関・コンビニ・自販機・ビル管理会社など民間事業者の監視カメラ映像を「非常時映像伝送システム」で連動、リアルタイムで一元監視し、顔認証によって行動を追跡する。

そして、これらの作業のためにSSBCは、「DAIS《ダイス》」と呼ばれる画像の解像度を上げる捜査支援用画像分析システム、「撮《と》り像《ぞう》」と呼ばれる異なる規格の画像を全て取り込み可能な装置、それに東京都内の防犯カメラの位置を全て登録した「カメラ設置場所データベース」も保有している。

このような顔認証システムを警察の捜査に導入しているのは、勿論日本だけではない。アメリカのフロリダ警察ではFACES《フェイセズ》、イギリス警察ではHALO《ハロー》、ロシアではファインド・フェイス・セキュリティー、中国では天網《ティエンワン》、台湾ではFACEMe《フェイスミー》

——。顔認証システムは、すでに世界各国で実用化されているのだ。

しばらく作業を続けたあと、ようやく並木が頷いた。

「こんなもんかな。じゃあ、全ての顔を認証システムにかけます」

警察の顔認証システムは、正確には「顔画像検出照合装置」という名称で、ＡＩを使って全ての顔画像の特徴点を比較し、九十％以上がマッチした人物を同一人物と判断、ピックアップするという仕組みだ。

「いきます」

並木がエンターキーを叩いた。

正面のモニター画面に、人の顔がパラパラと猛スピードで入れ替わりながら、次々と表示され始めた。しばらくそれが続いたあと、画面が急に暗転し、文字が現れた。

NO MATCHING

一瞬、あたりは沈黙に包まれた。

「あの、これってどういう意味です？」

閑谷が恐る恐る聞くと、並木が肩をすくめた。

「ノー・マッチング。特徴点の一致する画像はなかった、ってことです」

つまり、二つの現場の両方にいた人物はいない、そうＡＩが判定したということだ。

「馬鹿な――」

尾島は慌てた。

「もう一回やってみてくれ」

「でも、入手できる素材は全部入力してますから、何度やっても結果は同じですよ」

「いいからやってみてくれ」

「じゃあ、特徴点の合致精度を八十％以上に落としてやってみます」

並木が再びＰＣを操作した。しかし、結果は同じだった。さらに精度を六十％まで落として識別したが、それでも特徴点が一致する人物はいなかった。

「もしかすると奴は、後部座席に隠れていたんじゃ」

閑谷が尾島に囁いた。

「早見のアウディを車で尾行する時、奴は他の人間に運転を任せて、自分は後部座席にいたのかもしれません。カメラに顔が映らないようにです」

そこまで慎重に犯人が行動していたのだとしたら、万事休すだ。

「早見を殺害した時は、奴はカメラに映っていなかったかもしれない」

尾島も無念そうに小声で返した。

「でも、藪田を殺害した時は、奴は走ってくるタンクローリーと選挙カーが同時に見える場所にいる必要があった。つまり選挙カーの近くに必ずいた筈なんだ。街頭防犯カメラが撮影していた映像の中に、絶対に奴の顔が映っている筈なんだ」

閑谷は途方に暮れた顔で言った。

「でも、五百十三人の中の誰がそいつかなんて、どうやったら――」

尾島は返答できなかった。

――仕方ない、作戦変更だ。尾島は必死に、自分に言い聞かせた。

早見の事故の時、半径五十m内を走行していた車の所有者を、ナンバーをもとに調べ出す。それらの車の中の一台に実行犯が乗っていたことは間違いないからだ。そして所有者全員の身柄を洗い、事故当日に同乗していた者をリストアップする。

――それからどうする？　中園都知事との接点を探るか？　だが実行犯と中園との間に誰かが介在していたら、おそらく接点は見つからないだろう。そんなことをやっていて、果たして俺たちはホシにたどり着けるのか？　尾島は暗澹《あんたん》たる思いに打ちひしがれそうになった。

「あれ？」

突然、分析捜査官の並木が小声を発し、モニターの画面に顔を近づけた。

「どうしました？　また元カノのそっくりさんですか？」

関谷が興味なさそうに聞いた。

「気のせいかな」

自信なさそうに呟く並木に、尾島は何かの異変を感じた。

「どうした？　気が付いたことがあるなら、何でもいいから言ってくれ」

すると並木が迷った様子で言った。

「今、誰かと、目が合ったような気が」

「目が合った？」

「ええ。このままじゃ悔しいから、何かヘンなものが映ってないかと思って、街頭防犯カメラの映像を早送りしながら見ていたんです。そうしたら、映像の中の誰かと目が合ったような気がして」

「本当ですか？　気のせいじゃないでしょうね？」

疑いの視線を投げる関谷に、並木が反論した。

「僕はね、毎日毎日、街頭防犯カメラに映った無数の人間の顔を眺めているんだ。君にはわからなくても、挙動が普通じゃない人間がいたらすぐに気が付く」

つまり、見当たり捜査官と同じようなものか。尾島はそう理解した。見当たり捜査官とは、指名手配犯の顔や特徴を記憶して街頭に立ち、雑踏の中から犯人を捜し出す捜査官のことだ。最初に導入した大阪府警《おおさか》では、見当たり捜査によってこれまでに四千人以上の指名手配犯を摘発したという。

「並木さん、そいつを探してくれ」

「わかりました」

並木は頷くと、見ていた街頭防犯カメラの映像を巻き戻して、早送りで再生しながらじっと凝視していたが、ここだ、と呟くと急に再生を止め、マウスのスクロールホイールを回して、映像を前後にコマ送りした。

大型タンクローリーが、藪田幹事長の乗った選挙カーに突入したばかりの東都百貨店前。煙が上がり、血塗れの人々が泣き叫び、逃げ惑い、阿鼻叫喚《あびきょうかん》状態となった数百人の聴衆。その中に、そいつがいた。

「こいつだ」

尾島が小声で言った。閑谷も頷いた。

「本当だ。こっちを見ています」

尾島と閑谷も、その人物と目が合った。

悲鳴を上げて逃げ回る数百人の聴衆の中、ただ一人だけその場に佇み、こっちを、つまり街頭防犯カメラを無表情にじっと見上げている男。グレーのパーカーを着て、フードを額まで被っている。その下に、うっすらと無精髭を伸ばした頰と顎《あご》が見える。

その無表情な顔に、なぜか尾島は背中がぞくりとするような寒気を覚えた。

「何者だ、こいつは――？」

尾島は思わず声を漏らした。なぜこの男は逃げ惑う群衆の中、ただ一人、冷静な顔で監視カメラを凝視している？

おそらくこういうことだろう――。尾島は思考をまとめた。

この男は、高所から向けられている街頭防犯カメラに、生物の目と同じ電気信号の流れを感じ取り、それを視線だと感じて反射的に見上げてしまったのではないか？電磁波に異常な感覚を持つ背理能力者だからこそ、カメラを感知したのだ。そしてその能力のせいで、群衆の中で一人だけ存在を浮き上がらせてしまった――。

並木は、静止した映像を少しだけ巻き戻すと、スローで再生した。モニターの中の男は防犯カメラを見上げたあと、すぐに視線を外した。そしてフードを深く被り直すと、ゆっくりと踵《きびす》を返し、群衆の波に紛れながらカメラの外に消えていった。

「並木さん、顔をアップにしてくれ」

再び映像が巻き戻され、男の顔がモニター画面にズームアップされた。並木が画像補正を行い、顔のパーツがくっきりと浮かび上がる。三十代、いや四十代だろうか。何の感情も浮かんでいない、それだけに不気味な顔――。

並木は画面を凝視したまま、さらにＰＣを操作した。

「残る街頭防犯カメラの映像からも同時刻の場面を切り出して、各方向からの静止画像を合成し、正面画像を生成します」

並木の指がキーボードの上を素早く動き、並んでいる六台のモニターに、様々な角度からの映像が次々と映し出されては消えていく。やがて、中央のモニターに一枚の画像が表示された。正面を向いた男の顔だ。

「前科《マエ》を調べてくれ」

「はい。顔認証チェックかけます」

並木が別のモニターを見ながらPCを操作する。犯罪者データベースに登録された顔写真が、目まぐるしく入れ替わりながらモニターに表示される。真剣な表情で、それをじっと見守る尾島と閑谷。

並木が緊張した声で言う。

「A号、ヒットしました」

A号ヒット。即ち、逮捕歴あり――。

「詳細を表示します」

犯罪者データベースの情報が表示された。

本名：伊沢昌浩《いざわまさひろ》
生年月日：一九七九年十一月×日
出身地：東京都
非行歴及び逮捕歴：十三

「伊沢、昌浩――」

関谷が小声で呟いた。

並木が別のモニターを見ながら、残念そうに言った。

「マイナンバー、住基ネット、運転免許証、いずれも名前と生年月日でヒットしません。住民票は抹消されているようです。名前だけで引っ掛かる人は何人かいますが、身元のはっきりした人物ばかりです。全て同姓同名でしょう」

住民票の住所から転居して住所を移転していない場合、あるいは刑務所へ収監されて不在となっていた場合、公的な通知書等が宛先不在で返却されてしまうと、住民票を抹消されることがある。復活手続きもできるが、あえてやらない者もいる。

現住所を調べる手掛かりは、あとは固定電話、携帯電話、銀行口座、クレジットカード、サラ金の顧客名簿、生命保険、医療保険、健康保険などだが、これでわかるとは限らない。電話や銀行、カードなどは他人や団体名義のものを使用できるし、顧客名簿は現住所とは限らないし、保険未加入者も多いし、離職したあと国民健康保険に加入しない者も多い。

人間は、消えてしまうこともできるのだ。都会に住む無数の人間の隙間に――。

「ＤＮＡ型の登録はありますか？」

関谷が聞いた。

「残念ですが、容疑者ＤＮＡ型、遺留ＤＮＡ型ともにありません」

並木の返事に、関谷は肩を落とした。

警察ではＤＮＡ型データベースの充実を目指し、逮捕した人間についてはほぼ全員ＤＮＡ型の登録を進めている。ただし、強制的な処分として行うためには、身体検査令状と鑑定処分許可状が必要だ。これらの令状が提示されず、ただ単にＤＮＡの採取を求められた場合には、被疑者《マルヒ》は拒否することができる。

逮捕歴のある伊沢のＤＮＡ型がデータベースにないのは、逮捕時のＤＮＡ採取を強硬に拒絶したせいだろう。伊沢には発覚していない余罪がいくつもあると思われるから、当然調べられたくない筈だ。警察にしても、容疑の確定に必要な場合でない限り、わざわざ令状を取ってまで採取はしない。

尾島はあらためて、伊沢昌浩という人物の経歴を閲覧した。その過去は少年時代から成人となったのちまで、非行歴と逮捕歴で埋め尽くされていた。

最も早い非行歴は小学校六年生の時、窃盗容疑だった。「伊沢という子が、ゲームセンターのゲーム機から硬貨を盗んでいる」という同級生からの情報で事情聴取したところ、たしかに数百枚の百円硬貨を所持していたので検挙された。しかし、どうやって鍵の掛かったゲーム機の硬貨回収口を開けたのかは、とうとうわからなかった。

高山の時と同じだ――。尾島は記録に目を通しながら頷いた。高山宙もまた、確かに施錠されたコインロッカーの扉を開けたのだが、その方法がわからなかったため釈放するしかなかった。

伊沢の二つ目の非行歴は空き巣、住居侵入と窃盗未遂の容疑だった。中学二年生の時、ある住宅に忍び込んで室内を物色しているところを、帰ってきた住人に発見されて通報された。伊沢は窓から逃走したが、巡回中の警察官に逮捕された。

どうやって住宅内に侵入したかについて、伊沢は「玄関から入った」とだけ供述し、確かに足痕はそれを証明していた。だが住人は「玄関には鍵が二つ付いているのに、どうやって入ったのか」と不思議がった。結局、住人が鍵を掛け忘れていたということになり、伊沢はまだ何も盗んでいなかったため、住居侵入罪に問われただけだった。

「二つの鍵が掛かった玄関――」

思わず呟いた尾島に、閑谷が聞いた。

「どうしました?」

「手口が全く同じだ。笹野さんが追っている久我山０号事案のホシも、玄関ドアに付けられた複数の鍵を外から開けて侵入したらしいが、解錠した方法がとうとうわからなかったという。もしかすると――」

尾島は緊張した。今回の実行犯が伊沢昌浩であれば、笹野が二十二年間追い続けている久我山０号事案の犯人かもしれないのだ。だが勿論、決定的な証拠はない。尾島はやむなく経歴の続きに目を走らせた。

伊沢の最も近い逮捕歴は四年前、罪名は窃盗罪。居酒屋で初めて会った男と激しい口論となり、男が店を出たあとも怒りが収まらず、その男のあとをつけた。すると酔っていたせいか、男は歩道橋の階段で足を滑らせて転落し、強く頭を打って死亡した。それを見ていた伊沢は、死体から財布を抜き取って逃亡した――。

「金額が少なかったのか、一年だけ懲役刑を食らって府中《ふちゅう》刑務所に入ってますね」

並木がモニター画面を見ながら言った。

「犯行の様子が防犯カメラに映っていて、それが証拠となったようです。当時の映像ファイルが残されています」

「犯行の現場が見られるのか？」

「はい。再生します」

並木は犯罪者データベースに紐付《ひもづ》けされた、サーバー内の映像を再生した。

夜間の、赤外線防犯カメラによるモノクロ映像だった。画面の中央で歩道橋を登っていた会社員風の男が、突然、階段から転がり落ち、そこに背後から伊沢が小走りに近寄ってきた。伊沢は倒れた男の傍らにしゃがみこみ、スーツのポケットから財布と思われるものを抜き取った。——そして。

「う——」

尾島が呻《うめ》いた。映像の中の伊沢と目が合ったのだ。

この時も伊沢は無表情な顔を上げ、防犯カメラをじっと凝視した。そして財布を懐《ふところ》に入れると、すぐに立ち去っていった。

「こいつ、やっぱり防犯カメラを見ました」

閑谷が緊張した声で言った。まさに藪田政造が死んだ直後の、新宿の雑踏の中にいた伊沢と同じ行動だった。

口論相手が事故で死んだだと——？　尾島は眉を寄せた。飲み屋で口論になった男をつけていたら、歩道橋の階段で足を踏み外し、転落して死んだ？　本当に事故死なのだろうか？　もしかすると伊沢は口論相手を殺すつもりで尾行し、人目のない場所で背理能力を使用して殺害、ついでに財布を盗んだのではないか？

「この分じゃ、見つかっていない余罪が山ほどありそうです」

閑谷が囁いた。

尾島も同感だった。０号事案に分類されている事件は、明らかに奇妙な事件であるからこそ、ファイルされて捜査第一課で保存されていた。しかし、伊沢が過去に行った犯罪のような、奇妙であることすらわからない事件が、おそらく現存する０号事案以上に沢山あるのだ。

この伊沢昌浩という男は本当に背理能力者なのか、それはまだわからない。今回二人の都知事候補と、罪もない大勢の人々を殺害した実行犯なのか、それもわからない。だが、これまで犯罪に塗《まみ》れた人生を送ってきた男であり、明らかに市井《しせい》の人々の中で浮き上がるような違和感を放つ人物だった。

「並木さん。伊沢という男の、事故後の行動は追跡できないか？」

「全身画像をサンプリングして、ＡＩで自動追跡してみます」

並木はしばらくＰＣを操作していたが、やがて悔しそうな声を出した。

「駄目です。途中で足取りが途絶えました。このあと甲州街道沿いを歩いているのを交差点カメラが捉えているんですが、そのあと新宿一帯のカメラには一切映っていません」

並木が尾島を振り返った。

「甲州街道沿いで、車に乗った可能性が大ですね。タクシーを拾ったのか、それとも迎えの車が用意されていたのか――」

「イチ」

尾島が閑谷を見た。閑谷も大きく頷いた。

「はい。伊沢の現在の住所《ヤサ》と立ち回り先を洗います。それと並行して、伊沢が過去に起こした全ての事件の捜査担当者を探して、話を聞いて回ります」

「気をつけろ。こいつが早見と藪田を殺したマル能かもしれん。だとしたら、猛獣並みに危険極まりない男だ」

閑谷の顔が引き締まった。

「わかりました。トウさん」

「マルノウ？」

並木が混乱した顔になった。

「マルノウって何です？　あなたたち、一体何を探しているんです？」

尾島が首を横に振る。

「すまないが、今は言う訳にはいかないんだ。君に迷惑がかかる」

そして尾島は、並木の肩を軽く叩いた。

「だが、君のお陰で貴重な情報が数多く入手できた。これからの捜査方法もはっきりと見えてきた。君にはとても感謝している。今日の依頼がどんな犯人の捜査だったのか、いつかわかる日も来るだろう。それまでしばらくの間、今日やってもらったことは他言無用だ」

「なんかすごいヤマなんですね？」

並木が嬉しそうに聞くと、尾島は無言で頷いた。

「わかりました。何か僕にできることがあったら、是非また声をかけて下さい」

そう言うと並木はにっこりと笑った。

10　消失

「駄目でした」

閑谷一大が電話を切りながら、悔しそうな顔で尾島を見た。

「伊沢昌浩という名義の携帯電話で、四年前に料金滞納で強制解約になり、それっきり回復していないものがありました。これがあの伊沢だと思います。他にもあらゆるキャリアを洗った結果、伊沢昌浩という名義のものはありましたけど、みんな年齢が全然違いますし、身元もはっきりしています。同姓同名の他人です」

一月八日、夜の十一時丁度――。尾島到と閑谷一大がSSBCを訪れた翌日。

尾島と閑谷、それに笹野雄吉の三人は、今朝から丸一日、伊沢昌浩という人物の所在を手分けして探し続けていた。

犯罪者データベースによると、伊沢は四年前に窃盗罪で逮捕されたあと、府中刑務所に一年間服役し、およそ三年前に出所している。だが、刑務所の門を出てから後の足取りがぷっつりと途切れていた。

新たにアパートを借りた様子はなかった。住居を構えれば、地域警察の巡回連絡という住民調査に必ず引っ掛かる。服役前に住んでいたアパートにも戻っていなかった。また、更生保護施設や自立準備ホーム、自立支援ＮＰＯの施設は利用しておらず、都内のホテルや簡易宿泊所、民泊に宿泊していた記録も残っていなかった。

服役中に抹消された住民票は、放置されたまま回復されておらず、国民年金も国民健康保険も滞納したまま。銀行口座も四年前の収監以降は、自動引き落とし以外の出入金記録がなく、現在の残高は数百円。クレジットカードも出所後の使用はなかった。携帯電話は服役中に、料金滞納で強制解約となっていた。

つまり伊沢昌浩は、出所と同時に、忽然《こつぜん》と姿を消してしまったのだ。

ネットカフェや漫画喫茶、無届の簡易宿泊所など、東京には匿名で宿泊できる場所が無数にある。それらを尾島たち三人で一軒一軒訪ねて歩くのは不可能だ。路上生活する者も都内全域で千数百人はいると言われている。

いや、伊沢が東京に住んでいるのかどうかも不明だった。新宿に姿を現したのは確かだが、千葉や埼玉、神奈川など近隣県からやってきたのかもしれない。そうであれば捜査範囲は何倍にもなる。それぞれの県警の力を借りないことには、人探しなど無謀と言うしかない。だが非公開捜査である以上、県警の力を借りる訳にもいかない。

「おかしいですね」

笹野が厳しい顔で考え込んだ。

「普通に生活していたら、何か一つは生活している痕跡が見つかるものです。しかし、全く見つかりません。あとは共助課《きょうじょか》に持ち込むくらいしか、方法が――」

共助課とは、同じ警視庁刑事部の捜査共助課で、見当たり捜査の専従班を擁している部署だ。見当たり捜査の効果は予想以上に高く、指名手配被疑者の摘発数の約一割を占めるに至っている。

しかし捜査共助課に捜査を依頼するには、捜査対象が指名手配された被疑者であることが必要だ。指名手配するためには、伊沢が殺人の被疑者だという根拠を各部署に説明しなければならなくなるだろう。「背理能力者の存在は極秘」である以上、被疑者とする根拠を挙げることはできない。

それに見当たり捜査ではないが、SSBCの並木想作が、今も東京中の街頭防犯カメラやNシステム、Tシステムの映像を、顔認証システムを使って自動巡回している筈だ。しかし、伊沢の顔がヒットしたという知らせは未だにない。

「引きこもってるんじゃないですか?」

尾島と笹野を交互に見ながら、閑谷が言った。

「ずっとネカフェにこもって、一日中ゲームしたりネット見たりして過ごしてるのかもしれません。それで出かける時は、きっと例のパーカーを着てフードを被ってるんですよ。だから、あのハッカーみたいな並木さんでも見つけられないんじゃ」

「でもね、イチくん」

笹野が遠慮がちに反論した。

「伊沢の逮捕歴を見ると、そんなに内向的な人間ではないような気がするよ。盛り場での犯罪が多いからね。遊び人で、酒を飲んでは行く先々で暴力沙汰を起こすような、短気で喧嘩っ早い男だ。出所後ずっと引きこもり生活をしているとは考えにくいな」

「うーん。そう言われるとそうですね」

閑谷は肩を落として頷いた。

「協力者がいるに違いない」

尾島がきっぱりと言った。

「何者かが伊沢の存在を隠しているんだ。伊沢の出所を待って連れ去り、住まいを与え、銀行口座、クレジットカード、携帯電話など生活に必要なものを用意してやってるんじゃないだろうか。誰かの人格を盗んで成り代わったり、架空の人格をでっち上げたりしているかもしれない。勿論、伊沢の持つ特殊な能力をこっそり利用するためにだ」

閑谷が思わず身を乗り出した。

「その何者かって、中園都知事ですか？」

「そうではないと思う」

尾島は即座に否定した。

「人一人の存在を隠すのは非常に厄介な仕事だ。ずっと監禁しておくこともできないし、手間も人手も金もかかる。ノウハウも要る。中園のようなカタギの人間には無理だろう。おそらく、人の経歴を消したり作ったりすることに慣れている人物だ」

「ということは反社会勢力《ハンシャ》、裏社会の人間ですね？」

笹野の目が鋭くなった。

「そいつが中園を都知事選に再選させるため、マル能の伊沢を使って、対立候補の早見と藪田を殺したと？」

尾島は笹野を見て頷いた。

「私も元々、実行犯のマル能と中園の間には、何者かが介在しているのではないかと思っていました。そいつが伊沢を潜伏させているんでしょう。そもそもこの事件は、裏社会の人間の介在なしには考えにくい気がします。現職の都知事である中園薫子が、直接殺人に手を染めるとは思えませんから」

事件当初から尾島は、中園と背理能力者との接点を考えていた。だが、中園がどういう経緯《けいい》で背理能力者の存在を知り、どうやって接触し、利用するに至ったのか、納得のいく仮説を組み立てることができなかった。普通に生活していれば、背理能力者と出くわす可能性はかなり低いからだ。

　しかし、ここに来てその背理能力者は伊沢昌浩という、多数の犯罪歴がある人物だという可能性が出てきた。だとすれば、蛇《じゃ》の道は蛇《へび》だ。裏社会にいる何者かが、伊沢という背理能力者の存在を嗅ぎ付けて、自分たちの仕事に利用することを思い付き、伊沢を取り込んで、東京都知事の中園に接近した――。

　そして、もし裏社会の人間が隠しているとしたら、伊沢の潜伏先を探し当てるのは非常に困難だと言わざるを得ない。

「伊沢の居所が摑めないとなると、一体どうしたらいいんでしょう。折角、実行犯のマル能だと思える人物を見つけたのに」

　閑谷が悔しそうに言った。

「焦るな。何か方法はある筈だ」

　閑谷をたしなめながらも、実は尾島自身がじりじりとした焦りを感じていた。

　もし伊沢昌浩を発見できなければ、真犯人であろう中園薫子にたどり着くことはできない。このまま迷宮入りして未解決事件、即ち0号事案に分類されてしまうのだ。

　そう、0号事案と言えば――。

「笹野さん」

　尾島は笹野を見た。

「笹野さんは久我山0号事案を今も継続捜査されていますが、伊沢昌浩がそのホシだという可能性はありますか？」

伊沢の犯罪歴を見ると、少年時代、窃盗目的で他人の家に忍び込んだ時、久我山0号事案と同じく玄関の鍵を開けて忍び込んでいる。それに、久我山の犯人が死体で残されていた三人の共犯者と同年代だとすれば、犯行当時は十代後半、現在は四十代か五十代。伊沢は今年四十二歳だから、年齢的にも符合する。

「確かに、伊沢の過去の犯行と久我山0号事案は、侵入の手口がよく似ています」

笹野は真剣な表情で頷いた。

「それに伊沢は四年前、歩道橋から転落した口論相手から財布を盗んでいます。相手の身体を操って転落させたと考えれば、今回の二つの事件と全く同じ殺害方法です。同一人物である可能性は確かにあると思います」

尾島の胸が高鳴り始めた。今回の、二人の都知事候補が殺害された事件の実行犯は、伊沢昌浩という背理能力者である目処《めど》が立った。そしてこの伊沢は、笹野が二十年以上も追い続けている未解決事件、久我山0号事案の犯人かもしれないのだ。

「あの」

突然、それまで黙っていた閑谷が口を開いた。

「久我山0号事案の犯人のＤＮＡ型って、警察に残ってないんですか？」

久我山での事件が起きたのは一九九七年。日本では一九九二年から全国の科学捜査研究所でヒトＤＮＡ型鑑定法が順次導入されていた。警察がＤＮＡ型のデータベース化を始めたのは二〇〇四年からだが、凶悪事件の捜査においては、ＤＮＡ型の鑑定がすでに行われていた筈だ。

「残念ながら、残っていません」

笹野が悔しそうに答えた。

「久我山のホシは目出し帽を被り、手袋をして靴を履いていましたので、現場にＤＮＡ型が採取できるような唾液、血液、髪の毛などは全く残していませんでした。――ただ」

そこで笹野は間を置き、そして続けた。

「一人だけ生き残った娘の胎内に、ホシは体液を残していきました」

「ええ。つまりホシは」

尾島が言い淀み、笹野は頷いた。

「ホシは娘を暴行していたのです。ですが我々が臨場した時、すでに娘は風呂場でシャワーを浴び、身体をくまなく洗浄していました。我々が暴行の事実を知ったのも、事件の三日後でした。娘の行動を責めることは誰にもできません。でも、ホシの体液を検出することはとうとうできなかったのです」

「そうですか、ＤＮＡ型はないんですね」

閑谷が残念そうに言うと、笹野が決然と言った。

「だから私は、そらを追っているんです」

そらとは、暴行された娘・毎水が産んだと思われる子供の名前だ、と笹野は言った。

事件から三ヵ月ほど経った時、毎水の妊娠が発覚した。彼女を引き取った伯母夫妻は、世間体が悪くなるのを恐れて中絶を強く勧めた。そして一度は毎水も産婦人科へ行ったのだが、中絶手術の最中に医者が急死するというトラブルで手術は中止、その後毎水は家出して姿を消したのだという。

「手術中に、医者が急死？」

尾島は首を捻った。何があったのだろう。心筋梗塞《しんきんこうそく》か脳溢血だろうか。

「毎水は、お腹の子供を産むために、伯父伯母の家から逃げ出したのです」

笹野は確信を込めて言い切った。

「私はそれ以来、全国の産婦人科医院をくまなく回って毎水が出産した痕跡を探したのですが、どの病院にも出産記録は見つかりませんでした。今も毎水の居所を掴むことができていません。でも、毎水は間違いなく子供を、そらを産んだ筈なのです」

「じゃあ――」

閑谷が心配そうに聞いた。

「毎水を暴行したホシは、毎水が自分の子供を産んだってことを知っているんでしょうか？」

少しだけ考えてから、笹野は答えた。

「知らないんじゃないかな。事件後、毎水が生きていたことは公表されたけれど、妊娠したことは、被害者のプライバシーを守る意味で伏せられ、マスコミも報道しなかったから」

「そうですか」

閑谷はほっとしたように、小さく息を吐いた。

「とにかく、そういう訳で」

笹野は尾島と閑谷を順に見た。

「そらを見つけて、そのＤＮＡ型を手に入れさえすれば、久我山０号事案のホシを特定することができます。ホシとそらは実の親子なんですから」

そら――。

その名前を聞いて、尾島はかつて出会った背理能力者の青年のことを、笹野にまだ話していなかったことを思い出した。

高山宙。宙という字は「大空」という意味を持つから、そらという意味で付けたと考えてもおかしくない。父親が久我山０号事案の強盗殺人犯である背理能力者であれば、子供のそらにも背理能力が遺伝したのかもしれない。だとすれば、高山がそらである可能性はかなり高いのではないか――。

「実は、笹野さん」

尾島は笹野に、高山の話をした。

「たかやま、ひろし？」

笹野の目が光った。

「その青年はマル能なんですね？　それで名前が宙《おおぞら》という字、年齢が二十一歳」

確認したあと、笹野は興奮を隠さずに呟いた。

「確かに、その高山がそらかもしれません。毎水の妊娠が二十二年前ですから、二十一歳なら計算もぴったり合います。それに、もしそらがマル能だというのなら、背理能力は遺伝することになります。非常に重要な発見です」

「いや、でも、本名かどうかはわかりません」

尾島は急いで付け加えた。

「私も水田茂夫の捜査にあたり、高山に助言を請おうとしたんですが、調書に書かれた住所からはすでに引っ越していて、健保や住民票にも見当たらず、携帯電話の番号も変更されていました。運転免許証やパスポートも持っていないと言っていましたから、高山宙という名前すら偽名だった可能性があります」

尾島の言葉にも、笹野の興奮はなかなか収まらなかった。

「いずれにせよ、その高山という青年を探し出して、そらかどうかを確認しなければ。係長、貴重な情報をありがとうございます」

深々と頭を下げたあと、笹野はふっと笑った。

「不思議ですね」

尾島は笹野の言葉を聞き咎めた。

「何がです？」

「係長のところには、マル能の情報が集まってきているように見えます。そもそも、三鷹事件の水田茂夫がそうですし、そらかもしれない高山宙にしても、今回の実行犯と目《もく》される伊沢昌浩にしても」

笹野は屈託のない笑顔で続けた。

「だからきっと私も、係長のいる特殊八係にいれば、いつか私が追い続けているそらに、そして久我山0号事案のホシであるマル能に巡り会えそうな気がします」

「本当だ！　確かにトウさん、まるでマル能を呼び寄せてるみたいです」

嬉しそうに声を上げたあと、閑谷は悪戯《いたずら》っぽい顔で続けた。

「ひょっとして、トウさんもマル能なんじゃ？　自分で気が付いてないだけで」

「冗談はよしてくれ」

顔をしかめたあと、尾島はふと壁の時計を見た。時計の針はとうに午前零時を回っていた。

「今日のところは帰って休もう。先は長い。また明日頑張ろう」

尾島が言うと、閑谷が立ち上がった。

「僕、待機寮に帰る前に交通捜査課を覗いていきます。早見か藪田の件で、目撃情報とかイタルダの分析結果とか、何か新しい情報が入っているかもしれませんから」

待機寮とは警察の独身寮のことだ。警察学校を卒業した独身の警察官は、特段の事情がない限り、最低でも二年は待機寮に住むことになる。

それから閑谷は笹野を見た。

「ササさん、もう歳なんですから、早く帰って休んで下さいね。ご苦労様でした！」

そう言うと閑谷は上着と鞄を摑んで駆け出し、風のようにドアを出ていった。

「――ササさん？」

笹野は不思議そうな顔で自分を指差した。尾島も苦笑しながら肩をすくめた。笹野も閑谷によって、勝手にニックネームが命名されたようだ。

「やれやれ、元気な坊っちゃんだ。頼もしい」

笹野は楽しそうに呟くと、よっこいしょと言いながら立ち上がり、尾島にぺこりと頭を下げた。

「じゃあ、イチくんの言葉に甘えて、今日のところは帰りますか。係長も早く切り上げてお帰り下さい」

「わかりました。ご苦労様です」

尾島も立ち上がって笹野に頭を下げた。警察官は、会った時も別れる時も「ご苦労様」と挨拶することになっている。


閑谷と笹野が部屋を出ていったあと、一人になった尾島は、自分の席で椅子の背に身体を預け、笹野と閑谷が発した言葉を思い返していた。

――係長のところには、マル能の情報が集まってきているように見えます――。

――ひょっとして、トウさんもマル能なんじゃ――？

「俺が、マル能だって？」

尾島は思わず呟いた。さっきは一笑に付したが、水田の事件に遭遇してからの自分を振り返ると、根拠のない薄気味悪さを感じたのも事実だった。

尾島はふと、机の上に目を落とした。そこにはさっきまでメモを取るのに使っていた、軸が透明な黒のボールペンが転がっていた。尾島はゆっくりと右腕を持ち上げ、そのボールペンに向かって伸ばした。そして右手を広げてボールペンにかざし、自分のほうへ転がってくるイメージを思い浮かべながら、渾身《こんしん》の力を込めて念を送った。

何秒そうしていただろうか。尾島は急に力を抜くと右腕を下げ、ふうと大きく息を吐いて、椅子の背もたれに体重を預けた。何も起きなかった。机の上に転がったボールペンは、ぴくりとも動かなかった。動く筈もなかった。尾島はただの、普通の人間なのだから。

——馬鹿馬鹿しい。

尾島は自分の行動を腹の中で笑うと、ボールペンを指で拾って引き出しに仕舞い、帰り支度をするために立ち上がった。

その時、スラックスのポケットでスマートフォンが鳴った。音声着信を告げる音だ。画面に表示された発信元を見ると、さっき出ていったばかりの閑谷だった。交通捜査課を覗いて帰ると言っていたが、何か新しい情報が摑めたのだろうか。

「どうした？　イチ」

「どうしたじゃありませんよ、トウさん」

閑谷の声から、激しい狼狽《ろうばい》が伝わってきた。

「中園が、交通事故に遭いました」

「——何だって？」

聞き違いかと思い、尾島は聞き返した。

「つい十分ほど前、中園都知事が車で移動中に追突事故に遭ったんです。現在、救急車で東都女子医大病院に搬送中とのことです」

尾島はスマートフォンを耳に当てたまま、茫然と佇んだ。

聞き違いではなかった。

早見市朗、藪田政造に続いて、今度は二人と都知事の座を争っていた現職の中園薫子が、交通事故に遭って病院へ運ばれたのだ。

11　狂言

午前二時――。

部屋の隅に置かれた複合機から戻ってくると、閑谷は、尾島と笹野に数枚の書類のコピーを差し出した。

「中園の事故について、交通捜査課が警察記者クラブ用にまとめた資料だそうです」

尾島はそれをひったくるように受け取ると、立ったまま目を通した。報告書の要旨は以下のようなものだった。


本日の午前一時二十分頃。東京都知事の中園薫子は、秘書の運転する車の後部座席に座って、南麻布《みなみあざぶ》の選挙事務所から自宅への移動中、外苑《がいえん》西通りの南青山《みなみあおやま》四丁目付近の信号で停止している間に、後続車に追突された。

中園の意識ははっきりしており、外傷も見られないが、衝突時に後頭部を激しく打ったという本人の申告により、脳震盪《のうしんとう》や頸椎捻挫《けいついねんざ》の可能性もあるため、そのまま救急車で東都女子医大病院に搬送された。到着後はすぐに精密検査を受け、現在は入院した病室で検査結果を待っているとのことだった。

中園の車に追突した車のドライバーは、民間団体の職員。「考え事をしていて信号が赤に変わったのに気付かず、ブレーキを踏むのが遅れてしまった」と、自らの過失を全面的に認めている。


「どういうことだ？」

尾島は激しく混乱した。早見と薮田を殺害した真犯人が中園ではないのか？　その中園が、なぜ自分も交通事故に遭った？

「絶対ヤラセですよ、トウさん！」

閑谷が、怒りを露わにした。

「早見も薮田も即死だったのに、中園だけ事故に遭ってもピンピンしてるじゃないですか。これって絶対、中園がわざと自分の車にぶつけさせたんですよ。世の中を騙すためのお芝居、じゃなくて歌舞伎、でもなくて――ええと、何て言いましたっけ？」

「狂言か」

「そう、それです。狂言！」

閑谷は憤慨した。

「中園め、今さら被害者面《づら》しようったってそうはいきませんよ。何しろ、伊沢昌浩っていう実行犯のマル能が見つかったんですからね」

「イチ、伊沢がマル能だとも、今回の実行犯だとも、まだ確定した訳じゃない」

閑谷に釘を刺しながら、尾島は必死に考えた。

もし、中園の事故が狂言ではないとしたら——？　早見と藪田を交通事故に見せかけて殺した中園が、自分も交通事故に遭ってしまったということになる。だが、そんな偶然が確率的にありえるだろうか？　いくらなんでもないような気がする。

それともまさか、中園が早見と藪田を殺したというのが間違いで、実は第三者による殺人だったのだろうか？　その第三者が今回、中園までも手に掛けようとした？

——ありえない。尾島は迷いを振り払うために頭を振った。

早見、藪田、中園の三人が死んだら一体誰の利益になるというのか？　都知事選に出馬している残りの候補も、はっきり言って泡沫候補ばかりだ。三人を殺したからと言って、確実に当選できる候補者はいない。

であれば、やはりこの事故は中園の狂言である可能性が高い。だが、何のための狂言だろうか？　狂言の交通事故を起こして、中園にどんな得がある？

「私も狂言だと思います」

冷静な口調で、笹野が発言した。

「理由ですが、入院して鬱陶《うっとう》しいマスコミから逃げるためじゃないでしょうか。一部マスコミには、早見と藪田の死について興味本位の記事を書き、中園にしつこく何度もコメントを求めるメディアもありますから。都合が悪い時に病院に逃げ込むのは、政治家がよく使う手です」

それに早見と藪田が死亡した以上、都知事選での当選は確実だ。もはや選挙活動を行うまでもなく、選挙が終わるまで、マスコミに追いかけられないところでゆっくり静養したいと思ったのではないか――。それが笹野の考えだった。確かに、仮病を使って入院し、マスコミの取材攻勢を避けるというのは、政治家がよく使う手口だ。

尾島は目をつぶり、しばらく無言で考え込んでいたが、ようやく口を開いた。

「今、俺は激しく動揺していた。中園が交通事故に遭ったという知らせを聞き、中園がホンボシに違いないという信念が揺らいだからだ。そしてこれこそが、中園が狂言事故を起こした目的じゃないだろうか」

「どういうことですか？」

意味がわからず、閑谷が聞いた。

「中園が狂言事故を起こした理由は、俺たち警察を攪乱《かくらん》し、まんまと騙される様を見て嘲笑《あざわら》うためだ」

尾島は怒りを押し殺した顔で説明した。

「自分たちの殺人を、自殺だの事故死だのと言っている警察の間抜けぶりが、よほど可笑《おか》しかったんだろう。もっと警察の混乱と迷走を楽しみたくて、さらにもう一つ交通事故を起こした。いや、警察だけじゃない。見当違いの情報を垂れ流しているマスコミや、それに踊らされている社会全体を見て、中園は喜んでいるのかもしれない」

「そうかもしれません」

笹野も怒りを顔に滲《にじ》ませた。

「今頃きっと中園は、高級ホテルみたいな病院の個室で、優雅に寝そべりながらテレビを眺め、自分に関するニュースを観て大笑いしているのでは」

「悔しいです、トウさん」

閑谷が唇を噛んだ。

「悔しがることはない」

尾島は、自分に言い聞かせるように言った。

「これは俺たちにとって、喜ぶべき事態だ。なぜなら中園は大きなミスを犯したからだ。この狂言事故は、伊沢を見つけられず手詰まりになった俺たちにとって、願ってもない僥倖《ぎょうこう》となるかもしれない」

「中園がミスを、ですか？」

首を傾げた閑谷に、尾島は説明した。

「これが狂言事故なら、中園の車に追突したドライバーは中園自身の命令を受けて車を追突させた訳だ。このドライバーが中園の手下だとしたら、早見と藪田の殺害にも関与していた可能性がある。追突した運転手こそ、初めて転がり込んできた、中園と二つの殺人事件を繋ぐピースかもしれない」

「そうか、そうですよね！」

閑谷が嬉しそうに拳を握りしめた。

「確かにそうかもしれません」

笹野の表情も、怒りから期待に変わった。

「中園の車に追突した後続車のドライバーを、徹底的に洗い上げる。こいつの人間関係をたどっていけば、必ず中園との繋がりが見つかる筈だ」

尾島が決然とした口調で言うと、閑谷と笹野もしっかりと頷いた。

12　出産（一九九七〜九八年、被害者・滝川毎水の記憶）

どうして産もうと思ったのか、今でもよくわからない。

妊娠していることがわかった時、あたしを引き取ってくれた新潟の伯父伯母も、加藤先生も、当然中絶するものだと思っていたようだし、あたしもどうしたらいいかわからなかったから、みんなの言うままに流されかけていた。

ある日あたしは、伯父の運転する軽自動車で遠くの産婦人科病院に連れて行かれ、手術台に上がった。でも麻酔から覚めた時、あたしは中絶手術が行われなかったことを知った。あたしの手術を執刀する先生が手術室で急死して、手術は中止になったのだそうだ。

手術中に急死したってどういうことだろう。心臓麻痺《まひ》だろうか。お巡りさんまでくる騒ぎだったみたいだけど、何が起きたのか病院は説明しようとしなかった。伯父さん夫婦は同じ病院に再手術を申し込んだけれど、なぜか病院は頑《かたく》なに拒《こば》んで、他の病院へ行ってくれと言うばかりだったらしい。理由はわからない。

次の病院はなかなか決まらなかった。そしてその間に、あたしはお腹の子を産みたいと思うようになっていた。

なぜあたしは産みたいと思ったのだろうか？

父と母をむごたらしく殺し、あたしの身体も心も深く傷付けた強盗の子を。あたしの幸せを根こそぎ奪い取った、憎んでも憎みきれない男との間にできた子を。

理屈で考えれば、伯父夫婦と加藤先生の言う通りだ。そんな子供を産んだって、あたしが自分の子供として愛せるとは到底思えない。可哀相だけど、子供に罪はないけれど、産まずにさよならしたほうがいい――。

それでもあたしは、産むことに決めたのだ。

手術が中止になってから、一週間くらい経ったある日のこと。その日あたしは、伯父と伯母があたしの部屋にしてくれた六畳間で、何をするでもなく畳の上に座り込んでいた。そして自分のまだぺったんこなお腹をさすりながら、やはり堕ろすしかないのだろうなと考えていた。

「ごめんね、赤ちゃん」

あたしは思わず呟いた。

「でも、あなたも生まれてこないほうが幸せなのよ、きっと」

するとその時、どこからともなく、小さな声が聞こえたような気がした。

コロサナイデ――。

あたしは思わず周りをきょろきょろと見回した。でも、何も置いてない六畳の部屋の中に、あたし以外に誰もいる筈がなかった。

空耳だろうかと思った時、また小さな声が聞こえた。

オカアサン、タスケテ。コワイヨ――。

今度ははっきりと聞こえた。

お母さん、助けて、怖いよ――。小さな声は確かにそう言った。

その声はあたしの耳にではなく、あたしの頭の中に響いてきたような感じがした。うまく言えないけれど、言葉が音として耳に聞こえたのではなくて、誰かの想いがあたしに流れ込んできて頭の中で響いた、という感覚だった。

ふいにあたしは気が付いた。

この声は、お腹の中の子供が発しているのだ。

根拠は何もなかった。ただ、わかったのだ。

その途端、あたしの目からぼろぼろと涙が流れ出した。お腹の子が可哀相で可哀相でならなかった。何の罪もないのに殺されようとしている子供が。太陽の日差しを浴びることすらできず、あたしのお腹の中からそのまま天国へ送られようとしている子供が。

あたしは泣きながら、思わず自分の身体を抱きしめた。お腹の子を抱いてあげることができなかったから、あたしはそうするしかなかった。

「ごめんね、怖い思いをさせて。大丈夫よ。死なせないから。大丈夫よ」

自分の身体をきつく抱きしめながら、あたしはお腹の子に向かって、いつまでもそう繰り返していた。

日を追うごとに、あたしはお腹の中にいる子供がどんどん愛おしくなっていった。そしてどんどん、産みたくて産みたくてたまらなくなっていた。

もしかするとこれは、お腹の子があたしに引き起こした感情かもしれなかった。自分が堕ろされないように、つまり殺されないように、あたしの心を操ったかもしれないのだ。そんな馬鹿なことがある訳がないと、誰もが思うだろう。でも、本で読んだところによると、この世にはそんな生物が何種類もいるのだという。

例えば、カマキリやコオロギ、カマドウマにはハリガネムシという黒くて細長い虫が寄生する。このハリガネムシに寄生された昆虫は、泳げないのになぜか自分から水に入って溺れ死んでしまう。実は、水の中はハリガネムシの産卵場所で、ハリガネムシが宿主を操って水の中へと誘導するからなのだ。

同じように、トキソプラズマという寄生虫に感染したネズミは、感染前よりもネコに捕食されやすくなる。トキソプラズマが脳内物質の分泌を操り、恐怖を感じにくくさせるからだ。そしてネズミがネコに食べられると、トキソプラズマはネコに感染し、その排泄物を経由してさらに感染先を広げていくのだ。

その話を知ってから、あたしは何度も自分に問いかけた。

あたしも操られているのだろうか？

あたしのお腹の子も、あたしの脳内物質を操作して、生き残るために自分への愛情を生じさせたのだろうか？　まるであたしの胎内に棲み着いた寄生生物のように。

あたしはそれでも構わないと思った。あたしはお腹の子の、生きたいという願いを受け入れることにした。この世に生まれてきたいと強く願っている命を殺すことなど、あたしにはできなかった。あたしだけを頼りにして、必死にこの世に生まれてこようとしている小さな命を見捨てることなど、あたしにはできなかった。

あたしが子供を産みたいと言ったら、伯父と伯母はかんかんに怒った。最後には中絶しないと家から追い出すとも言われた。伯父と伯母はあたしの身体や将来を心配しているんじゃなくて、自分たちの世間体が心配なのだ。あたしの両親が残した家も銀行預金も、未成年後見人だからという理由で、自分たちの好きにしているというのに。

あたしは新潟の家を出ることにした。伯父伯母が寝静まった深夜、ボストンバッグに制服と着替え、なけなしの貯金が入った銀行カード、日記帳、それにお気に入りのストラップを付けたＰＨＳ《ピッチ》――当時の安い携帯電話。その頃はまだスマホはなかった――を持って、数ヵ月だけ住んだ新潟の家をこっそり抜け出した。

真っ暗な夜道を長岡《ながおか》駅まで歩いて、駅前から出ている二十五時三十七分発の東京行き夜行バスに乗った。東京以外に知っている土地はなかったからだ。

薄暗いバスの中で、あたしは中学校で同級生だった女の子に聞いた話を思い出した。秋葉原《あきはばら》には、高校生の女の子がおじさんとデートするだけでお金がもらえるお店があるという。当時は珍しかったが、やがて大流行する「ＪＫお散歩」の第一号みたいなお店だ。その頃はまだＪＫという言葉もなかったけれど。

明け方の六時すぎに東京駅に着くと、山手線《やまのてせん》で秋葉原に移動した。そしてしばらく漫画喫茶で時間を潰したあと、そのお店を探して電気街をぶらぶら歩き、ようやくビルの一室にあるピンク色の看板を見つけて、看板に書かれている番号に緊張しながら電話した。

お店の名前は、「放課後デートクラブ　秋葉原ラブリー女学園」――。

受付にいた店長は丸いメガネが似合う優しそうな人で、あたしはほっとした。自分はただの雇われ店長で、店番の間に好きなだけ本が読めるから勤めているのだと、店長は恥ずかしそうに笑った。

あたしは身上書に「鈴木《すずき》まりん」という嘘の名前を書いた。鈴木は日本で一番多い姓だというし、まりんは英語でうみだから。どう見ても家出少女だと丸わかりだけど、店長はあたしの事情は何も聞かず、一緒に賃貸マンションを探して不動産屋を回ってくれて、契約の時は保証人にもなってくれた。

いろいろ大変なこともあるだろうけど、頑張って生きていこうな。頑張っていれば、そのうちきっといいことがあるよ――。そう言って店長は微笑んだ。

お仕事は簡単だった。お客の男の人と道端で待ち合わせして、コースによって決められた時間だけ街を歩いたり、買い物に付き合ったり、お茶を飲んだりしてデートの真似事をするだけだ。お客は大部分がサラリーマンのおじさん。あとは学生かフリーターぽい人。ごくたまにお爺さんもいた。

初日に初めてお給料をもらった時は、その金額に驚いた。何もしていないのにこんなにお金をもらっていいんだろうかと、後ろめたい気持ちになった。しかもあたしは中学校中退の、偽物の女子高生なのに。

そして、あの忘れたい日から十ヵ月後――。

前の月からお休みをもらっていたあたしは、店長が紹介してくれた元助産婦だというおばあさんの、昔は助産院だったという小さな一軒家で、こっそりと子供を産んだ。初産《ういざん》は大変だと聞いていたけれど、拍子抜けするほど楽だった。軽い陣痛のあと急激に眠気が襲ってきて、うとうとしていると足のほうから大きな泣き声が聞こえてきたので、ああ生まれたんだと思った。もしかすると、このとても軽いお産も、お腹の子が出産の痛みや苦しみを和らげてくれたのかもしれなかった。

生まれてきたのは、とても元気な男の子だった。赤ん坊というだけあって、顔も身体もまるで桃のような色の綺麗な肌をしていた。おくるみと一緒にその子を抱いた時、あたしは生まれて初めて感じる幸福感に包み込まれた。自分がこの世で一番幸せな人間だと、心の底から思った。

この幸せな気持ちもまた、この子があたしに感じさせたのだろうか？　もうどっちでもいい。この子がいてとても幸せなのだから、他のことはどうでもいい。

生まれてきた子に、あたしはそらという名前を付けた。

産むことを決めた時、男の子でも女の子でも素敵な名前にしたいと思って、一所懸命に考えて、ようやく思い付いた名前だ。あたしがうみだから子供はそら。うみとそら、お互いを映し合う存在、二人で一つの世界。この世界の誰にも受け入れられなくても、二人一緒なら生きていける。

最初あたしは、そらに「空」という漢字を当てようと思った。でも、ネットで子供の名前について調べていると、空や天という字を使うと早く天国に召されるとか、余計なことを書いている人が結構いた。無視しようかとも思ったけれど、やっぱりどうしても気になるので、別の文字を当てることにした。

そう言えば、あたしの毎水《うみ》という字は、死んで弘法大師《こうぼうだいし》という名前になった空海《くうかい》という偉いお坊さんが、署名する時に「空𣷹《くうかい》」と書いていたからだという。

両親はあたしを「海」という名前にしようと思ったけれど、無神経な知り合いに「サンズイは水の流れを意味するから、名前に入っていると運が流れる」と言われ、いろいろ考えた結果、毎水という字にしたらしい。毎水にも水という字が入っているから、サンズイと同じことなのに。

でも、あたしと同じことを両親もやったのかと思うと、何だかおかしい。

ベビーシッターさんにそらを預けられるようになった、ある日の午後――。

その日もあたしは出勤し、お客さんとの二時間のデートごっこに出かけた。そのお客さんは、これまでにも何度か指名してくれた男の人で、ゲームセンターでクレーンゲームをするとかハンバーガーを食べながらお話するとか、本当にデートを楽しむだけの、楽ちんというと失礼だけど疲れないお客さんだった。

そのお客さんと別れると、あたしは鼻歌を歌いながら機嫌よくお店に帰って、店長にただいまと声をかけた。

すると店長が、さりげない様子を装って言った。

「今日、二十代前半くらいの男の人が、まりんを訪ねてきたよ」

あたしはどきりとした。嫌な予感がしたのだ。誰だろうと考えてみたけれど、そういう年代の男の人に知り合いは一人もいなかった。心当たりがあるとすれば——。

その時突然、あたしの中に、忘れかけていたおぞましい記憶が蘇った。それはあたしが最も思い出したくない人物だった。そんなことがある筈がない。あたしは必死に自分の悪い想像を打ち消した。

「何て人ですか？」

あたしが努めてさりげなく聞くと、店長は首を横に振った。

「名前は言わなかった。ただ、まりんに会いたいと言ってた」

その時になってようやく、店長の顔色がとても悪いことに気が付いた。しかも店長の首には、赤い痣《あざ》のようなものがあった。まるで誰かに、首を締められたあとのような――。

顔にこわばった笑いを浮かべながら、店長は続けた。

「ちょっと怪しかったから、ここにはいません、人違いでしょうと言ったら帰っていったよ。きっとＨＰ《ホームページ》のまりんの写真が、誰かに似てたんじゃないかな」

帰ったと聞いて、とりあえずあたしはほっとした。あたしは店長に、ありがとうございましたと言って頭を下げた。

もうお店にはいられない。あの男はきっとまた、お店にやってくる。

あの男はあたしを襲った時、あたしに顔を見られた。だからあたしの首を締めて殺そうとしたけれど、仮死状態になったあたしを見て死んだと思い、そのまま逃亡した。だがそのあと、テレビのニュースなどであたしが生きていることを知った。

だからあの男は、ずっとあたしを探していたのだ。殺して、口を塞《ふさ》ぐために――。

あたしはあの男の顔を全く覚えていない。あまりのショックに、事件の記憶がすっぽりと抜け落ちてしまっているのだ。だけどあの男はそんなことは知らない。あたしという目撃者がいる限り、いつ逮捕されるかわからない、だからあたしを殺すしかない、そう思っている。

引っ越そう、どこかに。誰も気が付かないうちに、こっそりと。

お世話になった店長さんには悪いけれど、黙っていなくなろう。借りてもらったアパートは、せめてお掃除してから出ていこう。大家さんにも黙って行くことになるけれど、敷金は受け取らずにいけばいい。

あたしには幸い、そらのために蓄えてきたお金がある。引っ越しして、新しいアパートを借りるくらいは何とかなる。でも、また新しい仕事を探さないといけない。もう今みたいな、人に顔を見られる仕事はできない。できれば誰にも会わずに済む仕事がいい。そんな仕事、見つかるだろうか。

そら、あたし、負けないから。

一緒に強く生きていこうね——。

あたしは夜の電気街の雑踏を足早に歩きながら、ワンルームマンションであたしの帰りを待っている小さなそらに、心の中で誓った。

13　突破

「中園の車に追突したドライバーは平在富士夫《ひらありふじお》、三十二歳。職業は団体職員です」

閑谷一大が手帳を見ながら喋り始めた。

「交通捜査課によると、平在は『考え事をしていて、前の車が止まったのに気付かず、ブレーキを踏むのが遅れて追突してしまった』と証言、自分の非を全面的に認めているそうです。つい先ほど中園も、謝罪を受け入れたというコメントを発表しました」

夜が明けて、午前九時――。

尾島到、閑谷、それに笹野雄吉の三人は、それぞれに仮眠を取ったあと特殊八係に集合した。午前一時二十分に発生した中園薫子都知事の交通事故について、閑谷が交通捜査課から仕入れてきたばかりの最新情報を共有するためだ。

平在が勤務している団体とは「東京土地振興会」という名称の公益社団法人だった。社団法人とは非営利の民間団体だが、その中でも公益社団法人は公益目的事業を主に行う団体だ。特に希少な存在でもなく、全国に約四千団体が存在する。

「平在は昨日と今日、有給休暇を取っており、眠れないので都内をドライブしていて事故を起こしたと言っています。なお、乗っていた車は、新宿七丁目にある高級車専門レンタカー会社・パレスレンタカーに借りたＢＭＷ７シリーズのセダンで、以前から運転してみたいと思っていたので、休暇を取った機会に借りたそうです」

　関谷は早口で説明を続けた。

「なお、取り調べに際して書かれた身上経歴供述調書によると、平在は運転手派遣会社に所属するプロドライバーでしたが、二年前に自主退職して、現在の職場である東京土地振興会に転職しています。ちなみに平在に前科はなく、事故歴も違反歴もありません」

　関谷の説明に頷いたあと、尾島は笹野を見た。

「笹野さん。この平在というドライバー、どう思いますか？」

「腑に落ちない点があります」

　笹野は自分が抱いた疑問を挙げた。

　まず、元プロドライバーでこれまで無事故無違反だった人物が、赤信号で停止中の車に追突するなどという初歩的なミスを犯すだろうか、という点。

「それに、試乗なら数時間借りるだけでいい筈なのに、レンタル料金が高額な高級外車を一泊二日も借りるでしょうか？　平在はそんなに高給取りでもないでしょう。自家用車も所有していますから、レンタカー用のコイン駐車場代もかかった筈です」

　続けて笹野は尾島に聞いた。

「平在を任意で出頭させますか？」

「――いや」

　尾島は少し考えて首を横に振った。

「早見と藪田の死を、我々が殺人事件として捜査していることは、誰も知りません。しかし、ここで迂闊《うかつ》に関係者の聴取を行うと、中園やその周辺の人物に勘付かれる恐れがあります。中園との関係がはっきりするまで泳がしておきましょう。――イチ」

「はい！」

　関谷が勇んで立ち上がった。

「東京土地振興会という公益社団法人の登記を引っ張ってくれ」

　現在では法務局へ行かなくても、民事法務協会の登記情報提供サービスを使えばオンラインで登記簿の情報がダウンロードできる。

「わかりました！」

　関谷はノートPCを開いて操作を始めたが、すぐに困った顔で尾島を見た。

「あの、情報ごとに料金がかかるみたいですけど」

「いくらだ」

「商業・法人登記情報は、全部事項で三百三十四円です。消費税込み」

「わが社は登録がある筈だ。捜査資料管理室でわかる」

警視庁のアカウントでアクセスし直した閑谷が、手を止めて頷いた。

「入手しました。公益社団法人・東京土地振興会の登記内容です」

尾島と笹野も閑谷の背後へ回り、ＰＣを覗き込んだ。

公益社団法人・東京土地振興会。四年前、二〇一六年に一般社団法人として登記。その半年後、東京都知事・中園薫子の認定を得て移行登記し、公益社団法人となっている。公益目的事業は「国土の利用、整備又は保全を目的とする事業」。所在地は東京都新宿区。理事は全部で四名、代表理事の名前は、山本憲一《やまもとけんいち》。

「トウさん、この山本憲一って人、人名検索してみたら――」

閑谷がＰＣに繋いだ無線マウスを操作しながら言った。

「中園都知事の国会議員時代、ずっと公設秘書をやっていた男ですよ。中園が自由民守党を脱党して国会議員を辞めてからも、私設秘書として働いていたようですが、今はこの団体の代表理事なんですね。現在、七十八歳です」

登記を見ると、一般社団法人として設立された四年前から、山本がこの団体の代表理事を務めていることがわかった。つまり、この東京土地振興会という公益社団法人は、その誕生から中園都知事と浅からぬ関係があるということだ。おそらく中園の依頼で、山本がこの団体の代表理事に収まったのではないか。

長年の尽力に報いるためか。それとも、いろんな秘密を知っている山本の口を封じるために、団体代表理事の職を与えて飼い続けているのか――。

PC画面を見ていた閑谷が、不思議そうに首を傾げた。

「トウさん、山本って人の住所が熱海《あたみ》になってます。新幹線で新宿まで通ってるんでしょうかね？」

「熱海？」

閑谷は、登記に書かれた代表理事の住所を指差した。

〒413－0016　静岡県熱海市水口町《みなぐちちょう》×丁目××　サンシャイン熱海412号

代表理事という職は毎日出勤する必要はないだろうし、別に東京に住まなくてはならない理由はない。しかし、それにしても熱海は遠すぎる気がした。

「このマンション、調べてみます」

そう言うと閑谷はPCを操作し、すぐに尾島を振り向いた。

「トウさん、この山本が住んでいるマンション、介護付き老人用マンションですよ。いろんな介護サイトで紹介されています。ほら」

尾島と笹野はＰＣの画面を覗き込んだ。関谷の言う通り、検索結果にはいくつもの介護情報サイトが並んでいた。

関谷はマンションの電話番号を確認すると、机上の電話機の受話器を持ち上げた。

「――少々お伺いします。昔お世話になった方がそちらにお住まいだと聞きまして、もしそうだったらご挨拶に行きたいのですが。はい、山本憲一さんという方です。以前は政治家秘書を――いらっしゃる？　そうですか。ちなみにいつからそちらに？　五年前から、わかりました。どうもありがとうございました」

電話を切ると、関谷は肩をすくめながら尾島と笹野を見た。

「団体を設立した時、山本はもう熱海の介護マンションにいたみたいです」

笹野が納得したように頷いた。

「だとすれば、山本がこの団体を立ち上げたとは考えにくいですね。名ばかり代表理事ですよ。おそらく他の三人の理事も名前だけでしょう」

だとすれば――。

「イチ、この団体の定款《ていかん》は閲覧できるか？」

「公式ウェブサイトに、定款が掲載されています」

尾島は関谷が開いた定款を見ながら考えた。

一体誰が、この東京土地振興会という団体を立ち上げ、公益社団法人の地位を取得し、中園都知事の元秘書を代表理事に据《す》えたのか？　そして山本が名ばかり代表理事だとすれば、元職業ドライバーだった平在は、誰の運転手として雇われているのか？

「――ん？」

尾島は、一度読み飛ばした定款の一文に目を留めた。第一条だった。

第一条（名称）　当法人は公益社団法人東京土地振興会と称し、英文ではTokyo Palace Promotionと表示する。

「定款がどうかしましたか？」

笹野が不思議そうに聞いた。

「ここだ。この綴《つづ》りって、パレスだよな」

尾島が指差した先には、確かにPalace《パレス》という英単語があった。英語には自信はなかったが、不動産を指す英語なら確かReal Estate《リアルエステート》だし、土地という意味ならLand《ランド》かplace《プレース》になる筈だ。

「一瞬、プレースと書いてあるのかと思ったが、何度見てもパレスだ。パレスって、王宮とか宮殿って意味だよな？」

「本当だ！」

閑谷がなぜか嬉しそうな声を上げた。

「大事な定款なのに、すごいスペルミスですね。それとも、ウチは王宮みたいな高級不動産しか扱いません、って宣言なのかな？」

すると、笹野が真剣な顔で呟いた。

「パレス――」

その声に、尾島が反応した。

「笹野さん、この誤字が何か？」

考えながら笹野が答えた。

「平在が外車を借りたレンタカー会社も、パレスレンタカーでしたよね」

「そう言えば、そうですね」

尾島が真顔になると、笹野は続けた。

「誤字ではないかもしれません」

「どういうことです？」

尾島の問いに、笹野が答えた。

「何年か前、ある反社《はんしゃ》の男に聞いたことがあります。社名にパレスという言葉の入った会社には近づかないようにしていると。その理由は、敵対する組織の幹部が経営する会社かもしれないからだと。係長、思い当たる人物はいませんか？」

そう言われて尾島も、自分の頭の中を探った。日本語で王宮や宮殿という意味の言葉を社名に入れる、反社の人物——。

そして尾島は、ある人物の名前に思い至った。

「もしかして、王城《おうじょう》ですか?」

鋭い目で聞いた尾島に、笹野は無言で頷いた。

「オージョー? それって誰です?」

不思議そうに振り返った閑谷に、笹野が答えた。

「王城竜介《りゅうすけ》。東京の暴力団・中公会《ちゅうこうかい》の若頭《わかがしら》補佐、つまりナンバー3《スリー》だよ」

中公会は、戦後から続く日本有数の広域暴力団・山匡《やままさ》連合傘下の指定暴力団だ。創立者で現会長の中野公平《なかのこうへい》が八十歳を迎え、王城はナンバー2《ツー》の若頭と連日激しい跡目《あとめ》争いを繰り広げているという。

尾島は独り言のように喋り始めた。

「中園の車に追突した男は、東京土地振興会という団体に勤務していた。この団体の英語名には、パレスという言葉が使われていた。中公会の王城は、自分のフロント企業の名称には必ずパレスという言葉を入れるという——」

笹野が机上の電話機を取り上げ、慌ただしくボタンを押した。

「笹野です。忙しいところ申し訳ないが、ちょっと教えてくれないか。パレスレンタカーという会社と、反社との関係なんだが――」

　さらに二言三言やりとりしたあと、笹野は礼を言って電話を切った。

「間違いありません。組織犯罪対策部《マル暴》の後輩に聞きましたところ、パレスレンタカーは王城のフロント企業だとのことです」

　社名にパレスという言葉を含む団体が二つ揃ったのは、偶然ではなかった。パレスレンタカー同様、東京土地振興会もまた、中公会・王城竜介のフロント企業、いやフロント団体なのだ。

「でも王城って男、自分の名前を社名に入れるなんて、自意識強すぎですよね」

　閑谷があきれたように言うと、笹野が肩をすくめた。

「ヤクザとはそういうものだよ。自分を誇示したくってしようがないんだ」

　それだけではない、と尾島は考えた。パレスという言葉を社名に入れるのは、敵対する組織へのメッセージではないか。反社は他の反社とのトラブルを避けたい筈だ。自分のフロント企業であることを裏社会の人間に暗示することで、自分のシノギに絡んでくるなと警告しているのではないだろうか。

「もし、この東京土地振興会を、中公会の王城が陰で操っているとしたら――」

　その東京土地振興会の代表理事が、中園都知事の元秘書だという事実は、一体何を物語っているのか？

尾島が閑谷に聞いた。

「イチ、東京土地振興会の所在地は、新宿だったな？」

「はい。住所はこちらです」

閑谷が登記情報に登録された住所を表示した。

〒160－0022　東京都新宿区新宿×丁目××－××　花園町《はなぞのちょう》ハウス801号

「地図上に表示します」

閑谷がPCのブラウザで地図を開いた。東京メトロ丸《まる》ノ内《うち》線・新宿御苑前駅《しんじゅくぎょえんまええき》から徒歩三分の好立地に建つマンション。閑谷は地図を航空写真モードにして拡大し、さらにストリートビューで建物の写真を見た。花園町ハウスは八階建てのマンション、八〇一号は最上階のようだ。

閑谷は続けてマンション名で情報を検索していたが、すぐに顔を上げてモニター画面を指差した。

「トウさん！　これ！」

閑谷は尾島にネットで発見したPDFを示した。それは東京都財務局の公式ウェブサイトに掲載されている、公有財産情報の一覧表だった。

「このマンション、東京都の公有財産ですよ。ほら！」

名称：花園町ハウス
局：都市整備局
部所：都営住宅経営部
財産種別：土地、建物（本体）
台帳番号：〇二〇〇〇〇二×××
分類：行政財産
会計：都営住宅等事業会計
種目：居宅
構造：鉄筋コンクリート造
延床面積：一二一五・〇九平米《へいべい》

「反社の息のかかった団体が、東京都の所有物件に事務所を構えているとは」

唸りながらも、笹野は尾島と閑谷に説明した。

「公益社団法人にはいくつもの優遇措置があります。公益事業で上げた収益は非課税ですし、一定額の源泉所得税・消費税も非課税ですし、寄付金控除やみなし寄付金制度があるお陰で、控除できる寄付金が集まりやすいというメリットもあります。一般社団法人なら誰でも設立できますが、公益社団法人は総理大臣か都道府県知事の認定が必要です」

中園薫子が東京都知事に初当選したのが四年前。東京土地振興会は、その半年後に中園都知事の認定を得て公益社団法人となっている。その公益社団法人が、現在は東京都の所有するマンションに事務所を構えている。もし中公会の王城竜介がこの団体を操っているとしたら、現職の都知事・中園薫子との関係を疑わずにはいられない。

そして、その公益社団法人に勤める男が、中園都知事の車に追突した――。

尾島はスマートフォンを取り出すと、画面を数回押して耳に当てた。

「並木さんか？ 忙しいところすまない」

尾島が電話したのは、ＳＳＢＣの分析捜査官・並木想作だった。

「都知事の中園薫子が追突事故に遭ったのは知っているな？ 追突したドライバーの顔写真をメールで送る。早見市朗の死亡事故の直前、周囲を走っていた車の運転手の中にそいつがいなかったか、顔認証システムでチェックしてくれないか」

並木は驚いて尾島に聞いた。

「え？ 都知事の車に追突した男が、早見の事故にも関係してるんですか？」

「すまん。詳しいことは言えない」

「マルハウ狩り、再開ですね？」

嬉しそうに聞く並木に、尾島は頷く。

「ああ、その通りだ」

「三分だけ時間を下さい」

電話を切った並木は、きっかり三分後に尾島の携帯に電話してきた。

「いました。早見市朗が暴走を始める直前に、左側車線の、ええと——将棋で言う桂《けい》馬《ま》の位置ってわかりますかね？」

つまり二台後方の車の左隣を、平在の乗る車が走行していたのだ。

「この車、国産のセダンですけど、後部座席にもう一人乗車していますね」

「もう一人？」

「ええ。確かに乗っています」

並木が電話の向こうで、見ている映像を描写した。

「体格から見て男だと思うんですが、グレーのパーカーのフードを深く被っているんで、残念ながら顔も年格好も判別できません」

グレーのパーカーの男——。

藪田政造が死んだ直後、新宿駅西口に設置された防犯カメラを見上げていた男・伊沢昌浩も、グレーのパーカーを着てフードを被っていた。

「のちほど映像を編集して短くまとめたものを、尾島さん、笹野さん、閑谷さん宛にお送りします。運転者の顔も鮮明に見えますし、後部座席にグレーのパーカーを着た男も映っています」

「乗っている車だが、ナンバーから所有者はわかるか？」

「少しお待ち下さい。自動車検査登録事務所のデータベースを閲覧します」

十数秒の間を置いて、並木が言った。

「――わかりました。東京都新宿区に住む平在富士夫という人物です。自家用車登録ですね。詳しい所有者情報は、このあとメールでお送りします」

自家用車を使ったのは王城の指示だろう。勿論、王城と平在との関係を隠すためだ。

「それから並木さん、この車――」

「ええ。翌日、新宿でしょう？　ちょっと待って下さいね」

皆まで言うなという声で答えたあと、しばらく無言でPCを操作する音が聞こえ、やがて並木が口を開いた。

「翌日のこの車を、新宿駅から半径五百m内に設置されたNシステムで追跡したところ、午後五時二十五分、新宿南口の甲州街道を通過していました。大事故が起きた選挙演説会場のすぐ近くで、時間もその大事故の少し前です。前日と同じく、後部座席にフードを被った人物が乗っています。こちらの映像も、のちほどお送りします」

「ありがとう。助かった」

「いつでもどうぞ」

そう言うと並木は、電話をぷつりと切った。


ようやく、三つの事件が繋がった——。

通話を切りながら尾島は、思いがけない捜査の進展に興奮を隠せなかった。

中園薫子の有力対立候補だった早見市朗の車を、中公会幹部・王城竜介に雇われている男・平在富士夫が尾行し、その後部座席にはグレーのパーカーのフードを被った男が座っていた。そして早見は車を暴走させて死んだ。

翌日、新宿駅西口で行われた都知事選の有力候補・藪田政造の街頭演説会場に、グレーのパーカーのフードを被った伊沢昌浩が来ていた。そして藪田はタンクローリーの暴走に巻き込まれて死んだ。

そして今日。都知事・中園薫子の車に追突したのは、早見の車を尾行していた平在富士夫だった。平在が乗っていた車は、早見を尾行した時の自家用車とは違って、王城が経営するレンタカー会社の車だった。

そして早見と藪田は死んだが、中園だけは軽症だった——。

「おそらく、こういうことだ」

尾島は喋りながら立ち上がった。

「四年前、前回の東京都知事選のあと、都知事になったばかりの中園薫子に、中公会のナンバー3《スリー》である王城竜介が接近した。目的はおそらく、都が行う開発事業の利権だ。東京都には六兆円前後にも上る保有資金がある。それをしゃぶろうと考えたのだろう」

考えをまとめるため、部屋の中を歩きながら尾島は喋り続けた。

「その時王城は、すでにマル能・伊沢昌浩と知り合い、利用する目処《めど》が立っていたに違いない。というか、伊沢を手に入れたことで、東京都を食い物にする計画を思いついたんじゃないだろうか。伊沢とどうやって知り合ったのかは、まだ不明だが」

閑谷も頷きながら感想を言った。

「中園は王城をよほど気に入ったんですね。王城が団体を設立すると公益社団法人の資格を与え、しかも都が所有するマンションの部屋を使わせています」

笹野がその理由を推測した。

「中園は経歴に疑惑を抱えており、与党政治家との軋轢《あつれき》もあります。スキャンダルのネタには事欠きません。中園は、そんな問題の処理を裏社会の王城に任せたいと考え、王城に便宜を図ったのではないでしょうか」

尾島は頷いて話を続けた。

「そして昨年末。任期満了に伴う都知事改選にあたり、中園は早見と薮田という難敵を迎えた。どうしても再選したい中園は王城に相談した。王城にしても、中園という金づるを失いたくない。そこでマル能・伊沢昌浩を使って、対立候補の二人を、交通事故に見せかけて始末した——」

現職の都知事と暴力団幹部が、四年前から裏でつるんでいたとなると一大事だ。

尾島が厳しい表情で閑谷と笹野を見た。

「本来なら、中園都知事と中公会・王城との癒着《ゆちゃく》による金の動きを徹底的に追及するところだ。しかし、我々の目的はそこじゃない。中園と王城を殺人容疑で逮捕することだ。しかもこの二人は、伊沢昌浩というマル能を使って殺人を交通事故に偽装した。これは、マル能の存在を知る我々にしか捜査できない殺人事件だ」

閑谷と笹野に順に目を遣り、尾島は決然と言った。

「王城竜介はどうやって伊沢昌浩と知り合ったのか。これから伊沢と王城の過去を徹底的に洗う。必ず過去に接点があった筈だ」

「はい！」

「わかりました」

閑谷と笹野は大きく頷いた。

尾島が席に戻ろうとした時、閑谷がPCのモニター画面を覗き込んだ。

「トウさん、入院中の中園がネットで選挙活動を開始しました。公式ウェブサイトに、東京都民に向けた動画が上げられています」

閑谷は動画を再生した。尾島と笹野も、閑谷の後ろから動画に注目した。

中園は病室のベッドの中、上半身を起こした姿勢で、「幸せの党」のテーマカラーであるライトブルーのガウンを羽織って微笑んでいた。そしてカメラに向かってゆっくりと一礼すると、テレビのニュース番組でいつも耳にする声で喋り始めた。

――東京都民の皆様、こんにちは。都知事の中園薫子でございます。今回の交通事故では皆様にご心配をおかけしまして、まことに申し訳ございません。お陰様でこのようにピンピンしておりますので、どうぞご安心下さい。ただ、お医者様が「後遺症が心配なので、もうしばらく脳や頸椎の様子を観察したほうがいい」と、怖いことを仰いますので、異常がないことがはっきりするまでは、入院させて頂くことにいたしました。

今回の東京都知事選は、「呪われた選挙」だという噂がありますようです。皆様ご存じの通り、まず立候補者の人気テレビキャスター、早見市朗さんが運転中に突然自殺されました。その翌日、同じく立候補者の自由民守党都議会幹事長・藪田政造さん

が、車の暴走事故に巻き込まれて亡くなりました。

　そして本日の午前一時、同じく立候補中の私が、後続車に追突されるという事故に遭いました。何と言いますか、まことに恐ろしい偶然と申し上げるしかありません。

　この事故のあと、病院のベッドの上で考えましたのは、今回の東京都知事選で私が掲げるマニフェストの中に、都政の大きな柱の一つとして「交通事故ゼロ」を加えたいということです。早見さんの自殺も、藪田さんのご不幸も、そして私の災難も、いずれも交通事故でありました。これをなくしたい。

　具体的には、東京都知事直下の組織である警視庁との密接な連携を進めつつ、先進運転支援システムや、自動運転システムの実用化について、自動車メーカーや電機メーカー、道路会社等と相談を重ね、任期中の「交通事故ゼロ」達成を目指していきたいと、このように思っております。

　まことに遺憾ながら、現在は入院中という状況でございますので、投票日までの私の選挙活動は、平成二十五年のインターネット選挙運動解禁に基づきまして、インターネットを使用した選挙活動に限らせて頂くことになりました。今回が、インターネット街頭演説の第一回目ということになります。

　すでに「幸せの党」党員及び支持者の皆様には、メールでのご連絡をいたしておりますが、今後は有権者の皆様に向けて、街頭演説に代えて動画で語らせて頂こうと思

っております。

それではまた次回、よろしくお願いいたします――。


「恐ろしい偶然だと？」

尾島は冷えた声で呟いた。

「誰も気付いていないと思っているんでしょう」

笹野も怒りを押し殺した声で言った。

「今に見てろ、絶対に捕まえてやる」

関谷もＰＣの画面を睨みつけた。


翌日、一月十日。

尾島たち特殊八係が、王城と伊沢の接点を必死に捜査している中、中園薫子の任期満了に伴う東京都知事選は投票日を迎えた。

中園は事前の予想通り、四百万票を超える圧倒的得票数で、二度目の東京都知事選に圧勝した。

14　巨城

一月十三日、午後十一時――。

何棟もの摩天楼《まてんろう》が建ち並ぶ新宿駅西口の高層ビル街。中でも一際高くそびえ立つ高層建築が外資系の超高級ホテル、グランドエリオット東京だ。その四十一階にある百平米超のスイートルーム。カーテンが開け放たれた大きな窓一杯に、道路を隔てて建つ東京都庁舎の威容が広がっている。

部屋の中央にはシモンズ社製のキングサイズ・ベッド。枕元に置かれたステンレスのワゴンの上には、氷をたっぷりと入れた銀製のワインクーラー。

そして巨大なベッドの上には一組の男女がいて、全裸の身体に羽毛入りの白いデュベカバーを掛け、足を絡めながら並んで寝そべっていた。

女は現職の東京都知事で「幸せの党」代表、中園薫子、四十歳。そして男は王城竜介、四十八歳。指定暴力団・中公会の若頭補佐にして、公益社団法人・東京土地振興会の陰の運営者。日本人離れした、彫りの深い顔。額や頬に刻まれた皺《しわ》もまた、甘い顔に渋い色気を加えている。

「病院で寝ていなくていいのか？」

王城が皮肉っぽい口調で、隣でうつ伏せになっている中園薫子に言った。

「ニュースじゃ、脳か頸椎に後遺症が残る可能性があるそうじゃないか」

「うん、意地悪ね」

中園は身をくねらせると、甘えるように顔を王城の胸に載せた。

「仮病に決まってるじゃない。お医者さんにお金をあげて、そう発表してもらっただけよ。どこも痛いところなんてないわ。あなたのお抱え運転手に上手にぶつけてもらったから。公用車だってほとんど凹《へこ》んでなかったくらいよ。導入したばかりのハイブリッドカーだから助かったわ」

環境への配慮をアピールするため、中園は都知事就任以来、公用車をハイブリッドカーにしている。だが王城は、ハイブリッドカーや電気自動車が環境に優しいというのは、眉唾《まゆつば》であると思っていた。車自体はCO_2をほとんど排出しなくても、搭載するバッテリーの製造過程で大量の電気を消費し、温室効果ガスを発生している。

ハイブリッドカーでは、ガソリンエンジンで発電し、その電気でモーターを回して走るという複雑な工程も、ガソリンで走る内燃機関の車に比べてエネルギーの大きなロスが生じる。電気自動車にしても、走るための電力を生んでいる発電所は八十％以上が火力発電だ。当然、走れば走るほどCO_2を発生する。

この女の人生は、どこまで行ってもまやかしばかりだ――。そう思いながら王城は、中園の顔を見下ろした。

「それより、何度でも言うが」

急に王城の顔が険しくなった。

「あんな危険な真似をするのはこれっきりにするんだ。わかったな」

中園は愛玩犬《あいがん》のように小首を傾げた。

「危険な真似って？」

「狂言事故のことだ。わかってるだろう」

王城が責めるように言った。

「折角警察が、早見と藪田の件を自殺と事故死で終わらせようとしているのに、わざわざ自分も交通事故を起こして騒ぎを再燃させるなど、愚の骨頂と言うしかない」

「だって、面白いんだもん」

中園はいかにも楽しそうにくっくっと笑った。

「テレビのワイドショーじゃ、都知事候補を次々と狙う国際テロリストがいるんじゃないか、なんて馬鹿なこと言ってるコメンテーターもいるのよ？　それに、ある女性週刊誌によるとね、あたしが選挙に勝つために拝み屋を雇って二人を呪い殺したから、自分も事故に遭ったんだって。人を呪わば穴二つ、って訳ね」

呪い殺したというのは、当たらずといえども遠からずか——。そう考えた王城の胸に、中園が手を置いた。

「ねえあなた、どうやって早見と藪田を殺したの？」

興味津々という顔で中園は聞いた。

「警察もマスコミ連中も、みんな自殺と交通事故だと信じ切ってるわ。そりゃ、面白半分にあたしが殺したんじゃないかって言う奴はいるけど、あくまで冗談の範囲よ。どう考えたってあんな殺し方は不可能だもの。——ねえ、どういう手を使ったの？まるで魔法みたいじゃないの」

「お前が知る必要はない」

王城は冷たく突き放した。こんな浅はかな女に伊沢昌浩の存在を話そうものなら、冗談抜きで、朝の都知事定例会見で記者相手に自慢しかねない。

「そんなことより、わざと騒ぎを起こすような真似は二度とやるな。わかったか」

「はいはい、わかりました。——それより見て？　あたしのお城」

中園は上半身を起こして、窓の向こうの巨大な影に目を遣った。

東京の煌《きら》めく夜景を舞台衣装のように身に纏《まと》い、あたりを威圧するかのように一際高くそびえ立つ、双塔の超高層建築物。まさに首都・東京を統《す》べる巨城とも言うべき都庁舎を、中園はうっとりと眺めた。

その弛緩《しかん》した表情を見て、王城は薄く笑った。

「どんな気分だ？　自分の城をベッドの上から、素《す》っ裸《ぱだか》で見る気分は」

「最高よ。まるで神様になったみたい。何でも思い通りにできる気がするわ」

中園は満足そうに笑うと、ナイトテーブルの上のフルートグラスを手に取った。細長いグラスの中には、細かい泡が立ち上る金色の液体が入っている。

「最高と言えば、このシャンパーニュもよ。味も、美しき優雅な時代《ベル・エポック》って名前も」

中園はグラスを目の高さまで持ち上げて見せた。銀のワインクーラーの中で氷に身を預けているのは、透明なボトルに白いアネモネの絵が描かれたシャンパーニュ、ペリエ・ジュエ・ベル・エポック・ブラン・ド・ブラン。レストランで注文すれば一本二十万円前後の高級シャンパーニュだ。

都庁舎を眺めながら、シャンパーニュをぐびりと一口飲んだあと、グラスを置いて中園は王城に向き直った。

「ねえ、あたし、いつ総理大臣になれる？」

王城は眉を寄せた。

「そう焦るな。都知事の二期目に入ったばかりだ」

まだまだお前には、都知事としてやってもらうことがある。都知事の次を考えるのは、俺が東京都の金を吸い尽くしてからだ――。王城は心の中で呟いた。

「早く復讐したいのよ」

中園は焦れたように身悶《みもだ》えした。

「私を女だと思ってさんざん馬鹿にした、あの自由民守党の薄汚いジジイどもに。特に、前の総理の宇倍肯三《こうぞう》にね」

ベッドサイドライトの光の中、厚く化粧を施した中園の顔が、憎悪に醜く歪んだ。

(執念深い女だ――)

横目で中園の顔を見て、王城は辟易《へきえき》した。

王城が想像するに、宇倍が中園を大臣などの要職に就かせなかったのは女性だからではない。中園のあまりの愚かさに愛想《あいそ》を尽かしたからだ。だが中園は、そのことに全く気が付いていない。自分はどの女性政治家よりも賢くて、有能で、かつ美しいと信じ切っている。

(まあ、だからこそ、俺がこうやって利用できる訳だがな)

王城は作り笑いを浮かべると、なだめるように中園に言った。

「もうしばらく我慢しろ。絶対に日本初の女性総理にしてやる」

中園の目が輝いた。

「本当？」

「ああ。だからお姫様は、もうしばらくあの塔の中で我慢しているんだ」

そして俺はお前を裏で操る。つまり東京を裏で操り、いつかお前が総理大臣になったら、日本を裏で操る――。王城は腹の中で北叟笑《ほくそえ》んだ。

「ところで築地《つきじ》の再開発だが、根回しはしてるんだろうな?」

王城が聞くと、うんざりした顔で中園は苦笑した。

「あなたの団体に業務委託すればいいんでしょう?　ちゃんとわかってるわよ」

東京都中央区《ちゅうおうく》築地――。築地とは埋立地という意味だが、その名の通り、一六五七年の明暦《めいれき》の大火で焼失した浅草西本願寺《あさくさにしほんがんじ》の移転先として、東京湾に造成された土地だ。この寺は現在も築地本願寺と名を変えて残っているが、それより築地を世界的に有名にしたのは、一九三五年、海軍省が所有する旧外国人居留地に開設された「築地市場《しじょう》」だった。

しかし一九九九年四月、時の都知事が「古い、狭い、危ない」という理由で、トップダウンで築地市場の移転を決定した。移転先はすでに江東区豊洲《こうとうくとよす》の、帝都ガスが保有するガス製造工場の跡地と決定していた。

その都知事は複数の利益誘導疑惑の中、任期途中で辞任。その後、次の都知事も献金疑惑で辞任。さらに次の都知事になってついに移転が決行されることになったが、その都知事もまた汚職疑惑で辞任。

このように歴代東京都知事は、皆一様に金銭絡みの疑惑で辞任している。それほどに東京都知事が手にしている権益は巨大で、皆その誘惑に抗《あらが》えないのだろう。東京都の税収は約五兆二千億円、予算は約七兆三千億円。一国の元首と同じ権力を持ち、資金を自由にできるのが東京都知事なのだ。

そして前都知事の辞任に伴う都知事選に勝利したのが、中園薫子だった。

中園都知事になって、ようやく築地市場は豊洲への移転を完了させた。この結果、都心の超一等地である築地に、約二十三ヘクタールという広大な空白地帯が誕生した。現在、東京五輪・パラリンピックの駐車場として使用することが決まっているが、その後の予定はまだ一切白紙だ。

この築地が持つ莫大な価値に目を付けたのが、指定暴力団・中公会の幹部、王城竜介だった。

王城は中園に巧妙に接近すると、中園の元秘書・山本憲一を代表理事に据えて「一般社団法人東京土地振興会」を設立、さらに中園の都知事権限で公益社団法人化に成功した。この肩書を得たことで、東京都との深い関係を匂わせることに成功し、大手ゼネコンを始めとする数々の建設会社から多額の寄付を集め、年間十数億円の収入を手にした。

そして、築地の再開発事業を東京都から幹事団体として受注、その一割を抜いて大手広告代理店の電博堂《でんぱくどう》に再委託、つまり丸投げし、電博堂の事業計画に従って大手ゼネコン数社に事業委託するという予定だった。東京都の築地再開発事業の総予算は五千六百億円。東京土地振興会は、つまり王城は、労せずして五百六十億円を得ることになる。

言うまでもないが、王城の得た金の大部分が東京都民の払った税金である。そして、築地再開発事業に参加するゼネコンには、王城の団体への寄付額が多い順番に、仕事が割り振られることになっている――。

王城が薄笑いを浮かべた。

「いいんだな？　築地は更地にするだけで何十億もかかっているんだぞ？」

「あたしのお金じゃないもの。全部、ゼ・イ・キン～」

中園は肩をすくめ、両掌《りょうてのひら》を上に向けた。

「税金ってね、何もしなくても毎年どんどん勝手に入ってくるのよ。まるで湧き水や温泉みたいにね。去年も五兆円以上入ってきたし、来年もそうなの。あなたに入る五百六十億なんて誤差の範囲、小銭みたいなものよ」

あっさりとそう言うと、中園はにっこりと笑った。

「あたし、築地なんかどうでもいいの。全部あなたに任せるから、電博堂と組んでカジノでも、大会施設《マイス》でも、ドーム球場でも、どうにでも好きにして。予算ならいくらでも組んであげる。——その代わり」

手に持っていたフルートグラスを、中園はナイトテーブルに置いた。

「ねえ、病院に戻る前に、もう一回」

中園は甘い声を出しながら、白いシーツの上を王城に向かって這《は》い寄り、その筋肉質の身体を両手でもどかしげにまさぐり始めた。

「いつまでも一緒にいてね？　あなたみたいな素敵な男、他にはいないの。だから、あたしの前から絶対にいなくならないでね？　ねえお願い。ね？」

ねえお願い、というのが中園の口癖だった。きっと若い頃は、こう言えば大抵の男が鼻の下を伸ばして言うことを聞いてくれたのだろう。

（どこまで貪欲なんだ——）

王城は侮蔑の表情を微笑に隠しながら、中園の肩に手を回し、白くたるんだ香水臭い身体を抱き寄せ、外国製の口紅でぬめぬめと赤く光る厚い唇を吸った。


事務的に単純な行為に及びながら、頭の中で王城は考えていた。

（都道府県知事の任期は四年と決められている。だが、当選を重ねれば何年でも無限にできる。定年もない。現にいくつかの県の知事は六期目で、二十年以上も知事を続

けている）

両目を閉じ、身体をよじって悶える中園の顔を、王城は真上から無表情にじっと見下ろしていた。

（しゃぶれるだけしゃぶり尽くしてやる。いざ使い途がなくなったら、何かでかいスキャンダルを起こさせ、伊沢を使って、自殺に見せかけて殺す——）

15　接点

「やはり刑務所《ムショ》だったか」

尾島到が息を吐くと、閑谷一大がPCの画面を見ながら頷いた。

「はい。王城竜介は二〇一五年の十二月から翌年六月まで、伊沢昌浩は二〇一六年の一月から翌年一月まで、府中刑務所に収監されています。ということは、二〇一六年の一月から六月までの半年間、二人はどっちも府中刑務所にいた訳です。この時期に知り合った可能性が高いと思います」

一月十四日、午前十時――。

伊沢昌浩と王城竜介の接点はほどなく判明した。

犯罪を繰り返している伊沢と、指定暴力団の幹部である王城。二人がどこかで出会ったとしたら犯罪絡みの場所、となれば獄中ではないかと尾島は目星を付けた。そしてそれが的中したのだ。

王城が収監された罪状は強要未遂罪。実質的に所有する不動産会社を操り、転売のために土地を地上げしようとし、そこから立ち退こうとしない住人に、脅迫によって土地と家屋の売却を強要した罪だ。一方の伊沢は窃盗罪。尾島たちも犯罪者データベースで映像を確認したが、歩道橋から転落した男から金を盗んだ、あの窃盗行為だ。

背理能力を持って生まれた者たちは、子供の頃から手っ取り早く欲望を叶えることができる。そのせいで、欲しい物を我慢するということができないのだ——。そう尾島は考えた。欲望を抑えることができないから、簡単に犯罪に手を染めてしまうのだ。三鷹事件の背理犯・水田茂夫もそうだった。

例外的に、背理能力者の青年・高山宙はそうではなかった。壊れた自動販売機に小銭を奪われた腹いせに、他の自販機から飲み物を盗んだりはしたが、犯罪と言ってもせいぜいそれくらい。逆に、犯罪者の告発のためにコインロッカー内の覚醒剤《かくせいざい》を発見させ、線路に落ちた幼児を救ってみせた。

背理能力者でありながら、高山は自分の能力とうまく折り合いを付けていた。それはおそらく、高山が持つ正義感や矜持《きょうじ》のようなものが、自分が楽な方向へ流れるのを、つまり背理能力を使った犯罪へ走るのを押し留めていたのではないか。それとも他に、何か要因があったのかもしれないが。

「能力って、本来はそんなに役に立つものじゃないんですよ」

高山は尾島に語った。物を持ち上げたければ手を使えばいいし、壁の向こうが見たければ、ドアを開けて壁の向こう側に行けばいい。誰かと意思を疎通したければ、その相手と話せばいい。

「でもね、あることに限っては絶大な効果があるんです。犯罪ですよ」

この言葉によって尾島は、背理能力の本当の恐ろしさを知った。


背理能力は、人間を試すのだ。

背理能力は、それを手にした人間を犯罪へと誘惑する。

そして「お前は善か？　それとも悪か？」と選択を迫るのだ。

まるで、人間を悪へと誘《いざな》う悪魔のように——。


三鷹事件の背理能力者・水田茂夫は子供の頃から殺人を繰り返し、合計六人を殺害した。そして、同じく背理能力を持って生まれた伊沢昌浩も、同じ道をたどっている。

伊沢は子供の頃から非行を繰り返し、成人してからも何度も刑務所に収監された。

他にも警察が気付いていない犯罪があるだろう。現に直近では、転落死した男から金を盗んでいるが、直前にその男と激しく口論しており、実は単なる窃盗ではなく、相手を殺害して金を盗んだ強盗殺人である可能性が高い。

そして、そんな能力を持った者を、反社会勢力が見逃す筈がないのだ。

同日、午後――。

「以前平在が勤務していた、運転手派遣会社に行ってきました」

まず、閑谷が報告した。

「平在の派遣記録が残っていたので見せて頂いたところ、三年前、王城が実質的に運営する東京土地振興会に一年契約で派遣されていました。この時に王城と知り合ったと思われます。契約が終了すると同時に平在は派遣会社を辞めていますので、おそらく王城に気に入られて、自分の運転手にするために引き抜かれたんだと思います」

続いて笹野雄吉が報告した。

「府中刑務所で、王城・伊沢と同じ雑居房だった男に話を聞いてきました」

閑谷の話を聞いたあと、笹野はそのまま府中刑務所に直行し、当時の記録を参照して、伊沢・王城と同時期に同じ雑居房へ収監されていた男の一人を探し出した。そして出所後の世話をしていた保護司経由で連絡を取り、呼び出して会ってきたというのだ。何て仕事の早い人だと、尾島はただ感心するしかなかった。

笹野は喫茶店で男と会い、自分のスマートフォンをテーブルに置いて会話を録音していた。尾島と閑谷は早速再生し、その音声に聞き入った。


刑事さん、もう勘弁して下さいよ。今は真面目に働いてるんだからさ。

アレでしょ？　無許可で路上営業した件でしょ？　そりゃ届けなかったのは悪かったけどさあ、たこ焼き屋の軽トラだよ？　そこまで通行の邪魔にはなんないでしょう。前みたいに大麻《ハッパ》さばいてたのとは訳が違うしさ。あれにしたって、半グレに脅されて嫌々やってたんだし。

——え？　違うの？　じゃあ、売り上げをごまかして申告した件？　それも違う？　王城竜介と伊沢昌浩？　ええと、もしかして、リュウスケとマサのことかい？　ムショじゃお互いにフルネームは教えねえからさ。勿論、二人とも覚えてるよ。

リュウスケが入所してきたのは確か十二月だったけど、すぐにヤクザだってわかったよ。見るからにおっかねえ雰囲気を漂わせてたからな。

ムショじゃヤクザが一番幅利《はばき》かしてるんだよね。決まりをちゃんと守るし、受刑者同士のいざこざは睨みを利かせて収める。だから看守にもウケがいい。リュウスケには受刑者も看守も、みんな一目置いてた。

年が明けて一月にマサが入ってきたんだが、なんだか気持ち悪い奴だった。いつも無表情で、喜怒哀楽が全く見られねえ奴で、話しかけてもろくに返事もしねえしな。そいで、人のことを虫かなんか見てるみたいな冷たい目で見るんだよ。自分の名前も言わねえし、仕方ねえから看守に名前の一部を教えてもらって、みんなでマサって呼んでたんだ。

ある日、さすがにマサの態度が生意気だってんで、古株の受刑者が焼きを入れようとしたんだ。プロの六回戦ボクサーだったのが自慢の喧嘩っ早い奴だったから、みんなマサは半殺しにされると思ったよ。そうしたらよ、そいつがマサの胸ぐらを摑んだ途端、顔が紫色になって白目むいて倒れたんだ。

俺ら、慌てて看守を呼んで、看守三人が来て担いで連れ出したけど、あとでそいつが死んだことがわかった。心臓麻痺って話だった。

それからってものは、みんなマサを遠巻きにするだけだった。あいつに近付くと祟《たた》りがある、みてえな雰囲気が出来上がったんだ。

だけど、一人だけ平気でマサに話しかける奴がいた。それがリュウスケだ。

マサとリュウスケは、よく作業後の廊下とかでひそひそ話してたよ。マサも最初は無視していたんだが、だんだんと応じるようになって、最後のほうじゃリュウスケだけには心を開いてるようにも見えた。

話はそれで終わりだよ。リュウスケは半年で出所していって、それからさらに半年くらいでマサも出ていった。そのあとのことは知らねえな。

あいつら、何かやったのかい？　――い、いや、やっぱりいい。言わなくていい。聞きたくねえ。俺はもう、あの二人とは関係を持ちたくねえんだ。どっちも本当にヤバそうな奴だったからな――。

男の話に出てくる年月は、犯罪データベース及び府中刑務所の記録と一致していた。これで、伊沢と王城が知り合ったのが府中刑務所であると推定できる。

伊沢昌浩と王城竜介、二人の出所後に何があったのか。尾島は今日新たに判明した事実を加え、四年前から現在に至るまでの出来事を再構成して語った。

——王城竜介が府中刑務所を出所したのは五年前の六月。収監前に王城は、地上げと土地転がし専門の不動産会社を操っていたが、出所後はその会社を解散、中園都知事に取り入ったあと、中園の元秘書を担いで東京土地振興会を設立する。この時、この団体はまだ一般社団法人だ。

王城に遅れること七ヵ月後、翌年一月に伊沢昌浩が出所する。そしてそのまま行方がわからなくなっている。おそらく服役中に話がついていたのだろう、王城が出所した伊沢を迎えに行き、住居と金を与えて飼い始めたと考えられる。

王城が伊沢を飼うことにしたのは、伊沢の驚くべき能力、即ち「証拠を残さずに他人を殺害する能力」を自分の反社ビジネスに活かすためだ。おそらく現金や住まいなど法外な条件を約束しただろうし、伊沢もまた、遊んで暮らせるならと話に乗ったのだろう。

伊沢が出所する直前の十二月には、実は大きな出来事があった。前任の都知事が使い込み疑惑で辞職したのだ。それを受けた東京都知事選が行われ、中園薫子が初当選を果たしたのが、四年前の一月だ。

中園の当選の半年後、王城が操る東京土地振興会は一般社団法人から、数々の税制上の優遇を受けられる公益社団法人へと登記を変更している。認定権限を持つ都知事の中園が関係していると見ていいだろう。同時にこの事実は、王城と中園が密接な関係を持つに至った証拠だと考えられる。

それから三年半の間、王城は公益社団法人の肩書に物を言わせ、業績を伸ばしていく。公益社団法人が公表を義務付けられている貸借対照表などから、東京都の土木事業を息のかかったゼネコンに優先的に受注させることにより、様々な名目でバックマージンを得て利益を上げる様子が確認できる。

そして中園の当選から四年が経ち、東京都知事改選の時期がやってきた。

中園は任期の四年間に、選挙時に掲げた公約を一つも実現できなかった。いや、最初から当選だけが目的で、公約など実現するつもりもなかったのだろう。その結果、都知事失格が囁かれるようになり、後釜を狙って二人の有力候補が立候補した。人気キャスターの早見市朗と、与党・自由民守党の都議会幹事長・藪田政造だ。

東京都知事選で敗北する危機を感じた中園は、何とかして勝たせてくれと王城に泣きついた。そこで王城は、有力対立候補二人の殺害を請け負った。王城としても、昵懇《じっこん》の中園を都知事に据えておきたいし、さらに中園に大きな貸しを作り、今後も東京都の金を引き出し続けたいからだ。

そして王城は、運転手の平在富士夫に背理能力者・伊沢昌浩の移動を手伝わせ、早見と藪田を、それぞれ自殺と交通事故に偽装して殺害した——。

「トウさん、さすがです。それで間違いないと思います」

尾島の説明に閑谷が賛同した。

「何も矛盾がありません。おそらくそれが、一連の事件の真相でしょう」

笹野も納得の表情で大きく頷いた。

中園薫子が起こした狂言事故を契機に、捜査は大きく進展した。

追突した後続車のドライバー・平在富士夫の勤務先から、中公会幹部・王城竜介の存在が浮かび上がった。この王城の団体は、中園薫子が都知事を務める東京都と深い関係を築いていることも確認された。そして王城が、府中刑務所での服役中に背理能力者・伊沢昌浩と知り合ったこともわかった。

あとはこの構図を証明し、犯罪に絡んだ全員を逮捕すればいいのだが——。

「やはり鍵になるのは、実行犯のマル能・伊沢昌浩だ」

尾島は厳しい表情で言った。

今回の全ての事件は、王城竜介が伊沢昌浩を発見した時から始まった。背理能力者・伊沢を手に入れた王城は、その能力を最大限に利用するべく、東京都知事・中園薫子に接近し、取り入った。そして中園の再選が危うくなった昨年の十二月、王城は中園を当選させるために、伊沢を使って対立候補二人を殺害したのだ。

王城が早見と藪田を殺害した証拠はない。中園にもない。実行したのが他人の身体を操ることができる背理能力者・伊沢だからだ。なんとかして伊沢を発見し、逮捕し、全てを吐かせない限り、王城と中園が首謀者であることは証明できない。

しかし、伊沢の行方は杳《よう》として知れなかった。捜査支援分析センター《SSBC》の並木想作も、東京都内の街頭防犯カメラと交差点カメラ、それに民間の事業者が設置している防犯カメラを巡回しているが、未だ伊沢の姿を捉えることができていない。

もしかすると、伊沢昌浩は東京にはいないのかもしれない——。そう尾島は思い始めていた。SSBCが誇る顔認証システムの唯一の弱点は、その情報網が東京都内に限られ、全国へ拡大されていないことだ。茨城県警、群馬県警、岐阜県警、福岡県警などには導入されているが、まだ配備されていない都道府県警も多いのが実情だ。

「係長、運転手の平在富士夫を逮捕しましょう」

笹野が主張した。

「平在は少なくとも二度、伊沢を車に乗せています。ということは、伊沢の住居《ヤサ》を知っているんじゃないでしょうか？　ヤサさえわかれば伊沢を逮捕できます。それに、王城からの依頼に関する平在の証言も、王城の逮捕のために重要です。逮捕したら早急に検察に送致し、裁判までゆっくり時間をかけて吐かせましょう」

「でも、あの、ササさん」

　関谷がおずおずと口を開いた。

「この場合、平在ってどんな容疑での逮捕になるんですか？」

　当然のように笹野が答えた。

「勿論、王城竜介が行った殺人の共同正犯ですよ。死亡者の他に怪我人もいるので、正確には殺人と傷害の、ですね」

　すると、関谷が困った顔になった。

「でも、平在に殺意はあったんでしょうか？　王城に命じられて、伊沢を自分の車に乗せて運んだだけなんじゃないでしょうか？」

　なるほど、と言うと笹野はしばし考え、それから関谷に答えた。

「では、殺人・傷害の幇助犯《ほうじょはん》になりますかね。伊沢の犯行を手伝った訳ですから」

　幇助とは正犯に対して従犯とも言い、物理的または心理的に犯行を容易とする行為を指す。法定刑においては、正犯よりも減軽される。

しかし、閑谷はまた反論した。

「でもですよ？　平在は、自分が後部座席に乗せている人物がマル能で、これから人を殺す予定だと知ってたんでしょうか？　平在はただの運転手ですし、王城が殺人計画を具体的に説明していたとは、僕、どうしても思えないんですよ。殺人犯だと知らずに乗せただけで、罪になるのかどうか」

「た、確かに」

笹野も困惑した。閑谷の言う通りだった。殺人犯を乗せただけで罪になるのなら、例えば殺人犯が殺人に向かう時にタクシーを拾った場合には、そのタクシーの運転手が殺人幇助になってしまう。

笹野は諦めた様子で尾島を見た。

「係長。とりあえず平在を、参考人として事情聴取のため任意出頭させましょう」

しかし尾島は、笹野の提案に疑義を呈した。

「でも笹野さん。任意の事情聴取で、平在から伊沢や王城の情報を引き出すことができるでしょうか？　平在は当然王城から、事故当日の行動については固く口止めされていると思われます。王城が反社の人間であることも多分知っているでしょう。余計なことを警察に喋ったら、職を失うだけじゃ済まないことは容易に想像されます」

「でも、逮捕できないのであれば、他に方法は——」

笹野も途方に暮れた。

尾島は考え込んだ。背理能力者・伊沢を見つけ出して逮捕しないと、首謀者の王城と中園を逮捕することはできない。伊沢の居場所を知っている者がいるとしたら、王城以外には運転手の平在だけだ。

しかし、平在には明確な容疑がない。無理に殺人・傷害幇助で逮捕したとしても、起訴に至るかどうかわからない。勾留できるのは最長で二十三日間。その間に唄わせることができなければ、平在を釈放しなければならない。かと言って、逮捕せずに単なる参考人として事情聴取しても、平在は王城を恐れて何も喋らないだろう。

どうやったら平在に、知っていることを全て唄わせることができるのか——。考えれば考えるほど、尾島の頭の中は空回りするばかりだった。

その時、閑谷が急にすっくと立ち上がった。

「トウさん、ササさん、ちょっと待ってて下さい！」

そう言うと閑谷はスマートフォンを取り出し、特殊八係の部屋から小走りに廊下に出ていった。どこかに電話をかけるつもりのようだった。こんな時に、どこに電話をかけるつもりだろうと、尾島は不思議に思った。

程なくして閑谷は、左耳にスマートフォンを当てたまま戻ってきた。そしてにっこり笑いながら、それを尾島に差し出した。

「トウさんと話したいそうです」

「俺と？　誰が？」

閑谷は、顔に笑みを浮かべたまま答えなかった。

尾島は訝しげな顔でスマートフォンを受け取り、耳に当てて「尾島です」と言った。

「久しぶりね、尾島さん。相変わらずカラスみたいな真っ黒い格好してる？」

女性にしては低めの凜《りん》とした声。その声に尾島は聞き覚えがあった。

「禁煙は続いてるかしら？　私は駄目。イライラすると、つい吸っちゃうの」

「あんたは――」

電話の相手は尾島の禁煙仲間にして、三鷹事件の捜査と公判を担当した東京地方検察庁刑事部の検事、小幡燦子《おばたあきこ》だった。

16　検事

「それにしても水くさいんじゃない？　尾島さん」

電話の向こうの小幡検事が、咎《とが》めるような口調で言った。

「まだ第一次捜査だからなんでしょうけど、いずれは今度のマル能を逮捕してこっちに送致するつもりなんでしょう？　背理犯罪はどうせ私が担当することになるんだから、最初っから事件の全貌を教えてくれればいいのに」

「あ、いや——すまん」

思いもよらぬ小幡検事の登場に、尾島はしどろもどろになった。確か二十七歳、自分より十歳以上年下の女性なのに、なぜか彼女には頭が上がらない。

そして、もし伊沢を逮捕した場合は、情報管理の点から小幡検事が担当検事になることは間違いないだろう。なぜなら小幡検事は、背理能力者・水田茂夫を起訴し、有罪判決を得ることに成功している、ただ一人の検事だからだ。

尾島の耳元で閑谷が囁いた。

「僕、法律に弱いものですから、今回の事件についても、時々オバさんに電話で相談してたんです。そしてさっき、平在を確実に吐かせる方法はないか聞いてみたんです。そうしたらオバさん、ないこともないって」

ないことはない、つまりあるということだ。

笹野が慌てて会話に割って入った。

「イチくん。たとえ親戚の女性でも、捜査情報の漏洩はマズいですよ。下手すると、君の責任問題――」

「ああ笹野さん、この女性《ひと》は大丈夫なんです」

尾島が急いで言うと、閑谷も慌てて頷いた。

「そうなんです。オバさんって言っても親戚じゃなくて、女性の検事さんです。名前が小幡さんなので、略してオバさんって呼んでるんですよ。だからオバさんって言っても、別に年齢のことを言ってるんじゃなくて――」

「ちょっと、さっきから全部聞こえてるわよ」

尾島の耳元で、小幡検事が尖った声を出した。

「閑谷くんに言っといて、今度オバさんと言ったら殺すって」

「わかった。それより小幡さん」

尾島は混乱した話を元に戻した。

「さっきイチが言っていたが、平在を確実に吐かせる策があるというのは本当か？」

「ええ」

それを聞いた尾島は、スマートフォンを閑谷に渡した。

「イチ、小幡検事の声がみんなに聞こえるようにしてくれ」

閑谷がスピーカー出力にして机に置き、三人がその周囲を取り囲むように座った。

「その、平在という人物について確認ですが」

スマートフォンのスピーカー越しに、小幡検事が喋り始めた。

「以前は運転手派遣会社に所属するドライバーだった。そして王城が実質的に経営する団体に派遣されたあと、王城に引き抜かれた。そうですね？」

さっきまでの親しげな口調とは一転、検察官の口調だ。

「ああ。そうだと思う」

尾島は頷いて、補足説明した。

「王城のような反社は、車内で裏の仕事《シノギ》に関する電話をすることが多い。すると運転手の耳が気になる。公益社団法人の職員には聞かれたくないし、かと言って中公会の構成員に運転させる訳にもいかない。だから一切の事情を知らず、無口で運転の上手い運転手がほしかった。それが平在を引き抜いた理由じゃないだろうか」

もしかすると、誰かを尾行させることも考慮して、運転技術の高いドライバーを引き抜いたのではないか、という推測も尾島は付け加えた。車を気付かれないように尾行するのは、たとえ警察官でもそう簡単な作業ではないからだ。

「つまり反社の人間ではなく、一般人なのですね。わかりました」

頷いたのだろう。一旦間を置いたあと、小幡検事は再び喋り始めた。

「それでは、平在の口から確実に情報を得る方法についてご説明します」

三人は無言で、じっとその声に聞き入った。

「まず平在富士夫を、早見市朗と藪田政造、それに巻き添えになった数十名に関する殺人及び傷害幇助の疑いで逮捕して下さい」

「いや、ちょっと待ってくれ」

尾島が慌てた。これでは話が最初に逆戻りだ。

「平在を逮捕したとしても、本当に起訴できるのか？　起訴できないのなら、勾留できるのは最長でも二十三日間だ。その間に吐かせることができなければ、平在は釈放するしかない。平在を起訴に持ち込んで、公判を維持できるという勝算はあるんだろうな？」

「公判？　勝算？」

不思議そうな声を出したあと、小幡検事は平然と答えた。

「公判の勝算などありません。というか、私には最初から平在を起訴するつもりはありません」

尾島は自分の耳を疑った。

「小幡さん。今、何と言った？」

「聞こえませんでしたか？　我々が平在富士夫を殺人・傷害幇助で逮捕するのは、平在を起訴するためではありません。起訴しないため、つまり不起訴にするためです」

逮捕するのは、不起訴にするため――？　聞き間違いではなかった。小幡検事は、不起訴にするために平在を逮捕すると言ったのだ。

しかし、逮捕とは被疑者を起訴するために行うのではないのか？　最初から不起訴にするためなら、一体何のために逮捕するのか？

「いいですか？　尾島さん」

小幡検事は、子供を諭《さと》すように話しかけた。

「今回、あなた方が平在を逮捕する理由は、平在を刑務所に送るためでも、罰金を取るためでもありません。知っていることを全て喋らせるためであり、ひいては殺人犯の伊沢と、伊沢に殺人を命令した王城・中園を逮捕するためです。そうですよね？」

「ああ、それはそうだ」

確かに尾島たちの目的は、平在の逮捕そのものではない。平在を逮捕することによって、平在から背理能力者・伊沢の居所と、首謀者の王城と中園を逮捕するための情報を聞き出すことだ。

だが被疑者段階で勾留できるのは、最長でも二十三日間しかない。この間に伊沢・王城・中園が逮捕できればいいが、そう簡単にはいかないだろう。もし平在を起訴することができれば、被告人勾留には期限がない。第一回公判までは普通二ヵ月を要するが、少なくともそれまでは勾留することができる。

小幡検事が続けた。

「刑事事件における裁判所への提訴を起訴と言い、起訴の権限は我々検察官だけに委ねられています。これを起訴独占主義と言います。尾島さんもご存じですね？」

「勿論だ」

「そして同時に我々検察官には、起訴便宜《べんぎ》主義と言って、起訴しない権限も独占的に与えられています。被疑者を不起訴処分にする権限と言ってもいいでしょう」

検察官には、被疑者を不起訴にする権限がある——。

その言葉でようやく尾島は、小幡検事のやろうとしていることを悟った。

「あんた、もしかして」

尾島は思わず、声を上ずらせた。

「不起訴を確約して、平在と取引するっていうのか？」

すると小幡検事は、咎める口調になった。

「人聞きの悪いことを言わないで下さい、これでも一応検察官ですので。起訴されたら最悪の場合どうなるかを丁寧にご説明し、不起訴にもできることをそれとなく伝え、どちらが得か、よく考えて頂くということです」

同じだろう――。尾島はあっけに取られた。

小幡検事が言った「不起訴にするための逮捕」とは、平在に「自白を選ばせる逮捕」だったのだ。


「よく考えて頂く、ってことは、その」

笹野が戸惑いながら聞いた。

「いわゆる司法取引をするってことですか？」

司法取引制度は、二〇一六年の刑事訴訟法改正により二〇一八年に施行された新しい制度だ。具体的には、被疑者や被告人及びその弁護人と警察が協議し、自らの犯罪を不起訴または刑を減軽してもらう代償として、他者が起こした刑事事件の捜査や公判に協力することを言う。

「司法取引ではありません」

小幡検事が即答した。

「海外はともかく日本版司法取引、即ち協議・合意制度の対象犯罪は、主として経済事犯に限られ、殺人罪・傷害罪は組織的なものであっても含まれません。今回の取り調べは、検察官だけが持つ起訴しない権限を行使しての、被疑者との交渉です。表向きには不起訴処分とした事実だけが残り、取引した事実は残りません」

「で、でもオバさん」

閑谷が割り込んできて、不安そうに聞いた。

「今まで僕たち、平在はそもそも殺人幇助にはならないんじゃないかって話してたんですよ。王城の指示で自分の車に伊沢を乗せたけど、何のために乗せてたのかは知らなかったんじゃないかって。だから、元々平在に罪の意識がない以上、不起訴にするから喋れって言われても、交換条件にはならないような」

その質問を予想していたのだろう、すぐに小幡検事は返答した。

「確かに王城が、伊沢が何者かも、その目的も説明せず、車に乗せて早見の車を尾行しろと命令しただけなのであれば、平在は王城に使われた道具にすぎません。早見市朗が死んだ事件については、責任を問うことはできないでしょう。――しかしその翌日、藪田の街頭演説会場に伊沢を運んだ時は、また話が別です」

笹野が首を傾げて聞いた。

「どういうことです？　早見の時も藪田の時も、どちらも状況としては全く同じですよね？　平在は何も知らされずに、ただ伊沢を車に乗せていただけなんですから」

すると、小幡検事が答えた。

「では、ワインに譬《たと》えてみましょう」

「ワイン、ですか？」

笹野は当惑し、他の二人と顔を見合わせた。小幡検事は構わず喋り始めた。

「パーティーに参加するAに、Bが自分の持っているワインを差し入れするよう頼み、Aも承知して持っていったとします。ところが実はそのワインには絶対に検出されない毒薬が入っていて、ワインを飲んだ人全員が死んだ。この場合、Aはどのような罪に問われるでしょうか？」

「毒入りワインだと知らなかったのなら、犯罪にはならないですよね？」

閑谷が自信なさそうに答えた。

「その通りです。Aが毒入りワインだと知らなかった場合、つまり殺人への加担が故意ではなかった場合、Bが殺人の間接正犯であり、Aは単なる道具と見なされて、罪には問われません」

小幡検事はさらに続けた。

「では、その翌日に別のパーティーがあり、Bが再びAに自分のワインを持っていくように頼んだ。Aは今回もワインを預かって持っていき、ワインを飲んだ人がみんな死んだ。ワインには昨日と同じく、絶対に検出されない毒が入っていました。この場合はどうでしょうか？」

「――そうか、わかりました。二度目はAも罪を問われる可能性がありますね」

今度は笹野が大きく頷いて答えた。

「Aは前日のパーティーの時、ワインを飲んだ人が全員死んだのを知っていますから、Bに預かったのが毒入りワインではないかと疑っても不思議はない。それなのに翌日も持っていったとしたら、AはBの殺意を認識していながら、Bの殺人に協力したと見られてもしょうがない」

小幡検事が満足そうな声を返した。

「その通りです。最初のケースではAがBの殺意を知ることは難しかったでしょう。しかし翌日のケースでは、Aは前日の経験からBの殺意に気が付くかもしれません。裁判になった場合、Bが殺人の間接正犯で、Aも殺人幇助罪に問われる可能性があります」

小幡検事が何を言いたいのか、尾島にも徐々にわかってきた。

まず早見の殺害。おそらく王城は平在に、伊沢を乗せた車で早見の車を尾行しろとだけ命令した。この時平在は、事故が起きることも早見が死ぬことも、全く予想していなかっただろう。よって平在は単なる道具にすぎず、罪を問うことはできない。

問題は、翌日の藪田殺害だ。王城は再び平在に、昨日と同じ男を車に乗せて、新宿へ連れていけと命令した。その時平在は「また人が死ぬのではないか」、そしてその原因は「車の後部座席に乗せた男のせいではないか」と、思わなかっただろうか？

平在は、また誰かが死ぬかもしれないと考えていたのではないか？

その殺人に、自分が車に乗せた男が関係していると疑っていたのではないか？

しかし、王城の怒りが怖くて、断り切れずに命令に従ったのではないか？

ここが攻め所だと、小幡検事は言っているのだ。

「平在は反社の人間ではありません。だから犯罪に、特に殺人に慣れている筈もありません。彼は今、強い不安と罪悪感に苛《さいな》まれている筈です」

小幡検事は喋り続けた。

「王城に命じられるまま、ある男を車に乗せて早見を尾行したら、早見が車を暴走させ、二人を巻き添えにして死んだ。翌日も同じ男を新宿まで乗せていったら、また暴走事故が発生して藪田を含む数十人が死傷した。その男が何者かは知らなくても、自分の行動が二つの悲惨な事故を引き起こした可能性は、あとで絶対に考えた筈です」

もしかすると平在は、王城に聞いたかもしれない。あの男は何者なのか、どうして自分があの男を車で運んだら死亡事故が起きたのかと。おそらく王城は答えなかっただろう。それでも平在は、自分のせいで大勢の人が死傷したのではないかという不安が消えず、怯《おび》えている筈だ――。小幡検事はそう断言した。

その平在に我々は、つまり警察と検察は、こう申し出る。

我々は、あなたが王城の大量殺人に加担したことを確認しており、それを裁判で主張する。勿論、裁判の結果はやってみないとわからない。無罪になるかもしれない。だが、もしこちらの主張が認められたら、あなたには合計数十人に対する殺人・傷害幇助罪が適用される。その場合、極めて重い刑になるだろう。

しかし。もしあなたが知っていることを全て正直に話し、裁判でも証言してくれるのならば、その協力への代償として、あなたの起訴は行わないかもしれない――。

さらに小幡検事は念を押した。

「再度言いますが、平在は任意の出頭ではなく、逮捕することが非常に重要です。警察は本気で自分が罪を犯したと考えている、このままでは重い罪を科せられてしまう、そう平在に考えさせる必要があるからです」

以上が、小幡検事の考える駆け引きだった。

この駆け引きによって、平在は殺人・傷害幇助罪に問われる危険を確実に回避することができる。一方で警察と検察も、平在の持っている情報を入手し、伊沢・王城・中園を逮捕し、公判では証人として証言してもらうことができる。

実行犯・伊沢を手伝った平在が不起訴になることには、全く抵抗がないではない。しかし、平在は王城を恐れて嫌々従っただけであり、それに起訴したからといって裁判で絶対に有罪にできる訳ではない。平在が自分の行動に犯罪性を認識していたかどうかは、極めて主観的な問題だからだ。

だから、端役《はやく》にすぎない平在の犯罪証明に時間と労力を割くよりも、主役である王城と中園の逮捕に注力するほうが、遥かに得策だ――。

尾島は小幡検事の発想に感心した。平在に全てを吐かせるためには、平在が有罪であることを証明する必要はない。「もし有罪にされたら、極めて重い刑になる」と考えさせるだけでいい。起訴も裁判も不要なのだ。不起訴の権限を持つ検察官ならではの計画だ。

さらに小幡検事は喋り続けた。

「平在が自白を選んだら、王城と中園の逮捕を見据えて取り調べを継続します。平在からどのような証言を引き出せば、伊沢、王城それに中園を逮捕して起訴することができるか、それを今から申し上げます」

「ちょ、ちょっと待ってくれ。メモを取る」

手帳を取り出しながら、尾島は心の中で閑谷に感謝していた。平在への事情聴取は、伊沢・王城・中園の逮捕のみならず、起訴と公判を見据えて進める必要があった。三鷹事件で尽力してくれた小幡検事に相談しようと思った閑谷は、全くもって正しかったと言わざるを得ない。

余計なプライドなど持たず、自分の考えに囚《とら》われず、必要な時には平気で他人を頼るのが、尾島にはない閑谷の長所なのだ――。改めて尾島はそう思った。

「よろしいでしょうか。まず、第一に」

小幡検事は平在から引き出すべき証言を列挙し、三人はそれを書き留めた。

※不起訴を交換条件として、平在富士夫に以下の四つを供述させること
一、王城の指示で、伊沢を車に乗せ、早見が運転する車を尾行したこと
二、王城の指示で、伊沢を車に乗せ、藪田の街頭演説会場まで送迎したこと
三、中園あるいは王城の指示で、中園の車にわざと追突したこと
四、伊沢の潜伏場所

「伊沢の居場所が判明したら、いよいよ伊沢を殺人容疑で逮捕するのですが――」

ここで小幡検事が三人に質問した。

「まず尾島さん。マル能・伊沢の逮捕にはかなりの危険が伴うと思われます。身柄の拘束は可能なのでしょうか？」

尾島は閑谷と笹野をちらりと見て、それから答えた。

「可能だと思う。できる限り捜査員に危険が及ばない拘束方法を考えた」

監察医の大谷無常が考える背理能力の原理を聞いてから、尾島はずっと背理犯の拘束方法を考え続けていた。

　まず伊沢は、三鷹事件の水田同様、物体の透視ができる可能性が高い。そうでないと車内にいる運転者を操ることはできない。伊沢が不可視光線を感じる器官を持っているのなら、例えば鉛板入りのアイマスクで全ての光線・電磁波を遮れば、透視できなくなる筈だ。対象が見えなくなれば、背理能力も振るいようがないのではないか。

　さらに、監察医の大谷無常は手印とかムドラとか言っていたが、背理能力者は皆、手で特定の形を作ることで背理能力を発動しているようだ。であれば、後ろ手に手錠を掛け、両手を完全に固定することで、背理能力の発生を封じることができるのではないか。

「そうですか。わかりました」

　少し安心した声で、小幡検事が言った。

「伊沢の身柄を無事に拘束できたら、次は起訴です。起訴して公判を維持するためには、伊沢昌浩が人体ハッキング能力を持ち、二名の運転者を操って車を暴走させたことを、裁判で証明しなければなりません。これは可能でしょうか？」

「背理能力の証明か――」

　尾島は困惑して大きく息を吐いた。

　これが尾島たちにとって最も高いハードルだった。マル能の死体を司法解剖した唯一の監察医・大谷無常は、伊沢は自分の身体から発する電磁波で他人の脳神経にアクセスし、身体を操っているのではないかと言った。だが、この仮説が正しいかどうかはまだ立証されていない。

いつかは背理能力の原理を完全に解明する必要があるだろう。警察の上層部はきっと何かを考えている筈だが、尾島のような下々《しもじも》までは伝わってこない。とりあえず現在は、社会の混乱と不安を防ぐために、背理能力の存在を極秘とすることが決定されている。

そんな中で、背理犯を追う俺たち現場の捜査員のやるべきことは何か。それは、背理能力というものが確かに存在し、背理犯はその能力を使用して殺人を行ったという事実を、あらゆる手を尽くして証明するしかない。

考えた末に、ようやく尾島は口を開いた。

「水田の時と同じく、何らかの方法で伊沢に能力を使わせ、その様子を録画する必要があるかもしれない。その録画を裁判官に見せて、伊沢が明らかに何らかの方法で他人を操っていると納得してもらえれば、殺人罪が適用されるんじゃないだろうか。裁判官次第かもしれないが」

「ま、まさかトウさん」

隣で聞いていた閑谷が慌てた。

「また相手を怒らせて、自分を殺させようとするんじゃないでしょうね？」

尾島は苦笑した。

「まあ、そうしなくて済む方法を何か考えるさ。俺としても毎回自分を殺させてたら、命がいくつあっても足りないからな」

すると、笹野が真面目な顔で言った。

「私がやります」

尾島と閑谷は驚いて笹野を見た。笹野は続けた。

「もし、伊沢が背理能力を使用する場面を記録するため、誰か襲われる役が必要になった場合は、その時は私がその役を喜んでやらせて頂きます」

閑谷が慌てた。

「ササさん、何を言い出すんですか！　冗談じゃありませんよ、一つ間違ったら本当に殺されちゃうんですよ？」

「イチくん、私はやりたいんだよ」

笹野は真剣だった。

「あの久我山事件以来、私は二十二年間、ずっと理不尽な能力を持ったホシを追い続けてきたんだ。しかも今回の伊沢昌浩が、その久我山事件のホシだっていう可能性すらある。だとすれば、待ちに待ったチャンスがようやく巡って来たんだよ。伊沢を裁くことができるのなら、私は何だってやりたいんだ」

「笹野さん」

尾島も真剣な表情で笹野に話しかけた。

「お気持ちはよくわかりますし、本当にありがたいのですが、笹野さんにそんな危険なことをやらせないで済むよう、何らかの方法を考えます」

そして尾島は話題を変えるべく、机上のスマートフォンに話しかけた。

「証拠映像は何とかして押さえる。あとは公判での、小幡さんの弁舌次第だ」

今度は小幡検事が溜め息をついた。

「無茶振りするわね」

「三鷹事件の裁判で、手を触れずに物体を動かす能力が存在することは、裁判官たちも認めた。その判決の上に立てば、今回も伊沢の背理能力を、裁判官たちに認めさせることができる。俺はそう思う」

何しろ三鷹事件を起こした背理能力者・水田は、裁判官たちの目の前で、能力を使って自分の弁護士を殺そうとしたのだ。裁判官にしても信じるしかなかっただろう。水田のお陰で背理能力の存在が裁判所に認められた、そう言ってもいいかもしれない。この前提に立てば、新たな伊沢の能力も認めさせることができる筈だ。

「あとは中公会の王城竜介、そして最後に都知事の中園薫子ね」

小幡検事が怒りを隠さずに言った。

「伊沢の殺人を証明し、それが王城の指示であることを証明できれば、王城を殺人の共謀共同正犯の罪に問えるでしょう。そもそも早見と藪田の殺人は、中園が王城に依頼した結果ですから、中園もまた殺人の共謀共同正犯か教唆《きょうさ》犯です。二人とも法定刑は実行犯の伊沢と同じです」

王城と伊沢は二人の殺害を実行するにあたって、高井戸陸橋ではトラックとワゴン車の運転手を巻き添えにして殺害し、新宿駅西口では数十人の聴衆を殺傷した。しかし、中園が望んだのは早見と藪田という対立候補二名の殺人であろうことから、逮捕事由《じゆう》としてはとりあえず以下の罪状が挙げられる。

・中園薫子＝殺人（共謀共同正犯または教唆犯）
・王城竜介＝殺人（共謀共同正犯）
・伊沢昌浩＝殺人（実行犯）
・平在富士夫＝殺人幇助？（不起訴）

「完璧です！」

閑谷が嬉しそうに叫んだ。

「これでもう、今回の事件は解決したようなもんですよ！　すぐに平在を殺人幇助容疑で逮捕しましょう！」

「先走らないで、関谷くん」

電話の向こうで、小幡検事が関谷を諌《いさ》めた。

「今回の交渉が司法取引と異なるのは、弁護士の前で不起訴を確約する訳じゃない点よ。だから平在は、あとで検察は『不起訴の約束などしていない』と裏切るかもしれないって疑心暗鬼になると思う。決して裏切らないことを信用させるのは、あなたたち警察の腕次第よ。――それから、尾島さん」

小幡検事がてきぱきと指示を出した。

「不起訴を前提に平在を逮捕してもいいかどうか、お宅のボスの同意が必要なんじゃない？　そのあとは、うちのボスにも根回ししてもらう必要があるわ。何しろ最終的には、東京都知事を殺人罪で逮捕しようっていうんだから」

お宅のボスというのは巌田尊捜査第一課長のことで、うちのボスというのは東京地検の三沢蓮司《みさわれんじ》刑事部長のことだ。

「なるべく近い日時で方針決定会議を招集する。小幡さんも参加してくれ」

「無論よ。じゃあ、連絡をお待ちしてるわ」

小幡検事は通話を切った。

ついに動き出した——。尾島は興奮を隠せなかった。
背理能力者の伊沢昌浩、中公会幹部の王城竜介、そして現職都知事の中園薫子。三人の逮捕に至る道筋が、今、はっきりと見えてきたのだ。

17　通告

「オバさん、遅いですねえ」

閑谷一大が左手首の腕時計に目を落とした。

「道に迷ってるのかなあ？　警視庁は東京地検の隣なのに。でもあの人、見た目以上に抜けたところがあるからなあ」

無邪気に失礼なことを言う閑谷の隣で、笹野雄吉も首を傾げた。

「巌田課長も珍しいですね。あの豪放磊落《ごうほうらいらく》そうで実はすごく細かい人が、連絡もなく会議に遅れるなんて」

尾島は無言だった。嫌な予感に囚《とら》われ始めていた。


一月二十五日、午前十時十五分――。

尾島、閑谷、笹野の三人は、警視庁本部庁舎の六階にある刑事部専用の小会議室に来ていた。議題は勿論、早見市朗と藪田政造が殺害され、多くの死傷者を出した二つの事件だ。東京都知事・中園薫子の逮捕を最終目標とする捜査方針について、小幡燦子検事とともに巌田尊捜査第一課長に説明し、了承を得るつもりだった。

会議は十時きっかりに始まる筈だったが、巌田課長はまだ会議室に現れていなかった。巌田課長だけではない。唯一の重要参考人・平在富士夫の逮捕を進言した小幡検事も、まだ姿を見せていなかった。

やはりおかしい――。尾島は、何かただならぬ事態が起きていることを確信した。直感できまぐれに行動する自分とは違って、巌田課長も小幡検事も、非常に几帳面で細かく、用意周到な性格だ。約束の時間に遅れるような人間ではないし、遅れる場合は必ず連絡してくる筈だ。

しかし、何が起きたのかはいくら考えてもわからなかった。尾島は何かの知らせが、おそらくは悪い知らせが舞い込んで来るのを、ただじっと待つしかなかった。

突然、かちゃりという音とともに会議室のドアが開いた。尾島以下三人は、反射的にパイプ椅子から立ち上がった。

入ってきたのは、むっつりと不機嫌そうな顔の巌田課長だった。

「課長、どうしたんです？　何かありましたか？」

尾島は探るように声をかけた。

「小幡検事もまだ来てないんです。何かご存じ――」

そこで尾島の声が止まった。

巌田課長に続いてもう一人、知らない男が会議室に入ってきた。年齢は五十代後半だろうか、大柄で恰幅《かっぷく》のいい体型。ストライプ織りの、ダークグレーのスーツ、光沢のある高級そうな生地だ。糊《のり》の利いたワイシャツ、シルバーのネクタイ。銀色の髪を七三に分けている。

「小幡検事は来ない」

その男が、巌田課長の代わりに答えた。巌田課長は隣で仏頂面をしている。

「どういうことです？」

尾島が聞くと、男は無表情に答えた。

「今回、検察は必要ないからだ。私から東京地検の三沢刑事部長を通じて、本日の会議は参加に及ばず、質問も確認も連絡も無用と伝えた」

「どうして、勝手にそんなことをするんですか？」

閑谷が思わず気色ばむと、男は無表情に言った。

「今回の事案は、事件ではなくなったからだ」

「は、はい？」

「え？」

閑谷と笹野が思わず声を上げた。すると男は、不愉快そうに眉を寄せた。

「耳が遠いのかね？　今回の早見市朗と藪田政造他が死亡した事案を、警察は事件として取り扱わない。そう言ったのだ」

その嫌味な態度と物言いに、尾島はまず嫌悪感を覚えた。そして次に、目の前の男がとんでもないことを言っているのに気が付いた。

今回の事案は事件として取り扱わない、男は確かにそう言った。これはつまり運転手の平在富士夫は勿論、マル能の伊沢昌浩、中公会の王城竜介、そして都知事の中園薫子の犯罪を見逃すということに他ならない。この男がどこの誰かは知らないが、一体何の権限があってそんなことを言うのだろうか。

「巌田課長、こちらは？」

尾島が低い声で聞くと、ようやく巌田課長が口を開いた。

「警察庁の、中邑核《なかむらかく》刑事局長だ」

警察庁の刑事局長――。尾島は合点してゆっくりと頷いた。この男が、今日これから行われる筈だった会議を潰したのだ。


尾島たちの所属する警視庁が、東京都を管轄とする都道府県警察の一つなのに対し、警察庁は内閣府の外局で、内閣総理大臣直下に置かれる国家公安委員会の特別の機関だ。各警察本部間の連絡調整も行うが、主な業務は都道府県警察の監査だ。警察庁が事件を直接捜査することはなく、警察官や刑事もいない。警察官僚がいるだけだ。

警察庁刑事局は警察庁の内部部局の一つであり、全国刑事警察の中枢と言える。その刑事局を統括する行政官が刑事局長で、階級は警視監。警察庁のトップである警察庁長官には階級はない。階級の第一位は警視庁のトップである警視総監で、警視監はそれに次ぐ第二位の階級となる。当然、警視正の巌田課長よりも上だ。

尾島たちの向かい側に置かれた長机の真ん中の椅子に、中邑刑事局長は当然のように腰を下ろした。続いてその左隣に巌田課長が座った。それを見て尾島たちも着席した。

「――で」

尾島は怒りの籠った目で中邑局長を見た。

「ご説明願えますか。なぜサッチョウが俺たちの捜査の邪魔をするんです？」

尾島はわざと警察庁を、サッチョウという警視庁内で用いる符牒で呼んだ。すでに喧嘩腰だが、その尾島の態度も意に介さない様子で、中邑局長は平然と答えた。

「邪魔をした覚えはない」

「じゃあ、さっきの言葉はどういう意味ですか？　今回の二つのヤマを、事件として扱わないというのは。――もしかして」

尾島は中邑局長を上目遣いに睨んだ。

「俺たちが都知事をパクろうとしてるんで、腰が引けたんじゃないでしょうね？」

「私が？　都知事に？」

中邑局長が驚いたように目を丸くした。そして下を向いてくっくっと笑ったあと、苦笑の残る顔を上げ、見下すような目で尾島を見た。

「馬鹿も休み休み言いたまえ。なぜこの私が、たかが都知事如きに忖度《そんたく》しなければならないのだ？　私が従うのは警察庁長官と次長、国家公安委員会だけだ。――そして、逆に」

中邑局長は、尾島たち三人を順に見た。

「全国の警察の刑事部門は、全て私の命令下にある。無論、君たちもだ」

「それは承知してますが、中邑局長。事件を事件として見ないのは違法行為、つまり犯罪ってことになりますよ？」

中邑局長を睨みつけながら、尾島が言った。

「警察法第二条。警察は、個人の生命、身体及び財産の保護に任じ、犯罪の予防、鎮圧及び捜査、被疑者の逮捕、交通の取締その他公共の安全と秩序の維持に当たることをもってその責務とする。――つまり、あなたを含め俺たち警察は、犯罪を捜査して被疑者を逮捕する責任と義務を負っているんだ。そして、刑法第百九十九条」

さらに尾島は喋り続けた。

「人を殺した者は、死刑又は無期若《も》しくは五年以上の懲役に処する。この法律に基づき、俺たち刑事《デカ》は殺人を犯したホシを絶対に逮捕し、裁判にかけて刑場か刑務所に送るべく、検察送致しなきゃならないんです。だから、事件を事件として取り扱わないあなたの命令は、明らかに法律に違反している。従うことはできない」

「――そうか」

中邑局長は納得したように頷いたあと、長机の上で手を組んで尾島を見た。

「では言い方を変えよう。国家公安委員会は、背理犯罪であることが確認された全ての事案は、超法規的措置により、事件として認知しないことを決定した」

「超、法規的、措置――?」

尾島は思わず、鸚鵡返しにその聞き慣れない言葉を呟いた。

超法規的措置とは、法治国家において、法令が想定していない緊急事態時に、行政府が「法令に規定されていない非常の措置」を執《と》り行うことを言う。

最も有名なのは一九七七年、極左テロ組織「日本赤軍《にほんせきぐん》」が起こした日航機ハイジャック事件での対応だ。航空機の乗員十四名と乗客百三十七名を人質に取り、六百万ドルの身代金と逮捕された仲間九名の釈放を要求した彼らに対し、当時の福田赳夫《ふくだたけお》総理は「一人の生命は地球より重い」と発言、超法規的措置として犯人の要求を呑んだ。

中邑局長は、早見と藪田以下数十人が殺傷された二つの事件に、この超法規的措置を適用、王城と中園及び背理能力者の伊沢を逮捕しないというのだ。

「背理犯罪と思われる事案の発生を確認した場合、都道府県警察は速やかに警察庁刑事局へ報告、並行して秘密裏に捜査を行う。捜査終了後、背理犯罪は全て事故または自殺として公表し、事案の全貌を内部資料・0号事案として記録、蓄積する」

中邑局長が事務的な口調で喋り続けた。

「一方で、国家公安委員会及び警察庁はこれから、密かに招集された医学・物理学の権威とともに、背理能力の解明に着手する。そして近い将来、背理能力の原理が科学的に解明され、背理犯罪の迅速な法的処理が可能になった段階で、警察は背理犯の逮捕と検察送致を再開するものとする」

「お待ち下さい、中邑局長」

笹野が我慢できずに口を開いた。

「理由を教えて下さいませんか？　東京都知事の中園と中公会幹部の王城は、マルの能・伊沢を使って、都知事選の対立候補者だった早見と藪田を殺害しているんですよ？　それだけじゃありません、その際に数十人の一般人が巻き添えとなって死傷しているんですよ？　どうしてこの重大事件を、事件として認めないんです？」

「わからないのかね？」

そう言ったあと、中邑局長は返事を待たずに言葉を続けた。

「では教えよう。君たちには犯人を逮捕できないからだ」

「逮捕、できない？」

笹野は思わず、その言葉を繰り返した。

「そうだ。運良く逮捕できて検察送致したとしても、検察は起訴できないだろうし、仮に起訴したとしても裁判では有罪判決を得られない。そう我々は判断した。それが今回の決定の理由だ」

何だって――？　尾島の中に怒りがかっと湧き上がった。

聞き捨てならない言葉だった。無能なお前たちでは事件は解決できない、捜査するだけ無駄だ、そう言われたと尾島は受け取った。

「承服できません。とんだ言い掛かりだ」

尾島は、怒りを必死に押さえ付けながら反論した。

「お忘れじゃないでしょうね、昨年の三鷹事件のホシ、マル能の水田茂夫は、ちゃんと法廷に引きずり出して、有罪判決を勝ち取ることができた。そうでしょう？　だから今度の事件だって、マル能の伊沢を探し出して逮捕し、そして背後に隠れている王城と中園も」

「ちゃんと、だと？」

中邑局長が不愉快そうに、尾島の言葉を遮った。

「警視庁刑事部からの報告書を読む限り、あれはいくつもの偶然が奇跡的に重なった結果であり、まさに僥倖《ぎょうこう》だったと考えるしかない。もう一度同様の事件が起きた場合、次も確実に有罪判決に持ち込めるとは到底思えない。このことは、捜査担当者である君たち自身が誰よりもよく理解している筈だ。違うかね？」

この中邑局長の言葉に、尾島は無言だった。

「前回の三鷹事件では、なぜ背理犯・水田茂夫を裁くことができたか。我々警察庁刑事局の分析によると、以下の四つの幸運に恵まれたからだ」

中邑局長は理路整然と説明を続けた。

第一に、水田が殺人に使用した「手を触れずに物体を動かす能力」は、存在が証明しやすい能力であった。原理は未解明ではあるものの、水田が何らかの手段によって被害者の心臓に物理的な力を加え、損傷を負わせて死に至らしめたことも、遺体の解剖により因果関係を確認することができた。

第二に、水田が尾島の挑発に乗り、三鷹署の取調室《とりしらべしつ》で背理能力を使用した。その模様を録画した映像が証拠として採用され、その時に尾島の心臓についた痕跡も物証として採用された。

第三に、有罪判決が下された後、水田は法廷で能力を使って弁護士の殺害を試み、殺人未遂の現行犯で逮捕された。これにより水田は、背理能力の存在を裁判官の目の前で自ら証明した形になった。

　第四に、第一審で判決が下されたあと、水田は控訴しなかった。その理由はのちになって、ある方法によって逆転無罪を狙ったからだとわかったが、そのせいで水田の裁判は速やかに終了し、三鷹事件が社会に知れ渡ることはなかった――。

「そもそも君たちは、水田の逮捕すら行わなかった」

　中邑局長は冷徹な口調で言った。

「担当検察官だった小幡燦子検事の発案で、在宅起訴という形で裁判へ持ち込むことができたが、それは水田という背理能力者が引きこもり生活で、逃亡の恐れがないという特殊事情ゆえだった」

「ご批判は甘受します」

　尾島が厳しい顔で口を開いた。

「確かに水田の件では、捜査から刑の執行まで綱渡りの連続でした。でも結果的に、背理能力の存在を裁判官に認めさせたし、背理犯の有罪判決を引き出して、その結果を裁判記録に残すことができた。これからもこういう裁判例を地道に積み重ねていくことしか、背理犯を裁く方法はないんじゃないですか？」

　先例として意味を持つ裁判の結果を判例というが、特に最高裁においてその意味は大きく、重要な最高裁判例は公式判例集に掲載される。最高裁判例がない場合は高裁判例も重要となる。地裁での裁判例は、最高裁・高裁に比べれば影響力は低いが、それでも新規の法的論点を検討する際には参考にされることが多い。

　すると、中邑局長の目が険しさを増した。

「君は今回も、有罪判決を積み重ねることができると思っているのか？　実行犯と目される伊沢昌浩の居場所さえ、まだ掴めていないと聞いているが？」

　中邑局長の言葉は辛辣《しんらつ》だった。

「君たちの報告によると、伊沢という背理能力者の能力は、脳神経をハッキングして他人を操る能力だと言うではないか。だとすれば三鷹事件の時のような、心臓の損傷などの物的証拠は残らない。ならば、検察が起訴に持ち込むことすら非常に困難だし、無理やり起訴したとしても、裁判で有罪にできる可能性は限りなく低い」

　尾島は無言でじっと中邑局長の言葉を聞いた。

「もし無理やり逮捕して起訴し、裁判を強行すれば、今度は背理犯が無罪となった裁判例が残る。最高裁まで行って最終的に無罪判決が下れば、それが最高裁判例として残ってしまう。背理犯罪は今後も続出するであろうことを考えると、そのような悪しき判例を残すことは、警察庁は断じて許容できない」

「人殺しは、裁かれなきゃいけないんです！」

　閑谷が立ち上がって叫んだ。

「人殺しが逮捕もされず、大手を振って歩いてる世の中なんて、あっていい筈がないでしょう？　たとえ結果的に無罪になろうと、人殺しは逮捕されて裁判で裁かれなきゃいけないんです。そうでないと殺された人々は浮かばれませんよ！　警察が犯罪を見て見ぬ振りするようになったら、一体誰が、真っ当に生きている善良な人たちを守るんですか？」

　中邑局長はじっと閑谷の顔を睨んでいたが、やがて口を開いた。

「だからこそ、今回の事案を事件とする訳にはいかないのだ」

　中邑局長は静かに言葉を続けた。

「もし、今回の案件を殺人事件と認定し、都知事の中園を逮捕したら、日本中に背理能力の存在が知れ渡る。そしてもし背理犯罪の立証に失敗し、中園らが無罪となったら、国民の間に大きな動揺と失望、そして恐怖が広がる。この国では、殺人を犯しても罪に問われないのかと。日本という法治国家では、そんなことはあ､っ､て､は､な､ら､な､いのだ」

　中邑局長の口調は徐々に熱を帯びてきた。

「この世の中には、壁の向こう側を盗視したり、手を触れずに物体を動かしたり、脳神経をハッキングして他人を操る者がいる。それだけでも国民は恐怖を感じるのに、そいつらが殺人を行っても裁判で有罪にならないとわかれば、日本中が恐怖のどん底に突き落とされる。そうではないか？」

厳しい表情で、中邑局長は三人を見渡した。

「背理能力者とは、法を無力化する存在だ。換言すれば政府、いや国家の存在をも危うくする存在だ。背理能力の原理が科学的に解明されていない現在、背理犯罪者の存在を公にする訳にはいかない。よって背理犯罪の事件化は時期尚早だ。社会はまだ、背理能力者の存在に気が付いてはならないのだ」

会議室は、しんと静まり返った。

尾島は己の限界を思い知らされていた。伊沢と中園と王城を逮捕し、もし裁判で有罪にできなかったら、背理能力者が無罪となった裁判例が残る。そのことを尾島たち三人は考えていなかった。それは犯罪者の逮捕までしか責任を負わない、刑事という職業の限界なのかもしれなかった。

刑事は犯人を逮捕しさえすればいい、そこから先は検察と裁判所の仕事だ、これまで尾島はそう考えていた。だが背理犯罪は、それだけでは解決できないのだ。

「つまり」

ようやく尾島が口を開いた。

「俺たちがやってきたことは、無駄だったということですか？」

「そうではない」

中邑局長は無表情に首を横に振った。

「今回の事案を事件化しないという決定は、君たちが三鷹事件で行った捜査と、送検、裁判、判決、刑の執行という過程を参考に、そして今回の報告書を精査した結果、国家公安委員会が判断したことだ。その意味では今回の判断は、小幡検事を含む君たち捜査チームの果敢な捜査活動の成果だ。我々は君たちに感謝している」

「じゃあ、僕たち――」

閑谷が、かすれた声を漏らした。

「何のために、特殊八係という部署まで新設して、集められたんです？」

「言っただろう。捜査と記録と報告、そして蓄積のためだ」

笹野の口から、かすれた声が漏れた。

「捜査と記録と報告、それと蓄積――、だけですか？」

「そうだ。今回の事案は内々かつ詳細に捜査し、具《つぶ》さに記録し、正確に報告してほしい。０号事案として蓄積されたあとの処理については、国家公安委員会が決定する」

「そんなの、警察じゃありません」

閑谷が呟きながら、首を左右に振った。

「捜査しても逮捕せず、記録して報告して蓄積するだけ。それだけだったら、僕たちは警察官じゃない。興信所の方々と同じじゃないですか」

中邑局長が頷いた。

「その地道な積み重ねが、来《きた》るべき背理犯罪摘発の礎《いしずえ》となるのだ。そう理解して我慢してほしい」

「来るべき、って」

尾島が我慢できずに聞いた。

「それは一体いつなんです？　警察があいつらを逮捕できるようになるのは」

「国家公安委員会から、事件化してよいとの決裁が下った時だ」

当然のように答えたあと、中邑局長は会議室にいる全員を見渡した。

「改めて、背理犯罪の捜査に関する注意事項を確認しておく。引き続き、背理能力者に関する情報は、現在承知している者以外に漏らしてはならない。たとえ警視庁内であってもだ。ましてや、背理能力者の存在をマスコミに知られることは絶対に避けなければならない。これは最厳守事項だ」

ここで初めて、巌田課長が口を開いた。

「おかしいと思ったよ、中邑さん」

巌田課長は隣にいる中邑局長をちらりと見た。

「三鷹事件じゃ、なぜマル能・水田茂夫の死刑が、異例のスピードで執行されたのか。こっちとしても早くあの件を終わらせたかったから、特に詮索はしなかったが、不思議なことだとは思ってた。その理由が今日ようやくわかった。あのスピード執行は、国家公安委員会の、いや内閣の指示だったんだな？」

中邑局長は無表情を保ったまま無言だった。巌田課長は続けた。

「社会が背理能力者の存在に気付く前に、内閣は三鷹事件を可能な限り早急に終わらせたかった。だから水田の死刑執行を異例のスピードで完了させた。今回の超法規的措置とやらにしたって、国家公安委員会だけで下せる結論じゃねえ。その上にある内閣、つまり政府が決定したことだ。そうだろう？」

尾島はまたしても、己の思慮の浅さを思い知らされた。マル能の存在を社会から隠すために、前例のないスピードで死刑が行われたのだ。なのに俺は、お目出度いことに、水田の処刑は単純に「法の勝利」だと思っていた——。

「それはどうでもいいことだよ、巌田くん」

中邑局長は薄く笑った。

「決定したのが内閣であろうと、国家公安委員会であろうと、警察庁であろうと、私であろうと、君たちが警察官である以上、命令に従わねばならないのは同じだ」

そして中邑局長は会議をまとめにかかった。

「何か、質問はあるかね？」

「中邑局長、よろしいですか」

笹野が急いで挙手し、発言した。

「今回の実行犯であるマル能・伊沢昌浩は、過去の犯罪はさておき、本事案においては殺人の道具として使われたにすぎません。伊沢を使ったのは、反社でありながら公益社団法人を背後で操っている王城竜介であり、その王城を使っているのは、現職の都知事である中園薫子に違いないんです」

笹野は、必死に中邑局長の説得を試みた。

「もし今回、決定に従って伊沢と王城と中園を見逃したら、彼らは何をやっても逮捕されないと思うでしょう。今後も王城と中園にとって邪魔な存在が現れた場合、第二、第三の犯罪が実行される可能性があります。また人が殺されるかもしれないんです。それでもいいと仰るんですか？」

「他に何か質問は？」

取り付く島もない様子で、中邑局長が三人を眺めた。

笹野は絶望の表情で黙り込んだ。尾島と閑谷も何も言うことができなかった。

「では」

それだけを言うと中邑局長は立ち上がり、ゆっくりと会議室を出ていった。

18 逆襲

「課長！」

警察庁の中邑刑事局長がいなくなるや否や、閑谷一大がパイプ椅子を倒さんばかりの勢いで立ち上がった。そして閑谷はその勢いのまま、向かい側の長机の巌田尊課長に駆け寄った。

「本当にサッチョウの言いなりになるつもりですか？　やっと事件の全容がわかったっていうのに、捜査・記録・報告・蓄積以外何もするななんて、あんまりですよ！」

閑谷に続いて、笹野雄吉も巌田課長に詰め寄った。

「王城の運転手・平在は、早見と藪田が殺害された時、伊沢を車に乗せて殺人現場まで運んでいます。伊沢の居所を知っている可能性があります。伊沢を吐かせる方法についても、小幡検事と綿密に打ち合わせを行っております。だから平在さえ逮捕できれば、伊沢も逮捕できるんです。なぜここでやめなきゃならないんですか？」

尾島到も椅子から立ち上がると、静かな口調で、しかしはっきりと言った。

「人殺しをパクっちゃいけないんだったら、俺は警察を辞めます」

巌田課長が、そして閑谷と笹野が同時に尾島を見た。尾島の顔は不気味なほどに無表情だった。

「サッチョウの理屈もわからんでもない。ですが、大勢の命を奪った殺人犯たちがのうのうと暮らしているのを、指を咥えて見ていなければならないんだったら、俺が警察にいる意味はありません」

尾島は大股で巌田課長に歩み寄ると、正面から長机に両手を突き、顔を近づけた。

「課長、お願いします。平在富士夫を殺人・幇助容疑でパクらせて下さい。逮捕した上で不起訴を条件に交渉すれば、奴は全部吐きます。伊沢の身柄《ガラ》を押さえたあとは、絶対に王城と中園も逮捕に持ち込んでみせます。だからやらせて下さい」

閑谷も尾島の後ろに立ち、巌田課長に迫った。

「僕もお願いします。殺人犯を逮捕するななんて言われても、はいそうですかと引っ込める訳がないじゃないですか。やらせて下さい。命令違反で首になったって構いません。そんな警察なら、こっちから願い下げです」

笹野もまた閑谷の隣に立ち、決然と言った。

「私も、いつでも警察を辞める覚悟はできています」

すると巌田課長が、突然声を荒らげた。

「馬鹿野郎」

その迫力に気圧《けお》されて、三人は黙り込んだ。

「お前たち、警察を辞めるなんて無責任なことを、軽々しく口にするんじゃねえ。餓鬼じゃあるめえし、物事が思い通りに進まねえからって拗《す》ねてどうするんだ。仕事を舐《な》めるのもいい加減にしろ」

巌田課長は厳しい口調で続けた。尾島はその様子を見て、巌田課長の中にもやり場のない怒りが激しく渦巻いているのがわかった。

しばらくの沈黙ののち、尾島が静かに口を開いた。

「課長、もう一度だけお願いします。平在を殺人・傷害幇助容疑でパクらせて下さい。伊沢、王城、中園の三人を逮捕したら、そのあと私はどうなっても構いません。その代わり、私一人の勝手な暴走でやることですので、全ての責任は私が取ります。部下である笹野さんと関谷はお咎めなしでお願いします」

「係長、何を言うんですか」

慌てて笹野が尾島を見た。

「トウさん、そんな」

関谷も当惑の表情で尾島を見た。

巌田課長は腕組みしながら目を閉じ、じっと考え込んだ。尾島、関谷、そして笹野の三人は、立ったまま巌田課長の返事を待ち続けた。

ようやく巌田課長が目を開けた。そして、目の前に立っている三人を見回した。

「平在を殺人・傷害幇助容疑で逮捕することは、どうやっても許可できねえ。諦めろ」

尾島は無念さのあまり、思わず頭を垂れて目を閉じた。閑谷と笹野も立ったまま視線を床に落とし、無言で唇を噛んだ。

巌田課長でも、警察庁の命令には逆らえないのか――。しかし、考えるまでもなく警察とは厳然たる階級社会であり、都道府県警察に過ぎない警視庁の一部署が、監督機関である警察庁の命令を無視できる筈もないのだ。

だがその時、巌田課長が付け加えた。

「その代わり平在を、傷害容疑で逮捕する」

「――は？」

尾島は顔を上げ、目を大きく見開いた。

「え？」

閑谷と笹野も口を開け、驚きの表情で巌田課長を見た。

「傷害ってどういうことです？」

「殺人・傷害幇助じゃないんですか？」

笹野と閑谷が口々に聞くと、巌田課長は首を横に振った。

「この傷害容疑は、早見と藪田とは関係ねえ。中園薫子の車にわざと追突し、怪我させた件だ。傷害は、被害者の同意があっても成立するからな。本当に中園が怪我したかどうかは怪しいもんだが、本人が診断書まで出して主張してるんだ。信じるしかねえだろう」

巌田課長は三人を順に見ながら続けた。

「早見と藪田殺しについては、事件として扱えねえことになった。だが、平在が中園の車に追突した事故は、全く別の事件だしマル能絡みでもねえ。だからサッチョウに何か言われる筋合いもねえ。平在を堂々と逮捕して、徹底的に取り調べしてやろうじゃねえか」

「巌田課長――」

尾島の顔がみるみる綻《ほころ》び始めた。

今さら平在を追突事故で逮捕する理由は何もない。では、何のために平在を逮捕するのか？　それは背理能力者の伊沢、王城、中園の逮捕を見据え、潜伏中の背理能力者・伊沢の居場所を聞き出すため以外には考えられない。つまり、平在を別件で逮捕するということに他ならない。

「そう来なくっちゃ、巌田課長！」

閑谷が両拳を握り締め、嬉しそうに叫んだ。

「サッチョウの命令を平気で無視するなんて、さすが巌田課長！　現役刑事時代、悪人は絶対に逃がさない『閻魔《えんま》の巌田』と呼ばれてただけのことはありますね！」

「イチくん、それは間違ってるよ」

笹野が笑顔で訂正した。

「課長は今でも、陰で閻魔と呼ばれているからね」

尾島も興奮のあまり、思わず軽口を叩いた。

「大丈夫ですか？　出世に障《さわ》るし、下手したら懲戒処分を食らいますよ？」

「お前ら俺を散々吊し上げといて、今さら調子のいいこと言ってんじゃねえ」

巌田課長は尾島たち三人を睨んだあと、肩をすくめた。

「それに俺は、サッチョウ様の命令を無視するつもりはねえ。平在をパクるのは、あくまでも中園の車にわざと追突して怪我を負わせた罪だ」

すると笹野が不安そうに聞いた。

「しかし平在は、先に中園と示談が成立していますよね。今から逮捕できますか？」

過失運転致死傷罪は、自動車の運転上必要な注意を怠り、人を死傷させた罪で、七年以下の懲役もしくは禁錮《きんこ》、または百万円以下の罰金刑に処せられる。ただし、軽度の傷害の場合は情状により刑を免除するとされ、示談の成否もこれに影響する。すでに書類送検されて不起訴になっていれば、覆すのはかなり厄介だ。

巌田課長はにやりと笑った。

「安心しろ。過失運転致傷罪じゃあ、まだ書類送検前だ」

真顔に戻ると、巌田課長は三人に向かって指示を開始した。

「パクったあとは、交通事故の話なんざどうでもいい。平在には伊沢の居所と、王城と中園について知ってることを洗いざらい吐かせるんだ。そして事実関係がお前たちの考えている通りなのか確認しろ。逮捕時間は明日の十五時とする」

「はい！」

尾島、閑谷、笹野の三人は一斉に頷いた。十五時に逮捕するのは、取り調べのために最も長く時間を使えるからだ。

逮捕から検察送致まで、警察は最長四十八時間被疑者を拘束できる。だが、検察庁は事務手続き上、午前か午後の送致しか受け付けない。しかもこの送致時間は、検察庁の都合で繰り上げを要求される場合が多い。従って取り調べに使用できるのは、逮捕日と逮捕翌日の丸一日しかない。しかも取り調べ時間は連続で八時間が限度だ。

「伊沢の居場所《ヤサ》を何とかして平在に吐かせ、伊沢を探し出して、監視し続けるんだ。伊沢が見つからねえことには、王城と中園がホンボシだってことが証明できねえからな。そして時が来たら、一気に全員を逮捕する」

「課長、確認ですが」

尾島が巌田課長に聞いた。

「王城は頭の切れる奴です。運転手の平在を逮捕すれば、我々警察が王城と中園による犯罪を嗅ぎ付けたことに気付くでしょう。それでも構わないでしょうか？」

「馬鹿野郎。教えてやるためにパクるんだよ」

巌田課長は、歯を剝《む》き出すような笑みを浮かべた。

「今すぐは逮捕しねえが、警察がマル能・伊沢の存在を知り、王城と中園が主犯だと知っていることを教えてやる。そして俺たち警察が、証拠が調い次第あいつらをパクる予定だってこともな」

閑谷が喜びを顕にした。

「いつも警察に見張られてるとわかれば、王城も中園も、そして伊沢も、次の犯罪に着手しにくいですね！」

「おそらくな」

巌田課長も頷いた。

「殺人に公訴時効はねえ。サッチョウの許可さえ下りればいつだってパクれる。何年かかるかわからねえが、特に中園はこれからパクられるまでの間、生きた心地がしねえだろうさ」

巌田課長が立ち上がった。尾島たち三人もびしりと背を伸ばし、直立不動の姿勢で巌田を見た。

三人を見回しながら、巌田課長が言った。

「平在だけが、マル能・伊沢と王城、中園との関係を知る唯一の生き証人だ。お前たちの取り調べで、平在の腹の中を全部吐かせてみせろ」

「はい！」

短く答えながら、三人は同時に頷いた。

「但し、被疑者《マルヒ》を脅すんじゃねえぞ、これはあくまでも交渉だ。裁判になれば有罪となる可能性もあることを丁寧に説明し、交渉するんだ」

「はい！」

「拘束可能な時間は四十八時間しかねえ。実質、取り調べに使えるのはいいとこ丸一日だろう。時間がねえぞ、気合い入れていけ。いいな？」

「はい！」

揃って答えると同時に、尾島、関谷、笹野の三人は会議室を駆け出していった。

19　少女（一九九七〜九八年、ある風俗店店長の記憶）

私が今の仕事に巡り合ったのは、三十五歳を過ぎてからファミレスの洗い場の仕事が足腰に応えるようになり、新しい仕事を探している時だった。

子供の頃から体力には自信がなく、唯一の趣味が読書という私は、座っているだけでよくて暇な時は本が読める、そんな仕事はないものかと虫のいいことを考えていた。例えば古書店の店番のような仕事だ。だが古書店では、大した給料はもらえまい。田舎から上京して一人暮らしの私は、せめて生活できるだけの収入が必要だった。

ネットの求人情報を見ていると、座っているだけでいい仕事は結構ある。だが、流れてくる部品の検品作業は本を読む暇などないだろうし、路上での交通量調査は真夏や真冬は大変だろうし、コールセンターは電話してくるクレーマーに神経をやられそうに思えた。

孤島の電機施設で一日中機械のメーターを見張っている、という仕事もあった。高給だし貯金もできるだろうが（金を使う場所がないから）、孤独感でどうにかなりそうだ。私は人間嫌いではないし、街を出歩くのも嫌いではない。できれば東京に住んでいたい。書店や古書店、美術館、映画館が沢山あるからだ。
仕事はなかなか見つからなかった。どうやら私が仕事に求めている条件は、非常に贅沢《ぜいたく》なものであるらしかった。だからネットにあふれる求人情報を眺めながらも、ほとんど諦めかけていたのだが、ある夜、ついに理想的な仕事を発見した。

【店長募集】
エアコンの効いた室内に座っているだけの、簡単な受付業務です。
勤務地：秋葉原
時給：一五〇〇円（昇給あり）
勤務時間：午後～夜（五時間以上希望、応相談）
その他：交通費支給、各種保険完備――

私が探していた条件にぴったりだった。具体的な仕事内容は書いてなかったが、とりあえずメールを送ってみると、面接の日時を告げる丁寧な返事が送られてきた。
面接場所に指定されたのは、秋葉原の駅前にあるチェーンの喫茶店だった。店内に入ってきょろきょろしていると、スーツ姿の若い男が声をかけてきて窓際の席に案内された。物腰は丁寧だが、薄く色の着いたメタルフレームの眼鏡を掛けており、その奥にある目からは正業の人間ではない剣呑さが窺えた。

その時私は、初めて具体的な仕事の内容を知った。予想通り、親に自慢できるような仕事ではなかったが、こんなに私が求める条件にぴったりで、しかも普通以上に時給をもらえる仕事には、もう二度と巡り合えないだろうと思った。私は契約書類の求められた項目を記入し、男に向かってよろしくお願いしますと頭を下げた。

それが現在の私の仕事、派遣型女子高生風俗店の店長だ。店舗名は「放課後デートクラブ　秋葉原ラブリー女学園」――。


仕事の内容はこんな感じだ。営業開始は午後三時。その時間になると、PCや携帯のiモードで店のホームページを見た男性客から電話がかかってくる。女子高生とデートの予約をするためだ。

あくまでもデートであって、それ以上のサービスはない。事前に契約した時間、女子高生と一緒に街をぶらぶらと散歩したり、喫茶店で話をしたり、ファストフード店で何か食べたり、カラオケをやったりする。

予約時間の十分前になると店にお客がやってくる。私は金を受け取って禁止事項の説明をする。ファストフード以外の食事は禁止、タクシーや車の使用は禁止、ホテルやレンタルルームなどの個室は禁止、女の子に連絡先を聞き直接連絡するのは禁止。

違反すれば怖いお兄さんが現れることを匂わせて、待ち合わせ場所の地図を渡す。

客が支払う料金は一時間八千円。三時間なら二万四千円。それに飲食代などの実費。当時はまだＪＫという略語はなかったが、女子高生に淡い夢や欲望を抱く男は無数にいた。そんな金があったらソープかピンサロにでも行けばいいのにと思ってしまうが、素人の女の子と話ができるのは、彼らにとって特別なことらしかった。

そんな物好きの財布を狙って、都内の高校に通う女子高生が毎日続々と出勤してくる。店には更衣室があり、彼女たちは客の希望に沿って、セーラー服やブレザーの制服や、時には私服に着替えて待ち合わせ場所へ出かけていく。デートが終わって戻ってきた子にはその場でギャラを渡す。そのまま遊びに行く子もいれば、続けて何度も稼ぐ子もいる。

売り上げの半分を店が徴収し、残りの半分が女の子の取り分となる。ひどいピンハネにも思えるが、それでも高校生が時給四千円貰えるのだから、充分に多い額だとも言える。指名料は別途二千円で、これは全額女の子に入るから、次も指名してもらおうと女の子は客への愛想もよくなる。

客との間に揉め事が起こると、女の子は私に電話してくる。私は女の子に今いる場所を聞くと、店の経営者の携帯を鳴らしてその場所を伝える。すると、いつの間にか女の子は平然と店に戻ってくる。客がどうなったかは知らないし、知りたくもない。

毎日若い女の子に囲まれていると、つい手を出したくなる者もいるだろう。だが私は、彼女たちには極力事務的に接するようにしていた。おそらく店の経営者はまともな人間じゃないから、商品をつまみ食いしたらどんな目に遭うかわからない。第一、未成年に手を出すのは犯罪行為だ。この店の営業自体、合法かどうか怪しいものだが。店は女子高生とのデートを売り物にしているが、女の子の全員が本物の高校生という訳ではない。女子高生に見えればいいのであって、女子大生や社会人の女の子もいる。中には中卒や高校中退といった訳ありの子もいて、そういう子は家にも帰らず友人宅を転々としていたりする。

そしてまりんも、そんな訳ありな少女の一人だった。

一月も終わろうとする頃。店に現れたまりんは、コットンパンツにトレーナー、ダウンジャケットという姿で、大きなボストンバッグを持っていた。看板を見て朝から電話をしたが繋がらず、営業時間の午後三時までずっと漫喫で寝てた、と言ったあと、まりんはぺろりと舌を出して笑った。どう見ても家出少女に間違いなかった。

一通り店のシステムを紹介してギャラを伝えると、是非やらせて下さいとまりんは頭を下げた。金に困っているのだろう。明るい性格だし、手癖も悪くなさそうだし、容姿もかなり可愛らしかったので、こちらとしても断る理由はなかった。おそらく人気が出るだろうと思った。生徒名、つまりキャスト名は、本名と同じまりんにした。

まりんは、身上書の本名欄に鈴木まりん、年齢欄に十五歳と書き、職業欄に無職と書いた。年齢的には高校一年生だが、中学校から進学していないのか、それとも高校を中退したのか。連絡先には〇七〇で始まるＰＨＳ電話の番号を書き、そして住所の欄になると手が止まった。

「今住んでいるところを書いて。ホテルでも、友だちの家にいるならその住所でも」

私が言っても、まりんはそのまま困った顔で私を見るだけだった。話を聞くと、やはり家出してきたばかりで住むところがないのだ。その顔を見ているうちに、私は何とかしてやりたい気持ちを抑えられなくなった。

私はまりんを連れて近くの不動産屋へ行き、自分が保証人になって浅草橋《あさくさばし》にあるワンルームマンションを借りてやった。浅草橋は下町の情緒が残る土地で、商店街もあるしお節介なオバさんも多そうだから、女の子の一人暮らしでも安心だと思った。

家賃は五万五千円、敷金礼金が各二ヵ月。古いマンションで格安なのだが、まりんの所持金では到底足りなかった。いい加減そうな子なら、学生ローンで借りさせるかクレジットカードを作らせてキャッシングさせる。でもまりんは勤労意欲が高そうだし、髪も脱色してないし、素朴で真面目な性格に見えた。

私は自分の金で不足分を補ってやり、毎日六時間働けば一日で二万四千円入る、半分を返済に回せば一ヵ月で完済できると励ました。甘いと思われるだろうが、私はヤクザではない。仕事中に本が読めれば幸せという、ただの怠け者の雇われ店長だ。

まりんは真面目に働き、本当に一ヵ月で私への借金を完済した。金が入るとブランド物を身に着け始める子が多いが、まりんはディスカウントストアやスーパーでしか買い物をしないようで、いつも地味な格好だった。まりんの性格からして、何か目的があって金を貯めているように思えた。

そしてこういう店に勤める女の子には珍しいことだが、まりんは時々クッキーやマドレーヌなどを焼いたと言って私に持ってきてくれた。

「お菓子作るの、好きなんだ？」

お礼とともに私が聞くと、まりんは首を横に振った。

「自分も好きですけど、作ってあげる練習なんです」

「彼氏に作ってあげたいの？」

「いえ。子供が産まれたら作ってあげたいんです」

「へえ。じゃあ早く結婚しなきゃね」

するとまりんは、にっこりと笑って言った。

「もうお腹の中にいるんです」

以来私は、まりんに回す仕事には細心の注意を払うようになった。初めて電話してきた怪しげな客は付けない。何度も頻繁に指名してくる粘着質の客も付けない。夜はなるべく早く仕事を上がらせる。体調の悪そうな時には休ませる——。何としても無事に丈夫な子供を産ませてあげようと思った。

まりんが仕事に出掛けたあと、ふと私は思った。

もしかすると私は、まりんに恋をしているのだろうか——？

どこから来たのかも、本名すらもわからない、腹の中に誰かの子供を身籠った十五歳の少女に。

私は別にまりんに対して情欲を感じている訳ではないし、結婚したいと思っているわけでもない。でも、まりんのことがただ愛おしくてたまらず、助けてあげたい、何かをしてあげたいと狂おしいほどに考えてしまうのだ。無償の愛というものがあるとしたら、こういうものかもしれないと思うくらい強く。

そんなことを考えている時、ふと私は不安に襲われた。

この、私のまりんへの愛情は、本当に私の気持ちなのだろうか——？

そもそも、まりんと会ったその日から、私はどこかおかしかった。まりんは確かに可愛らしくて性格もいい少女だが、会ったばかりの、いつ辞めるかもわからない子に、自分の懐から転居費用を出してやるなど、よく考えたら正気の沙汰ではない。

そう、まるで何者かが私に、まりんに愛情を注ぐように魔法をかけたかのような、そんな違和感――。

私はぶるっと頭を振って、その考えを追い出した。ファンタジー小説の読みすぎだ。そんな魔法の力を持つ何者かなど、いる筈がないではないか。きっと、そろそろ中年の域に達しようという自分が、年端もいかない少女に好意を持ってしまった後ろめたさに、理不尽でもいいから何か理由が欲しかったのだろう。

無事に出産するため、まりんは定期的に医者の検診を受ける必要があった。だがまりんは健康保険証を持っていない。悩んだ挙げ句に私は、堅気ではなさそうな店の経営者に相談した。彼らの業界には、住民票のない少女や違法滞在中の外国人女性でも診てくれる、闇医者というものがいると聞いたことがあった。

そんな小娘には深入りするんじゃねえぞと私に釘を刺したあと、経営者の男は闇医者を紹介してくれた。ついでに、産む時はここを訪ねろと、元助産婦の女性の連絡先も教えてくれた。昨年まで自宅で助産院をやっていたが高齢のため廃業、今でも設備は残っているらしい。これでまりんも無事に出産することができる。私は胸を撫で下ろした。

三ヵ月が経ち、五月になった。すでにまりんは妊娠七ヵ月目を迎えている筈だが、腹の膨らみは言われてもわからないほど目立たなかった。中高生が妊娠して出産または流産するまで、周囲は誰も気付かなかったという話を聞いたことがあるが、この年代の少女とはそういうものかもしれなかった。

八月――。まりんはいつ子供が産まれてもおかしくないという時期を迎えた。私はまりんに店を休ませ、オーナーに紹介された元助産婦の女性のところに連れていった。彼女は私が子供の父親だと思ったようで、私のことを何度も「旦那さん」と呼んだ。まりんはそれを聞く度に笑いを堪《こら》えていたが、私も敢《あ》えて訂正はしなかった。

そして一週間後。元助産婦の女性から、無事に元気な男の子が産まれたという電話があった。まりんからも私の携帯に、赤ん坊と一緒にピースサインをした写《しゃ》メが来た。写メとは当時の言葉で、携帯電話のカメラで撮った写真をメールで送ることだ。その頃はまだ、今では誰もがやっているチャット型ＳＮＳはなかった。

私は店が終わるとすぐに元助産婦の家に行き、まりんに面会させてもらった。背を起こしたベッドで赤ん坊を抱いたまりんは、まるで宗教画のマリア様のように、顔に慈悲《じひ》深い微笑みを湛えていた。まりんは「旦那さんも抱いてあげて？」と言って、私に赤ん坊を抱かせた。おっかなびっくり赤ん坊を抱く私をみて、まりんは可笑《おか》しそうに笑った。

しばらく元助産婦の家で静養させたあと、私はベビーシッターの手配を調えてから、まりんと赤ん坊を迎えに行った。そして、全部で三ヵ月ほど店を休んだあと、まりんは十月から再び店で働き始めた。

ある日、受付のカウンター前をモップで拭いていると、店のドアが開いて一人の若い男が入ってきた。その姿を見た瞬間、そいつは客ではないとわかった。

年齢は十代後半から二十代半《なか》ばだろうか。グレーのパーカーを着てフードを目深《まぶか》に被っているので、顔はよく見えない。パーカーの前ポケットに両手を突っ込み、ぼろぼろのデニムパンツを穿《は》いている。

「いらっしゃいませ。ご予約はお済みですか？」

モップを壁に立て掛けながら、私はとりあえずそう言った。

「たきがわうみはどこだ？」

いきなり男は私に聞いた。

私はその冷たい口調にぞっとするものを感じた。反抗したら躊躇《ちゅうちょ》なく人を殴る人物だと思った。だが、私は努めて平静を装って聞き返した。

「たきがわ、うみ、ですか？」

「この店にいる娘だ。ＨＰ《ホームページ》を見た。まりんという名で出ている」

私はどきりとした。この男はまりんを探しに来たのだ。身上書に書いた鈴木まりんという名前は、やはり偽名だったようだ。訳ありな少女だとは思っていたが、この得体の知れない男と一体どんな関係があるのだろうか。

　とりあえず私が考えたことは、絶対にまりんの居場所をこの男に知らせてはならないということだった。私は無理やり笑顔を作って白を切った。

「まりんさんは、たきがわうみという名前じゃありませんよ。誰かとお間違えじゃないでしょうか？」

　すると男は前ポケットから右手を出し、私に向かって突き出した。

　この男、何をしようとしてるんだろう？　私が首を捻った、その時だった。

「え？」

　自分の両手が勝手に持ち上がり始めた。そして両手は私の首を捉《とら》えると、ぐっと力を入れて締め始めた。

「ぐっ！」

　私はたちまち息ができなくなった。急いで首を離そうと思っても、両手が私の言うことを聞かない。私はパニックに陥った。そしてふいに、ある考えに思い当たった。

　まさか、目の前のこいつが、私に何かしているのか――？

　私は目の前の男を見た。だが男は無言のまま、ただ私に向かって右手を伸ばしているだけだった。私はぱくぱくと口を動かしながら、必死に息を吸い込もうとした。しかし、空気は全く喉の中に入ってこなかった。

「正直に言わないと、殺す」

男が抑揚のない声で言った。

間違いない。どういう絡繰《からく》りかはわからないが、やはりこの男がやっているのだ。自分の喉を締め付けている自分の両手を振りほどこうと、私は必死に身をよじった。だが無駄だった。急に両足からすとんと力が抜け、私は床の上に転がった。男はじっと私を見下ろしながら、なおも私に向かって右手を突き出していた。私は床の上で力なく身体をくねらせた。視界が赤くなってきた。自分の血の色だった。

「本、当だ。たきがわ、うみなんて、知ら、ない――」

私は必死に声を絞り出した。だが男は、そのままの姿勢で無表情に私を見下ろすばかりだった。そして私がどんなに喘《あえ》いでも、空気は一向に喉に入ってこなかった。

私は死ぬのか――。

背中を寒気が走った。意識が遠くなってきた。視界が暗転した。

ふっ、と急に喉が楽になった。両手が喉から離れたのだ。

「ぐはあっ!」

私は口を開けられるだけ大きく開けて必死に空気を吸い込み、肺の中に酸素を送り込んだ。

「はあっはあっ、はあっ、はあっ――」

床に倒れたまま私はしばらく喘ぎ続けたあと、呼吸が落ち着いたところでようやく身体を起こし、床の上に座り込んで周囲を見回した。

気が付くと、男の姿は消えていた。

どうしてあの男は私を殺さずに帰っていったのだろうか？　私が死ぬ寸前まで口を割らなかったので、まりんとたきがわうみは他人の空似だったと判断したのだろうか？　是非そうであってほしいと私は心から思った。

だが、よく考えてみれば、人が不審な死に方をすれば警察も動くし大事《おおごと》になる。だからあの男も無闇に人を殺すことは避けたかったのだろう。

しかし、あの男は何者だろうか？

一体どうやって、私の両手に私自身の首を絞めさせたのだろうか？　右手を前に突き出しただけで、私に指一本触りもしなかったのに。まるでファンタジー小説の邪悪な魔法使い、あるいはＳＦ映画に出てくる暗黒卿《あんこくきょう》みたいだった――。

それから一時間ほど経った頃、仕事を終えたセーラー服姿のまりんが店に帰ってきた。いつものようにただいまと元気よく言ったまりんに、私は何気ないふりで言った。

「今日、若い男の人が、まりんを訪ねてきたよ」

「何て人ですか?」

まりんの声が急に小さく、低くなった。明らかに警戒していた。

「名前は言わなかった。ただ、まりんに会いたいと言ってた。ちょっと怪しかったから、ここにはいません、人違いでしょうと言ったら帰っていったよ。きっとHPのまりんの写真が、誰かに似てたんじゃないかな」

まりんは明らかにほっとした顔で、ありがとうございましたと頭を下げた。


次の日からまりんは、店に来なくなった。

携帯電話は解約されたらしく、音声通話もメールも通じなくなっていた。私が保証人となっていたワンルームマンションは、敷金も受け取らず、白いベビーベッドとわずかな家財道具もそのまま放棄され、鍵は小さなテーブルの上に置かれていた。

まりんは生まれたばかりの子供を連れて、どこかに行ってしまったのだ。おそらく、あの男から逃げるために。


私は、この女子高生風俗店の店長をもうしばらく続けることにした。もしかしたら、生活に困ったまりんが、また私を訪ねてくるかもしれないからだ。そして、もし再びまりんと会うことができたら、その時こそ言おうと思っていた。
私が、まりんが産んだ赤ん坊の父親になることはできないだろうかと。
私とまりん、それにまりんの子供が、家族になることはできないだろうかと。
だが私は、心の奥底ではわかっていた。
もう二度と、まりんと会うことはないということが――。

20　聴取

「逮捕の時にも説明しましたが、あなたには供述拒否権があります」

パイプ椅子に座って机に向かっている男に、閑谷一大は立ったまま丁寧に説明した。

「自己の意思に反して供述をする必要はありませんが、知っていることは全部、正直に話すようにして下さい。それではまず、名前から伺います」

警察庁・中邑核刑事局長との会議が行われた翌日、つまり一月二十六日、午後四時丁度――。

尾島到、閑谷、笹野雄吉の三人は、警視庁本部六階にある刑事部の取調室にいた。机の前で椅子に座っているのが、東京土地振興会に勤務する平在富士夫。職場での逮捕時に掛けた手錠は外されているが、腰縄はパイプ椅子に繋がれている。

机を挟んで平在の向かいに尾島が座り、その背後に閑谷が立っている。笹野は壁際に設置された事務机で、ノートPCを広げ、取り調べの様子を記録している。供述調書を作成するためだ。

尾島は天井の隅にちらりと目を遣った。録画用のカメラが設置されている。二〇一九年六月の刑事訴訟法改正により、裁判員裁判対象事件には録音録画義務があるが、今回はその義務はない。しかし、尾島は平在の発言を証拠として記録するため、敢えて録音録画することにした。

本日午後三時、尾島と閑谷は新宿にある東京土地振興会を訪ね、席にいた平在を通常逮捕、警視庁にパトロールカーで連行した。罪状は傷害罪。赤信号で停止中だった東京都知事・中園薫子の車にわざと追突し、中園に全治二週間の怪我を負わせた罪だ。逮捕状は巌田尊捜査第一課長の申請により発布《はっぷ》された。

だが、尾島たちの本当の目的は、早見市朗及び藪田政造殺害の実行犯と目される、背理能力者・伊沢昌浩の居場所を知ることだ。

警察庁・中邑刑事局長の命令により、背理能力の原理が科学的に解明されるまで、早見市朗・藪田政造殺害事件は「超法規的措置」により事件化しないことが決定した。二つの殺人事件は自殺と事故死という扱いになり、実行犯の伊沢も、主犯の王城竜介・中園薫子も、逮捕を見送ることになった。

そこで巌田課長と尾島たち特殊八係は、唯一の証人である運転手・平在を別件で逮捕することにした。平在から伊沢の居場所を聞き出し、同時に王城と中園には、早見・藪田殺害容疑での捜査が密かに進んでいることを伝えるためだ。

伊沢を監視しながら、王城・中園の行動を牽制しつつ、警察庁から三人の逮捕許可が下りるのを待つ――。これが巌田課長と尾島たち特殊八係の計画だった。


氏名、年齢、職業など身上経歴調書のための質問が終わると、平在が言った。

「あの、弁護士を呼ばせて下さい。弁護士の立ち会いを希望します」

尾島は首を横に振った。

「日本では被疑者に、取り調べで弁護士を立ち会わせる権利はありません」

「じゃあ、せめて弁護士に連絡させて下さい。取り調べのあと対応を相談します」

平在の主張に、尾島は頷いた。

「いいですよ。弁護人となる弁護士が留置場の被疑者に面会する権利は、法律で保障されています。よろしければ、当番弁護士を呼びましょうか?」

平在は警戒の表情で首を振った。

「勤務先で契約している弁護士さんがいますので、その先生に来て頂きます」

「誰かにそうしろと言われたんですか?」

「いえ。私がそうしたいだけです」

尾島と関谷は視線を交わし、頷いた。おそらく王城の指示だ。平在に何かあったら、すぐに弁護士から王城に連絡が行く手筈になっているのだろう。全く用心深い男だ。

「電話を貸して下さい。弁護士さんの名刺を持っていますので」

「じゃあ、どうぞ」

尾島は机の上の電話機を持ち上げ、平在の前に置いた。携帯電話は証拠隠滅を防止するために没収している。

平在は名刺入れから一枚を取り出して番号をプッシュすると、早口に喋り始めた。

「あの、錦野《にしきの》先生ですか？　東京土地振興会に勤めている平在と言います。実は、いきなり警察に逮捕されまして、今、警視庁で取り調べを受けているところでして。これからすぐに来て頂けないでしょうか。――は？　容疑ですか？」

平在はちらりと尾島を見た。

「中園都知事の車に追突して怪我をさせた、傷害の容疑だそうです。あの、それより今すぐ来てもらえると――そうですか、はい。はい。お待ちしております」

電話を切ると、平在は少しだけ落ち着きを取り戻したようだった。弁護士と連絡が取れて安心したのだろう。

「いつまで交通事故の取り調べが続くんですか？」

平在は不服そうに唇を尖らせた。

「あの事故については、他所見《よそみ》していてぶつけたことを認めましたし、相手の中園さんとはとっくに示談が成立してるんですから、もう私はお咎めなしなんじゃないですか?」

尾島は静かな口調で説明した。

「我々は交通事故ではなく、違う容疑に関するお話を伺うことになります。なぜなら我々は、交通部の警察官ではないからです」

「じゃあ、あなたはどちらの方なんです?」

「刑事部、捜査第一課。殺人などの凶悪事件を捜査する部署です」

「さ、殺人――」

平在の顔がさっと青くなった。

小幡検事の読み通りだった。尾島は、やはり平在が、伊沢昌浩と早見・藪田の死との間に、何かの関連を感じていることを確信した。「殺人」という言葉に敏感に反応したのが何よりの証拠だ。

尾島たちは当初、平在を殺人・傷害幇助で逮捕する予定だった。

まず平在に、殺人・傷害幇助の嫌疑があることを告げ、裁判では無罪になる可能性もあるが、もし有罪判決が出た場合には、死傷者が数十人に上る以上極めて重い刑となる可能性もあると伝える。そして平在に提案を持ち掛け、情報の提供及び裁判での証言と引き換えに、不起訴の道もあることを匂わせる、そういう予定だったのだ。

その後、状況は大きく変わった。国家公安委員会と警察庁の決定により、早見と藪田が死んだ案件を事件化できなくなり、平在を殺人・傷害幇助容疑で逮捕することが不可能になったのだ。しかし、巌田捜査第一課長の決断で、別件による平在の逮捕を断行した。小幡燦子検事の考えた駆け引きは、この取り調べでも有効な筈だ。

「平在さん。あなた、わざと中園都知事の車にぶつけましたね？　なぜです？」

尾島は単刀直入に話を切り出した。すると平在はむきになって否定した。

「わざとなんかじゃありませんよ。どうして私がわざと人の車にぶつからなくちゃいけないんです？　それに、前の車がまさか中園都知事の車だとは思いもしませんでしたし」

「わざとではないと仰る？」

「当たり前ですよ。それとも、わざとぶつけたっていう証拠でもあるんですか？」

「そうですか」

そういうと尾島は話を変えた。

「事故を起こした時、あなたが乗っていたのはレンタカーのＢＭＷでしたよね？　自家用車を所有しているにも拘らず、なぜレンタカーに乗っていたんですか？」

平在は立て板に水という調子で説明した。

「私は運転手をやってるくらいで車の運転が趣味なんです。あのＢＭＷ《ビーエム》には前から乗ってみたいと思ってて、前日から一泊二日で借りて、仕事は休みを頂いて、都内をあちこちドライブしていたんですよ。あの夜はなかなか眠れなかったし、明日は返さないといけないし、最後にもう一回乗っておこうと思ったんです」

交通捜査課から聞いた証言と全く同じだった。尾島は構わず質問を続けた。

「借りたのは、パレスレンタカーという会社ですね？」

「ええ、そうです」

「パレスレンタカーで車を借りたのは、初めてですか？」

「いえ、何度か借りてます。外車が好きなので」

「では、パレスレンタカーの実質的な所有者である、王城さんをご存じですね？」

一瞬の間をおいて、平在は頷いた。

「ええ。王城さんには一、二度会ったことがあります」

公益社団法人に籍を置いてはいるが、平在は実際には、陰の経営者である王城の専属運転手だと考えられる。知らないと言うのは不自然だと思ったのだろう。平在はあっさりと認めた。

尾島は頷いて、こう続けた。

「パレスレンタカーに電話して、あなたが借りたＢＭＷのレンタル料を聞いたんですが、一日五万円だそうですね。一泊二日で十万円です。前から乗ってみたかったという理由だけで、よくぽんと十万円も出しましたね？　自家用車もお持ちだから、駐車場代も別途かかったでしょう？」

平在は無言だった。尾島は構わず喋り続けた。

「失礼ながら、公益社団法人にお勤めでは、それほど高給取りとも思えないのですがね。それなのに高級レンタカーを借りていた理由って、もしかして」

尾島は平在に向かって顔を近づけた。

「交通事故を起こす前提だったからじゃないですか？　だから、自家用車を使いたくなかったし、王城さんのレンタカー会社の車がいいと思った？」

「馬鹿なことを言わないで下さい！」

平在が苛立ちを顕に叫んだ。

「そんな訳ないでしょう。何で、前もって事故に遭うってわかるんですか」

「そうでも考えないと、あなたが十万円もするレンタカーを借りた理由がわからないんですよ」

苛々した様子で平在はしばらく無言だったが、突然、尾島に笑顔を見せた。

「思い出しました。あの時、前の週末に臨時収入があったんですよ。競馬で勝ったんです」

「ほう、何という馬でした？」

「忘れました。私は番号で買うんで」

「どこの競馬場の、第何レース？」

「それも忘れました。あちこち買ったので」

「買ったのは枠連《わくれん》？　馬連《うまれん》？　それとも単勝？　何倍のをいくら勝ったんです？」

「そんなこと、どうだっていいでしょう？」

平在の声が悲鳴のように裏返った。その様子を見て尾島は、平在が嘘をつくのに慣れていない人物であることを確認した。

「なんでそんな、どうでもいいことをいちいち聞くんですか？　どうしてレンタカーを借りたかなんて、交通事故とは関係ないでしょう？」

「それが、関係あるんですよ」

尾島の声が低くなった。

「あなたは今からひと月前、つまり昨年の十二月二十七日の午後四時二十分頃、環状八号線の高井戸あたりを、南に向かって走行していましたね？」

「そうでしたっけ。覚えてませんけど」

「思い出して下さい」

平在の目を見据えたまま、尾島はゆっくりと首を横に振った。

「東京都知事選に立候補していた早見市朗さんが、トラックに正面衝突して亡くなられた日ですよ。三人が亡くなる大変な大事故でした。そして交差点カメラの記録によると、あなたも同じ時刻に高井戸陸橋を通過されていますから、この事故に危うく巻き込まれそうになった筈です。この日は自家用車を運転されていました。思い出しましたか？」

するると平在は、慌てた様子で何度も頷いた。

「ああ、思い出しました。そう、事故現場の脇を通過しました」

「あの日もあなたは休暇を取っていました。どこへ行こうとしていたんです？」

「あの日もドライブですよ。あてもなく都内を流していただけです。そうでした、びっくりしましたね、二台前を走っていた車が突然暴走を始めて、反対車線をやってくる大型トラックに突っ込んだんですから」

「そうですか」

尾島は頷いて、さりげなく言った。

「後部座席に、誰か乗せていましたよね？」

平在は、びくりと身体を硬直させた。

「グレーのパーカーを着て、フードを目深に被った人です。誰ですか？」

平在の顔が歪み、身体がわずかにぶるっと揺れた。何か思い出したくないものを思い出した、そんな様子だった。尾島はさらに質問を続けた。

「なぜあなたは、その人を助手席じゃなくて後部座席に乗せていたんですか？　プライベートで車に人を乗せる時は、普通、助手席に乗せますよね？　タクシーじゃないんですから」

平在が視線を机に落とした。その顔がみるみる青ざめてきた。

「もう一度聞きます。後部座席に乗っていた人は誰です？」

「言えません」

辛うじて聞き取れるほどの小さな声で、平在が答えた。

「そうですか。供述を拒否される」

尾島は頷くと、両手を机の上で組んだ。

「では、代わりに私が言いましょう。あなたはあの日、王城竜介さんに命じられて休暇を取り、自家用車の後部座席に知らない男を乗せ、ある車を尾行した。その男が誰かも、尾行するのが誰かも、なぜそんなことをするのかも教えてもらえず、このことは誰にも絶対に話すなと言われた。もしかするとお金をくれたかもしれない」

能面のような平在の顔を凝視しながら、尾島は続けた。

「言われるままに車を尾行していたら、突然、尾行していた車が大事故を起こした。あなたはその脇を通り抜け、どこかで後部座席の男を降ろした。あとになって、あなたが尾行していたのは、東京都知事選に出馬中だった人気キャスター、早見市朗さんだとわかった。そうですね？」

平在の身体が小刻みに震え始めた。尾島はそれをじっと観察しながら続けた。

「そのあとあなたは、早見さんの死と自分の行動に、何か関係があるのではと疑った筈です。知らない男を乗せて早見さんを尾行していたら、早見さんが事故を起こして死んだのだから。これは偶然じゃなくて、自分が乗せていた男があの事故を引き起こしたんじゃないか？　あなたはそう思った筈です」

尾島はそこで話を区切り、平在に顔を近づけた。

「問題はその翌日です。あなたは翌日も会社を休んで、昨日と同じ男を自家用車の後部座席に乗せて、新宿駅西口まで送迎した。やはり王城さんに命じられたからです」

またもや平在は、びくりと身動《みじろ》ぎした。

「あなたはこの命令を断るべきでした。そうすれば、あの惨劇は起きなかった」

尾島は静かに、しかしはっきりと言った。

「でもあなたは、再び王城の命令に従った。自家用車で昨日の男を新宿駅西口まで送り、どこか近くで待機していた。するとまるで爆発のような轟音が響いてきた。そこに男が戻ってきたので、あなたは男を乗せて走り去った。あとになってあなたは、新宿駅西口で大惨事が発生し、藪田政造候補と大勢の聴衆が死んだことを知った」

平在の額には、玉のような汗が浮かんでいた。尾島はなおも喋り続けた。

「男を新宿へ送る時、あなたはうすうすわかっていた。昨日の高井戸陸橋での事故はこの男が起こしたのだと。そしてあなたは予想していた。この男を新宿に送ったら、新宿で再び大事故が起きるんじゃないかと。なのにあなたは、命じられるまま男を送った。そして予想した通り、数十名が死傷する大事故が起きた」

「予想なんかしていません！」

突然、平在が悲鳴のような声で叫んだ。

「そりゃ、何となく気持ち悪さは感じていました。知らない男を乗せて走っていたら、目の前で早見さんが亡くなる大事故が起きたんですから。でもまさか、あの男のせいで交通事故が起きたなんて思わないじゃないですか。だから新宿にあの男を送迎する時も、まさかあんなことが起きるなんて、夢にも」

「夢にも思わなかった？　本当に？」

尾島が追及すると、平在は目を泳がせて黙り込んだ。

「いや。あなたは不安に慄《おのの》いていた筈だ。昨日のように、また何か恐ろしい事故が起こるんじゃないかと。またあの男が何かをしでかすんじゃないかと。しかし、あなたはそれでも王城に言われるがまま、男を新宿まで運んだ。それはなぜか？」

尾島は顔を近付け、囁くように言った。

「王城がくれる金が欲しかったから？」

「違う！」

平在は机を両拳で叩き、激しく頭を横に振った。

「信じて下さい、金のためなんかじゃない。怖かったんです。王城さんが怖かったんですよ。勤務先の団体もレンタカー会社も王城さんの物で、実はヤクザの幹部だということも聞いていました。命令を断ったらどうなるか、考えただけでも恐ろしかった。仕事を失うどころか、もしかすると早見さんのように、こ、殺されるんじゃないかと――」

そう言うと平在は、手で顔を覆って啜り泣き始めた。

落ちた――。

椅子に座る尾島、その背後に立つ閑谷、それに壁際の机に向かう笹野は、お互いに視線を交わしながら頷き合った。金が欲しかったからかという質問は、本音を引き出すためのブラフ、はったりの札だった。平在が言った通り、王城が怖かったからというのが本当の理由だろう。

大事なのは、ここからだ――。尾島は改めて気を引き締めた。

早見・藪田殺しを事件にできない以上、今すぐ伊沢と王城、中園を逮捕することはできない。しかし尾島たちは、来《きた》るべき王城と中園の逮捕の時に備えて、万全の証拠を揃えておきたかった。つまり王城と中園が、背理能力者・伊沢を使って、早見と藪田を殺害したという事実を完全に証明したかった。

そして最大の問題は、背理能力者・伊沢昌浩の居場所だった。

新宿駅西口の事故直後、街頭防犯カメラがグレーのパーカーを着た伊沢の姿を捉えていた。その前日、早見の死亡事故の時、平在は車の後部座席にグレーのパーカーの男を乗せていた。これが伊沢であることを確認し、その居場所を突き止めなければならない。

「ねえ、平在さん」

平在の啜り泣きが収まるのを待って、尾島は話しかけた。

「悪いのはあなたじゃない。王城竜介だ。王城がパーカーの男を使って早見と藪田を殺したのであって、あなたはその男を運んだだけだ。最初の早見の時は、まさか死ぬとは想像もしなかった。二度目の藪田の時は、また誰かが死ぬんじゃないかと不安で断りたかったが、王城が怖くて断れなかった。そうでしょう？」

「はい。その通りです」

平在が憔悴《しょうすい》した様子で頷いた。

「中園の車にわざと追突したのも、王城の命令だった？」

「いえ、それは中園都知事ご本人です。数年前から、王城さんに言われて中園さんの用足しで車を出すことも多かったので、中園さんには私の携帯番号を教えてありました。そうしたらある日、中園さんから電話があって、マスコミがうるさいから入院したい、私の車にわざと追突してくれないかと——」

平在は時々洟《はな》を啜りながら喋り続けた。

「自分の車を凹《へこ》ますのは嫌だったし、てっきり王城さんも承知のことだと思ったので、王城さんの会社のレンタカーを借りました。他のレンタカー会社だと、狂言事故がバレた時に面倒なことになると思ったし。そして指定された日時に、中園さんの車を尾行して、信号で止まった時、怪我しないように後ろからそっとぶつけました」

平在は急に顔を上げた。

「あの、私は罪になるんでしょうか？　私は王城さんに命じられて、あのパーカーの男を運んだだけなんですよ？　早見さんや藪田さん、それに大勢の人を殺そうなんて全く考えてなかったし、亡くなったのが私のせいだと言われても」

尾島は慎重に答えた。

「裁判になったとしたら、あなたが有罪になる可能性を否定できません。しかし、早見さんと藪田さんが亡くなった件で、あなたの罪を問うことは考えていません」

もっとも現段階では王城と中園の犯罪を事件にできないから、すぐに裁判に持ち込むこともできないのだが。

「本当ですか！」

平在の顔がぱっと明るくなった。尾島が続けた。

「その代わり、あなたには捜査への協力をお願いしたいのです。今回の一連の事件について、知っていることを全て教えて頂けませんか？」

尾島は小幡検事との打ち合わせを思い出していた。平在の取り調べにおいて確認したい事実は、以下の四つ。

一、王城の指示で、伊沢を車に乗せ、早見が運転する車を尾行したこと
二、王城の指示で、伊沢を車に乗せ、藪田の街頭演説会場まで送迎したこと
三、中園あるいは王城の指示で、中園の車にわざと追突したこと
四、伊沢の潜伏場所

一から三までは平在も認めた。録音録画もしてある。平在から聞き出したい情報はあと一つ、背理能力者・伊沢の潜伏先だ。

「でも、今までお話しした以外には、もう何も——」

平在は困惑の表情を見せた。

「伊沢昌浩という男の名前に聞き覚えは？」

尾島が聞くと、平在は不思議そうな顔になった。

「いいえ、初めて聞く名前です」

「あなたが王城さんに命じられて、二度自家用車の後部座席に乗せた、グレーのパーカーの男の名前ですよ。ご存じなかった？」

急に平在は顔を歪め、早口に喋り始めた。

「刑事さん。あの男、一体何者なんですか？　私は恐ろしくてしょうがないんです。王城さんも恐ろしいですけど、あのパーカーを着た男のほうがもっと怖い。にこりともしないし、人のことを馬鹿にしたような冷たい目で見るし。そしてあいつを車に乗せると、必ず事故が起きて、必ず誰かが死ぬんですから。まるで――」

そこで平在は間を置き、そして自分の言いたい言葉を見つけた。

「そう、死神みたいな」

死神――。確かに伊沢昌浩という男を表現するとしたら、何よりも相応しい言葉かもしれなかった。

尾島は単刀直入に聞いた。

「伊沢が住んでいる場所を知っていますね？　どこです？」

きょとんとした顔で、平在は首を横に振った。

「いえ、知りません」

その答えを聞いた瞬間、尾島は一瞬言葉を失った。同時に、閑谷と笹野の緊張が背中に伝わってきた。

平在が伊沢の居所を知らない——？　想定外の返事だった。

尾島は眉を寄せ、首を激しく左右に振った。

「そんな筈はない。あなたは伊沢を車に乗せる時、伊沢の家まで迎えに行った筈だ。そうでしょう？」

「あの男の家には行ってないんです」

真剣な表情で平在は否定した。

「あの男を車に乗せた時は二回とも、建設中のビルの、地下駐車場に来るよう指示されたんです。帰りもまた、その地下駐車場に戻ってあの男を降ろしました。だからあの男がどこに住んでいるのか、全く知らないんです」

早見を尾行した時は、尾行する車の車種とナンバーを教えられ、パーカーの男を乗せて麻布十番にあるビルの駐車場出入り口で待機、出てきたところから尾行を始めた。翌日は新宿駅西口までパーカーの男を乗せていき、近くの道路のパーキング・メーター付き駐車スペースで降ろして待機、一時間ほどで戻ってきた男を乗せて帰った。そう平在は説明した。

嘘を言っているようには見えなかった。平在は伊沢の居場所を本当に知らないのだ。

建設中のビルの地下駐車場とは——。尾島は思わず呻《うめ》いた。おそらく王城が何らかの形で建設に絡んでいるビルだろう。建設中のビルであれば、まだ内部に防犯カメラは設置されていない。関係者以外は立ち入り禁止だろうから、建設業者が地下に来ないように手配しておけば、誰かに目撃される可能性もない。

では、そのビルまで伊沢はどうやって来たのか。もしかすると王城自身が車で運んだのかもしれない。王城は尾島の想像以上に用心深い男だ。おそらく伊沢の住居を知っているのは王城だけで、誰にも教えていないのだ。

どうしたらいいんだ――。尾島は次の質問に窮した。殺人の実行犯である背理能力者・伊沢昌浩に繋がる糸が、ぷっつりと切れてしまったのだ。

「トウさん」

その時、尾島に背後から声がかかった。

「そろそろ休憩の時間じゃないですか？」

尾島が振り向くと閑谷が立っていた。目が合うと閑谷は、身振りで尾島をドアの外に促した。確かに被疑者の取り調べでは、二〜三時間ごとに休憩時間を取ることになっているが、それよりも閑谷は尾島に何か話があるようだった。

「では平在さん、十分間休憩にします」

平在にそう言って尾島は席を立ち、ドアの外に出た。笹野もノートＰＣを手に持って立ち上がり、尾島のあとに続いた。取調室の窓には鉄製の格子が嵌《は》められており、出入り口はこのドアしかない。

ドアの外に出ると、関谷が小声で話しかけてきた。

「トウさん。釈放したら平在が危険です。このまま平在を留置場に泊めて、明日オバさんに、いえ小幡検事に送致しちゃいましょう」

関谷は真剣な表情で、早口に囁いた。

「伊沢を発見することができなくなりました。王城はすでに弁護士を通じて、平在が逮捕されたことを知っています。平在がこれ以上余計なことを喋ったり、裁判で証人として不利な発言をしたりしないように、必ず平在の口を塞ぎます。そうなったら、我々は王城と中園の犯罪に関する唯一の証人を失ってしまいます。だから帰しちゃ駄目です」

するとと、関谷の隣に立っている笹野が、覚悟を決めたように言った。

「係長、平在を釈放しましょう」

「えーーっ？」

関谷は思わず大声を上げ、慌てて自分の口を両手で塞いだ。それから笹野に向かって、早口に囁き始めた。

「だからササさん、僕の言ったこと聞いてました？　今、平在を釈放したら、王城に間違いなく殺されちゃいますよ？　それでもいいんですか？」

「でもね、イチくん」

右手を関谷の肩に置くと、笹野も小声で喋り始めた。

「逮捕しても警察で四十八時間以内、検察で二十四時間しか身柄を拘束できない。傷害容疑とは言え平在は初犯、しかも中園は大した怪我じゃなく示談も成立している。勾留請求を行っても裁判官は却下するよ。仮に万が一、勾留後に起訴して裁判で有罪判決が出たとしても、必ず執行猶予が付く。つまり、どうやっても平在は近々釈放されるんです」

「そりゃそうですけど」

関谷も不承不承認めた。笹野の言う通り、この状況では平在を長期拘束できない。

「それに、このままじゃ伊沢の居所は絶対にわからない。ＳＳＢＣの並木さんも、毎日毎日街頭防犯カメラをＡＩで自動巡回してくれているけど、未だに伊沢を発見できていないのが現状です。そうでしょう？」

関谷が困ったように呟いた。

「でも、平在を釈放したからって、伊沢の居所がわかる訳じゃ」

「笹野さん、まさか」

尾島が二人の会話に割って入った。

「平在を餌に、伊沢をおびき出そうというんですか？」

「——！」

閑谷は目を一杯に見開き、思わずまた叫ぼうとして、急いで自分の口を塞いだ。

「そうです」

笹野は尾島と閑谷を見ながら、厳しい顔で頷いた。

「平在が釈放されたら、イチくんが言った通り、王城は必ず平在の口を塞ごうとするでしょう。そして王城の慎重な性格からして、殺害には伊沢を使う可能性が大です。殺人の証拠が残りませんからね。だから平在を釈放し、万全の警護態勢を敷いて、伊沢が現れるのを待つ。つまり罠を仕掛けるんです」

尾島はその大胆な計画に思わず唸った。確かに、隠れている闇の中から伊沢を引きずり出す方法は、それしかないように思える。しかし――。

「しかし笹野さん、危険すぎます。平在を囮《おとり》にして伊沢に命を狙わせるなんて」

「いいえ係長、逆です」

笹野は首を横に振った。

「伊沢さえ逮捕できれば、平在の安全は確保されるんです。逆に言うと、伊沢を逮捕しない限り平在の危険は消えないんです。いつ伊沢に殺害されるかわからない状態が、ずっと続くんですよ。唯一の証人である平在を守りたいのであれば、平在を釈放して伊沢をおびき出し、殺しに来たところを殺人未遂容疑で逮捕するしかないんです」

「トウさん。やっぱり、笹野さんの仰る通りかも」

ついに閑谷も折れた。

「この方法以外に、伊沢を発見することはできない気がします。僕も笹野さんのご意見に賛成します」

「係長、お願いします」

必死の表情で笹野が尾島を見た。

尾島は必死に考えた。

もし、笹野の計画を実行する場合、問題は、平在を殺しに来た時の伊沢の逮捕が「背理犯罪は事件として扱わない。捜査、記録、報告、蓄積するのみ」という警察庁の命令に背くことにならないかという点だ。

巌田課長は、警察庁の命令を破らないぎりぎりの線を狙って、尾島たちに伊沢発見のチャンスをくれた。それは尾島たちが処罰の対象とならないよう配慮してくれた結果だ。その巌田課長の厚意を無にしてはならない。

そして尾島は最終的に、殺人未遂での現行犯逮捕なら背理犯罪には当たらないと判断した。背理能力が使用される前だからだ。王城に殺せという指示を受け、殺意を持ってやってきたところを逮捕しただけなら、起訴や公判で背理能力を持ち出す必要もない。

「わかりました」

尾島も覚悟を決めた。

「平在は検察送致せず、本日釈放。小幡検事にも送致不要の指定を依頼します」

「ありがとうございます」

笹野が深々と頭を下げた。

閑谷も無言でしっかりと頷いた。

「釈放後は王城に命を狙われる可能性を考慮して、巌田課長に援軍を要請、平在を密かに万全の態勢で警護。そして、平在殺害のために王城から派遣される人物、おそらくは背理能力者・伊沢昌浩を確実に逮捕します」

21　電話

「もしもし？　ああ王城さん！　すみません、弁護士さんを呼んだ件ですよね」

一月二十六日、午後八時四十六分――。

タクシーの後部座席。濃紺のスーツを着てスマートフォンを耳に当てた男は、かかってきた電話に出た途端、緊張のあまりぴんと背筋を伸ばした。

「先ほど無事釈放されました。この度は本当にご迷惑をおかけしました。それから弁護士さんは到着されたのが釈放の直後でしたので、丁寧にお礼を申し上げて、また何かありましたらよろしくお願いしますと言って、お引き取り頂きました」

電話の向こうの相手に向かって、平在富士夫は無意識にぺこぺこと頭を下げながら話し続けた。電話をかけてきたのは平在の実質的な雇い主、公益社団法人東京土地振興会を陰で操る王城竜介だった。

「大変だったな」

王城の言葉に、平在は恐縮の体《てい》で背中を丸めた。

「いいえ。ご心配ありがとうございます」

「何を聞かれた？」

さりげなく王城が探った。

「はい。中園都知事に追突した時、深夜にドライブしていたのはなぜかとか、その時高級レンタカーを借りていたのはなぜかとか、そんなことをいくつか確認されまして、そのあとはすぐに釈放になりました。どうもお騒がせしました」

平在は嘘を付いた。本当は、中園への追突が狂言事故であったことを追及され、平在もそれを認めた。また、二つの事故の日、王城に命じられてパーカーを着た謎の男を乗せて走ったことと、その二つの事故にパーカーの男が関与していると感じたことも認めた。だが、これらを王城には絶対に喋ってはいけないと思った。身の危険を感じたのだ。

「そうか。わかった」

「あ、王城さん。あの」

王城が電話を切ろうとする気配を感じ、平在は慌てて呼びかけた。取り調べの中で聞かれたことで、一つだけどうしても気になっていることがあった。

「何だ？」

「イザワマサヒロって、誰です？」

王城は無言だった。平在はなおも質問を続けた。

「もしかして、私が王城さんのご指示で二度車に乗せた、あのグレーのパーカーを着てフードを被った男ですか?」

しばしの沈黙ののちに、王城が口を開いた。

「どうしてその名前を知っている?」

「刑事さんに聞かれたんです。この名前に聞き覚えはないか、住んでいる場所を知らないかって。勿論、そんな名前は聞いたこともないし、家も知らないと答えました」

また王城は黙り込んだ。

この時平在は、大変な事実を王城に漏らしてしまったことに気が付いていなかった。王城は、自分以外には誰も背理能力者・伊沢昌浩の存在を知らないと思っていた。だが、こともあろうに警察が伊沢の名前を知っていた。ということは、王城が中園のために伊沢を使って早見と藪田を殺したことを、警察は知っているのだ。

「王城さん。あの男、一体何者なんですか?」

無言の王城に平在は喋り続けた。いざ喋り始めると、疑問と不安が次々と湧き出してきて、平在の舌は止まらなくなった。

「私、恐ろしいんです。だって、私があの男を乗せて走ると、必ず事故が起きて死人が出るんですから。尾行していた早見キャスターも死んだし、翌日あの男を送迎した新宿駅西口では、大事故が起きて、藪田候補を含めて十数人の方が亡くなりました。

これは一体どういうことなんでしょう？」

「余計な詮索はするな」

王城が低い声で言った。

平在は口を閉じて凍りついた。背中を冷たいものが一筋伝った。ようやく、自分が王城の逆鱗《げきりん》に触れてしまったことに気が付いた。

「なあ、平在」

急に王城は優しい声になった。

「は、はい」

「お前の運転の腕は勿論だが、私はお前を真面目で口が堅く、信用できる男だと思った。だから私はお前を、不安定な運転手派遣会社から引き抜いて、私の息のかかった団体の正社員として雇用し、私の運転手にしてやった」

「はい。御恩にはいつも感謝しております」

「給料も充分に払っている。そうだろう？」

「はい。過分に頂いております。ありがとうございます」

「私をがっかりさせるな」

王城は念を押した。抑揚のない声だった。

「私の信用を裏切るな。いいな？」

「は、はい。わかりました」

そこでぷつりと電話が切れた。

平在は思わずふう、と息を吐いて、安心したようにスマートフォンを上着のポケットに仕舞った。

王城にひどく叱責されるかと思ったが、そうでもなかった。最後には優しい声になっていたし、それほど気にしてはいないのだろう――。平在はそう思った。

もう、あのパーカーの男のことは忘れよう。大体、他人が運転している車に交通事故を起こさせるなんて、そんな馬鹿なことができる訳がない。そうとも。あの男を乗せていたら、たまたますぐ近くで事故が起きるという偶然が二回続いただけだ。

多分あの男は興信所の探偵だ。王城に雇われて、中園都知事の対立候補である早見と藪田の周辺を嗅ぎ回っていたのだ。だから私の車に乗って早見を尾行したり、藪田の街頭演説会場に行ったりしたのだ。王城は数年前から中園都知事と仲がいい。きっと対立候補の醜聞でも探して、都知事選を有利に戦いたいと思ったんじゃないか。

そして何という偶然だろう、早見も藪田も不慮の事故で死んだ。その結果、中園都知事は楽々と再選を果たした。王城さんも探偵は必要なくなった筈だ。だから私も、もう二度とあの男と会うことはない。そうに違いない。

そして平在は、タクシーの座席に深く身体を埋め直すと、腕を組んで瞼《まぶた》を閉じた。警察に逮捕されたのも、取り調べを受けたのも生まれて初めてだったが、こんなに疲れるとは思わなかった——。そう考えながら、いつしか平在はうつらうつらと居眠りを始めた。

平在の予想は正しかった。

なぜなら、平在は翌週、グレーのパーカーを着た男の訪問を受けるが、最後まで顔を合わせることはなかったからだ。

22　出現

二月二日、日付が変わったばかりの深夜三時――。

新宿区新宿六丁目、靖国通りと東京医大通りを繋ぐ通りの途中。街灯も当たらない闇の中に、シルバー・メタリックの大型商用ワンボックス車が駐車していた。

フロントガラスの内側、ダッシュボードの上には駐車許可証が掲示され、運転席の奥はカーテンで仕切られている。見かけた人は、清掃作業に使用する車だと思うだろう。このあたりには十数階建てのマンションが並んでいるが、新宿という場所柄、住居よりも事務所として使用されている部屋のほうが多い。

しかし、その車は清掃作業車ではなかった。商用車に偽装したワゴン型警察車両だ。よく見ると窓も濃いスモークのガラスだ。所有者は警視庁刑事部捜査第一課の特殊五係、正式名称は第二特殊犯捜査・特殊犯捜査第五係。他部署の特殊犯捜査や特命捜査を遊軍的に支援する部署だ。

カーテンの奥、暗いシート席の一列目には特殊八係の尾島到、閑谷一大、笹野雄吉の三人。二列目には通信機とカメラモニターがあり、特殊五係の係長以下六名が息を殺して座っている。それだけではなく、通りの電柱の陰やビルの隙間などにさらに三名、合計九名が尾島たちを支援するために出動している。

尾島たち三名と特殊五係九名の目的は、他でもない。公益社団法人東京土地振興会に籍を置き、中公会・王城の運転手を務める平在富士夫の警護だ。平在の住居は、ワゴン型警察車両が駐車している通り沿い、十三階建て賃貸マンションの十二階にあった。平在は独身で、このマンションに一人暮らしだ。

王城は必ず平在の口を塞ごうとする。そしてその時は、背理能力者・伊沢昌浩を殺し屋として差し向ける。尾島たち三人はそう確信していた。そのため直属の上司である巌田尊捜査第一課長に援軍を要請し、特殊五係から九名に出動してもらうことになったのだ。

背理犯罪の存在は極秘であるにも拘らず、なぜ尾島たちは同じ捜査第一課の他部署に応援を仰ぐことになったのか。それは日本には、犯罪捜査に協力する密告者や裁判での証人を、犯罪者の報復から保護する仕組みが存在しないからだ。

アメリカには、法廷や国会で証言する者を保護する「証人保護プログラム」と呼ばれる制度がある。元々はマフィアの「血の掟《おきて》」と言われる報復行為から証言者を守るために作られた制度だ。

アメリカの証言者は、必要があれば一生涯でも国家によって保護される。その内容は徹底していて、パスポートや運転免許証、社会保障番号も新たに交付され、完全な別人として生きていくことも可能だ。住所も国内のみならず、ラテンアメリカ、ヨーロッパなどＮＡＴＯに参加する軍の施設や、海外の米軍基地にも変更可能だ。

一方で日本には、証人保護プログラムに相当する制度がない。警察の警護課はあくまでも要人警護のための組織であり、警護対象も法律で細かく定められている。その中に協力者や証人を警護対象とする規定はない。

では、誰が協力者や証言者を警護するかと言えば、民間の警備会社だ。民間のボディーガードは警備業法第二条第一項第四号の警備業務の一つとして規定されており、警備業界では四号業務と呼ばれている。

しかし民間の警備員には、職務質問や所持品検査、現行犯でない逮捕などの法的特権がない。携帯できる武器も警備業法により、特殊警棒、フラッシュライト、防刃ベスト、刺叉《さすまた》などの非殺傷性用品に限定される。当然ながら拳銃は使用できない。よって、今回のように厳重な警護が必要とされるケースでは、警察官が出動するしかない。

尾島たちは、平在を釈放した一月二十六日から密かに警護を開始し、今日で丁度一週間目を迎えていた。五係は交代制で警護に当たっているが、尾島たちは日中に仮眠を取り、最も襲撃される可能性が高いと思われる深夜から早朝、現場で張り込みを続けていた。

「なかなか現れませんねえ」

腕時計を見てそう言い終わった時、意図せずして閑谷は生欠伸《なまあくび》をした。その閑谷を、特殊五係の係長・佐川功《さがわいさお》がじろりと見た。

「たかだか一週間で、もう退屈しておネムか？　坊や」

閑谷は慌てて欠伸を噛《か》み殺し、頭を下げた。

「すみません！　つい気が緩んでしまって。気を付けます！」

ふんと鼻で嗤《わら》うと、佐川係長は尾島に視線を送った。

「なあ、尾島さんよ」

佐川係長は四十五歳、警部。年齢も階級も尾島より上だ。

「大体、あんたたち八係も遊軍として捜査するために作られたんじゃないのか？　遊軍部署を俺たちが支援するってのも、おかしな話だ」

背理能力者の存在が極秘である以上、尾島たち特殊八係の捜査内容も当然極秘だ。表向きは特殊犯罪の増加に対応するため、遊軍的に動く部署として新設されたと説明されている。佐川係長が訝しがるのも無理はない。

「巌田課長の命令だから黙って従っているが、たかが参考人の警護に、合計十二人も出動する必要があるのかねえ」

佐川係長は、さらに聞こえよがしに呟いた。

この人は、これがどれほど危険な任務なのかわかっていない――。尾島は暗澹《あんたん》たる思いに襲われた。だが、それもまた無理からぬことだった。なぜなら佐川係長以下九人の特殊五係の面々は、背理能力者の存在について何も知らされていないからだ。

警護対象《マルタイ》の平在を殺しに来る伊沢は、他人の脳神経をハッキングして操るという信じられない能力を有している。そしてこれまでに早見と藪田を殺害し、さらに周囲にいた数十人を殺傷している。そのことを、佐川係長たちは知らないのだ。

巌田課長は、今回支援に回ってくれる特殊五係に、こう言った筈だ。

――警護対象者《マルタイ》を狙う人物が現れたら、必ず複数名で相手しろ。まず相手の手足を押さえ付け、速やかに後ろ手に手錠を掛けて拘束する。そののちに、用意した特製アイマスクを相手の目に掛けるんだ。そしてもしマルタイや同僚または自分に命の危険を感じた場合は、躊躇なく射殺しろ――。

「後ろ手に手錠を掛けろだの、特製アイマスクを嵌《は》めろだの、全く意味がわからん。巌田課長は、一体どんな奴が襲って来ると思ってるんだ？　かめはめ波の使い手か？　それとも、目を見ると石になるメドゥーサか？」

佐川係長の軽口に、車の最後部にいる五係の一人が、ふふっと笑い声を漏らした。

手錠は背理能力者の手の動きを封じるためだし、特製アイマスクは鉛入りで、可視光線・不可視光線をどちらも遮断し、伊沢の目を奪うことができる。だがそんなことを五係は説明してもらっていない。

「マルタイを狙っているのは、巌田課長が仰った通り非常に危険な人物です。拘束マニュアルは必ず守り、充分に用心して下さい」

尾島がそれだけを言うと、佐川係長は苛立ちを見せた。

「だから、どれくらい危険な奴だって聞いてるんだ。まさか、地対空ミサイルでも持ってくるっていうんじゃないだろうな？」

「申し訳ありません。これ以上は申し上げられません」

これから襲ってくるであろう人物は、ある意味、地対空ミサイルより危険かもしれないと思ったが、尾島は口には出さなかった。

佐川係長は不機嫌そうに肩をすくめると、カメラモニターの前に座った。マンションのエントランスやベランダ側の街灯に密かに設置したカメラの映像が流れている。

「口は悪いですが、佐川係長率いる特殊五係の能力は信頼できます」

笹野が尾島の耳元で囁いた。尾島も頷いた。是非そうであってほしいと思った。

「トウさん、これだけの人数で待ち構えてれば、いかにマル能といえども必ず拘束できますね。マンションの前に現れた時が、あいつの運の尽きです」

閑谷も嬉しそうに小声で言った。

　だが尾島は不安だった。相手が何者であるかを知らない、特殊五係の捜査員たちの身も案じられた。

　いや。それよりも尾島は、何か自分に手落ちがあるような気がしてならなかった。拘束方法は厳田課長経由で伝えた。特注の鉛板入りアイマスクも用意した。いざとなれば発砲も許可してある。しかし、尾島の中の不安は高まるばかりだった。まるで、外出先でガスコンロの火を消してきたか自信がない時のような、そんな身を炙られるかのような感覚――。

　――考えすぎだ。尾島は不安を振り払おうと、頭を小さく左右に振った。

　いかに相手が背理能力者であろうと、特殊五係は特殊犯罪捜査の専門職だ。格闘術や捕縛術に長《た》けた捜査員が九人、尾島たちを合わせると十二人もいる。閑谷が言った通り、平在のマンションの下に現れた時が伊沢の年貢の納め時だ。尾島はそう自分に言い聞かせ、身体の力みを抜くため、ふうと大きく息を吐いた。

　その時だった。

「た、助けてくれ――っ！」

　突然、尾島たちの頭上で叫び声が響き渡った。平在の声だった。

　特殊五係の捜査員たち数名、それに閑谷と笹野が弾かれたように立ち上がり、車を走り出ていった。佐川係長が素早くカメラモニターの前に移動した。尾島もその後ろからモニターを覗いた。

画面には平在の住む十二階のベランダが、下から仰ぎ見る角度で映っている。掃き出し窓のカーテンが開け放たれていて、風に揺れている。その手前、十二階のベランダにジャージ姿の平在がいた。ベランダの手すりに手をかけ、必死の形相で下を見下ろしている。周囲に人影はないように見えるが、深夜の闇のせいで見えないのかもしれない。

「ドローンを飛ばせ！　マルタイの周囲を撮影し、録画しろ！」

背後にいる部下を振り返って佐川が叫んだ。部下の一人がタブレットをセットしたコントローラー《プロポ》を手に取り、操作を始めた。尾島が見ているモニターの画面が、ドローン視点の見下ろす映像に切り替わった。ベランダの上で、ドローンが放つ白い光の中、平在はベランダの手すりを握り締めて立っている。

突然、平在が手すりに片足を掛けた。そしてそのままぐいと身体を持ち上げると、幅二十㎝ほどのコンクリート製の手すりの上に立った。着ているジャージの裾が、ばたばたと夜風にはためいた。ドローンはその平在の姿を、頭上を旋回しながら、搭載したカメラでモニターに映し出した。

「い、いやだ！　やめてくれ！」

手すりの上に立ったまま平在が叫んだ。

「死にたくない！　誰か――っ！」

それが、平在が発した最後の声だった。

平在は腰をかがめながら、両手を後ろに振って反動を付けると、手すりの上から空中に思い切り飛び上がった。そしてそのまま、両手と両足を広げた姿勢で、真っ逆さまに道路に向かって落ちていった。

どかん、という爆発が起きたような音があたりに轟いた。車内にいる尾島の足にも、地響きが伝わってきた。

外にいた閑谷と笹野が、急いで平在に駆け寄った。だが、すでに事切れていることは誰の目にも明らかだった。平在はぴくりとも動かず、頭を中心に路上にどす黒い液体が広がりつつあった。

そして尾島は、ドローンのカメラが上空から捉えた平在の最期を、佐川係長とともに車内のモニターでただじっと見ているしかなかった。

「落ちたぞ！」

「マルタイが十二階のベランダから飛び降りた！」

特殊五係の捜査員たちが口々に叫んだ。

「いや、後ろから突き落とされたんじゃないか？」

「脅されて、飛び降りさせられたんだ！」

「じゃあ、ホシはまだ部屋にいるのか？」

車内の佐川係長がインカムのマイクに向かって怒鳴った。

「報告はどうした！　マルタイが死んだぞ！　貴様ら寝てたのか？」

するとスピーカーから、部下の悲鳴のような声が聞こえてきた。

「エントランスには誰も来ていません！　人の出入りは全てチェックしています。外部の人間は今、誰もマンション内にはいません！　住人しかいない筈です！」

佐川係長が焦った声で呟いた。

「まさか、マンションの住人の中に襲撃者が――？」

佐川係長はまたインカムのマイクに叫んだ。

「マルタイの部屋に突入する！　一班はエレベーター、二班は階段を使ってマルタイの部屋に急げ！　三班はマンション出入り口を封鎖、出ていこうとする者は全員拘束しろ！　ホシはまだマンション内のどこかにいる！　俺も三班に合流する！」

インカムをむしり取ると、佐川係長は無線機を片手に急いで車を出ていった。

尾島も車の外に出た。閑谷と笹野が駆け寄ってきた。

「駄目です！　即死でした！」

報告しながら閑谷は唇を噛んだ。笹野も悔しそうに言った。

「平在は助けを呼びながらも、自分で飛び降りました。殺《や》ったのは間違いなく伊沢です。伊沢は平在の身体を操って、ベランダの手すりに登らせて、飛び降りさせたんです。伊沢め、一体いつの間にマンションに侵入したんでしょう？」

尾島も厳しい顔で首を横に振った。

「俺も全くわかりません。不覚でした」

尾島は自分の失態に歯噛みした。これだけ備えていたのに、王城と中園に繋がる唯一の証人を死なせてしまったのだ。平在の死に方から見て、殺したのはやはり背理能力者の伊沢昌浩であることは間違いなかった。

閑谷がマンションを見上げた。

「まさか伊沢も、同じマンションに住んでいたんでしょうか？」

「その可能性は考えていなかったが――」

そう言いながら、平在の部屋を見上げた時、尾島はまたもや不安に襲われた。

佐川係長も閑谷も、伊沢がこのマンションに住んでいたと思っている。だが、それではいつか伊沢が平在と顔を合わせてしまう恐れがある。用心深い王城が、そんなことをさせるとは思えない。だとすれば、やはり伊沢は今日、外部からここにやってきたとしか考えられない。

では、どこからマンションに侵入したというのか？　出入り口は特殊五係の捜査員たちがしっかり固めていて、警察の監視カメラも仕掛けてあった。それなのに、侵入する伊沢の姿を誰も目撃していない。これは一体なぜだろうか？

だが確かに平在は、伊沢に脳神経を乗っ取られ、身体を操られ、自らベランダの手すりによじ登って――。

「ベランダ？」

平在のマンションを見上げていた尾島は、ゆっくりと顔を巡らせると、通りを挟んで向かい側に建つ、ほぼ同じ高さのビルに視線を移した。向かいのビルは、築四十年は経過している古い雑居ビルで、道路側がドアの並ぶ通路になっていた。

そのビルの、平在の部屋と同じ十二階の通路に、何か黒い影のようなものが見えた。

何だ、あれは――？

尾島は目を凝らして黒い影を見た。それはどう見ても人の形をしていた。そして黒い影は、ふっと姿を消した。

「何をしてるんです？　トウさん！」

その時、閑谷が尾島に向かって叫んだ。

「僕たちも平在のマンションに踏み込みましょう！」

閑谷は特殊五係の捜査員たちの後を追って駆け出した。

その閑谷を尾島が制止した。

「いや、こっちだ！　イチ、向かいのビルだ！」

尾島は叫ぶと、関谷とは逆の方向に走り出した。

「え？　え？」

関谷は急ブレーキをかけて立ち止まると、慌てて踵を返し、尾島の後を追いかけて走り始めた。走る二人の背中に笹野が叫んだ。

「私は一階に留まって、エレベーターと階段を見張ります！」

尾島も大声で返した。

「気を付けて、銃の用意を！」

走りながら尾島は、連絡用の無線機で佐川係長を呼び出して叫んだ。

「佐川さん、ホシは向かいのビルです！　向かいのビルに来て下さい！」

「馬鹿なことを言うな！」

無線の向こうで佐川係長が怒鳴った。

「お前ら頭がどうかしてるんじゃないのか？　マルタイは自宅のベランダから突き落とされたんだぞ？　ホシも部屋の中にいたに決まっている。向かいのビルなんかにいる筈がない。考えたらわかるだろうが！」

「くっ――」

尾島は激しい煩悶《はんもん》に身を焼かれる思いがした。犯人の伊沢は、平在を突き落としたのではない。向かい側のビルから平在の脳神経をハッキングし、自ら飛び降りさせたのだ、そう言いたかったが、勿論それを言う訳にはいかなかった。

佐川係長は自信満々で喋り続けた。

「ホシは絶対にこのマンションのどこかにいる。袋の鼠《ねずみ》だ。すぐに逮捕して連れていく。あんたたち八係は、マンションの下で大人しく待ってろ！」

尾島は返事をせずに無線を切った。

向かいの古い雑居ビルはオートロックではなく、管理人も常駐ではなかった。だからこそ伊沢も侵入できたのだ。エレベーターは一台だけで、現在は動いていなかった。伊沢は閉じ込められるのを恐れて階段で下りているのだろう。

尾島と閑谷は拳銃を抜き、右手に構えたまま、足音を忍ばせて階段を駆け上り始めた。角までやってくると立ち止まり、その先をそっと覗き込んで確認し、誰もいなければまた次の角まで駆け上がる。それを繰り返しながら、二人はビルの階段を上がっていった。

とうとう二人は十二階にたどり着き、ドアを開けて通路に出た。途中、誰ともすれ違わなかった。二人は足音を殺して通路を走り、エレベーターホールにやって来た。

扉の上の階数表示を見ると、９から８へと変わるところだった。さっきまで停止していたエレベーターが動いている。誰かがエレベーターで降下しているのだ。

「しまった——」

尾島は舌打ちした。エレベーターに乗っているのは伊沢昌浩だと直感した。

こちらの動きが丸見えなのだ。伊沢もまた、あの水田茂夫が持っていた「壁の向こう側を見る能力」を持っているのは間違いない。そう言えば、平在の部屋にはカーテンが掛けられていた。伊沢はカーテンを透視して平在を見ながら身体を操り、ベランダから飛び降りさせたのだ。

エレベーターは降下していく。その行く先、一階には——。

「笹野さんが危ない！」

尾島は脱兎《だつと》のごとく駆け出し、通路に入ってきたドアを開け、上ってきた階段を再び全速力で駆け下り始めた。閑谷も慌てて後に続いた。尾島はスマートフォンを取り出すと、笹野を呼び出して叫んだ。

「笹野さん？　伊沢が今エレベーターで降下しています！　銃を構えて待機し、危険を感じたら射殺して下さい！　気を付けて！」

一階のエレベーター前。

尾島に言われた通りに、小型回転式拳銃《リボルバー》を両手で構えた笹野が、身体中に脂汗《あぶらあせ》を流しながら、固く閉ざされたエレベーターの扉を凝視していた。

「ついに、会えるんだ——」

笹野は興奮と緊張のあまり、我知らずぶつぶつと呟いていた。

「間違いない。伊沢昌浩こそ、あの久我山0号事案の逃亡したホシだ。もうすぐ見ることができる。二十二年間追い続けてきた、あいつの姿を——」

その時、チン、と小さなベルの音がした。

エレベーターの扉がゆっくりと左右に開いた。そして箱の中から、グレーのパーカーを着て、フードを目深に被った男が現れた。

年齢は四十代半ばだろうか。フードで目は見えないが、顎から頬にかけて無精髭を生やしている。パーカーの前ポケットに、左右の手を両側から突っ込んでいる。ダメージ加工のデニムパンツ、足には白いスニーカー。

こいつが背理能力者、伊沢昌浩——。

「動くな！」

両手で銃を構えたまま笹野が叫んだ。叫び声は震えていた。その震えが、ついに伊沢と会えた興奮によるものなのか、それとも、伊沢が全身から発している瘴気《しょうき》にも似た恐ろしい雰囲気に、自分が怯《おび》えているからなのか。

笹野は再び、声を振り絞って叫んだ。

「伊沢か？　伊沢昌浩だな？　殺人容疑で現行犯逮捕する！　両手を上げろ！」

男はゆっくりと顔を上げると、パーカーの前ポケットに両手を突っ込んだまま、上目遣いに笹野を見た。ガラス玉のようなその目からは、何の感情も読み取れなかった。平在は取り調べの時、まるで虫を見るような目で見られたと言ったが、笹野は蛇やワニなどの爬虫類《はちゅうるい》の目を連想した。

「何をしている！　早く両手を上げるんだ！」

すると男は、両手をゆっくりとパーカーのポケットから出し、両手の指を開いて、笹野に向かって真っ直ぐ伸ばした。それから男は、両手の指にぐっと力を入れた。笹野に向かって開かれた左右五本ずつの指がぐりっと曲がり、それぞれに奇妙な形を作った。

笹野はその時、尾島に聞いた話を思い出した。

密教に謂《い》う手印、あるいはヨーガのムドラも同じだろうか、背理能力者は手で奇妙な象《かたち》を作ることによって、自分の電磁波を相手に放射するのだと――。

「うっ」

笹野の顔に、突然焦燥が浮かんだ。拳銃を持った自分の右手が、勝手にじりじりと上がり始めたのだ。笹野は慌てて右手を下げようとした。だが、自分の右手なのに全く言うことを聞かなかった。勝手に動く右手を、笹野は左手で押さえ付けようと試みた。だが左手は逆に、ぴくりとも動かなかった。

そして笹野の右手は、握っている銃の銃口を自分の右のこめかみにぴたりと当て、ぐいと押し付けた。ひやりとした鉄の冷たい感触を、笹野はこめかみに感じた。

「い、伊沢」

笹野が茫然としながら呻《うめ》いた。そしてこめかみに右手で銃口を当てたまま、笹野は両足に必死に力を入れ、一歩、また一歩と伊沢に向かって歩き始めた。

それを見た伊沢は初めて、ふっと笹野を憐れむように笑った。


銃声――。

尾島と閑谷が階段を駆け下りている時、階下から銃声が響いてきた。

「笹野さん!」

閑谷がびくりと身をすくませ、悲鳴混じりの叫び声を上げた。

「急げ!」

二人は全速力で階段を駆け下り続けた。そしてしばらくののち、さっきの銃声から何秒後だろうか、またしても階下から破裂音が響いてきた。

二発目の銃声――。


尾島と閑谷が、息を切らして一階のエレベーター前に駆けつけると、そこにスーツ姿の男が大の字になって倒れていた。

笹野雄吉だった。両目は虚《うつ》ろに見開かれ、砕けた右の側頭部から大量の血が流れ出ていた。笹野は右手に自分の拳銃を握り締めていた。S&W《スミスウエッソン》社製の五連発リボルバー、M360J・SAKURA、三十八口径。笹野はこれを、自分のこめかみに向けて撃たされたのだ。

「くそっ！」

尾島は急いで周囲を見回したが、伊沢の姿はなかった。

「トウさん！」

関谷が指差す先を見ると、一階通路の奥に錆びた黒い鉄製のドアが大きく開放されていた。非常用出口だ。どうやら伊沢はここから脱出したようだった。やはり王城竜介は用心深い男だった。平在の口を塞ぐ時にはこのビルを使うと想定し、伊沢の逃走経路も細かく決めていたのだろう。

尾島と関谷はその黒い非常用ドアから裏通りへ出て、あたりを見回した。誰の姿も見えなかった。伊沢は用意された車で逃走したのかもしれなかった。エンジン音は聞こえなかったが、ハイブリッド車や電気自動車なら、タイヤがさらさらというロードノイズを出すくらいで、走行音はほとんど聞こえない。

「イチ、救急車だ！」

閑谷に指示すると、尾島は道路を右に向かって駆け出した。閑谷はスマートフォンで救急車を呼びながら、尾島とは逆方向の左へと走った。

尾島は交差点まで走って来て全方向を見た。だが、やはり伊沢らしき人影は発見できなかった。一瞬緊急手配を考えたが、辛うじて思い止まった。第一、徒歩で逃走したのか車で逃げたのか、車だとすれば車種は何なのか、何もわからなかった。

雑居ビルの裏側へ戻ると、やがて閑谷も喘ぎながら駆け戻ってきて、無念そうに首を左右に振った。閑谷も伊沢を発見できなかったのだ。やむなく尾島と閑谷は、再び黒いドアを抜けて笹野の死体のところに戻った。


銃声を聞いたのだろう、笹野の死体の前に、佐川係長以下特殊五係の捜査官たちが集まっていた。さらにその周囲を、近隣のマンションの住人だろうか、寝間着や部屋着姿の人々が恐る恐る遠巻きにしていた。救急車と警察車両と思われる、いくつものサイレンの音が近づいてきた。

尾島の耳に、五係の捜査員たちの声が聞こえてきた。

「八係の笹野さんだ」

「誰かに撃たれたのか？」

「いや。右手に拳銃を持っている。自殺だ」

「どうして今、そんなことを？」

「マルタイが殺されたから、責任を感じたのか」

それらの声を背中に聞きながら、尾島は笹野の死体にゆっくりと歩み寄り、その前に両膝を突くと、どさりと正座するようにしゃがみこんだ。

「俺のせいだ」

笹野の死体を見ながら、尾島はぽつりと呟いた。

「俺が笹野さんを、殺した」

尾島はがくりと前に倒れそうになり、床に両手を突いて身体を支えた。その両手を、尾島はぐっと握り締めた。喉から思わず嗚咽《おえつ》が漏れ、目からは悔し涙が溢れた。その涙が、握り締めた尾島の拳の上にぽとりと落ちた。


その尾島の背中を、閑谷は目に涙を溜めたまま見つめていた。

やがて閑谷は辛そうな表情で後ろを向くと、右手の甲で涙を拭った。そして顔を上げた時、閑谷は、エレベーターと向かい合わせに立つ壁の根元に、何か小さいものが置いてあることに気が付いた。閑谷は不思議そうに小首を傾げると、その小さいものに歩み寄り、腰をかがめて拾い上げた。

それはスマートフォンだった。

そのスマートフォンはコンクリートの床の上に置かれ、画面とは反対側の面を外に向けて、照明の届かない暗い壁にひっそりと立て掛けてあった。

関谷は裏返して画面を見た。内蔵のカメラが起動しており、すぐ目の前の壁が四角く切り取られて映っている。その上部には、０５：２３という数字が横向きに表示され、その数字は一秒間に一つずつ増え続けている。数字の左側では、ＬＥＤの赤い小さな丸が点滅している。

そして関谷は、そのスマートフォンが現在も録画中であることに気が付いた。

「トウさん！」

関谷はスマートフォンを握り締めると、尾島を振り返って叫んだ。その両目から、再び涙が流れ落ちた。

その時、関谷一大は確信していた。このスマートフォンが、殺された笹野のものであることを。今も録画が続いている動画ファイルには、背理能力者・伊沢昌浩の姿が捉えられていることを。

そして、笹野が伊沢に身体を操られ、自分の側頭部に拳銃を当て、銃爪《ひきがね》を引いて死ぬまでが記録されていることを――。

23 殉職

「今でも信じられません。父が自殺したなんて」

古びた畳の上に正座した女性が、放心した表情で言った。

白いスカートにベージュのカーディガンを着た女性は、死んだ笹野雄吉の一人娘・智子《ともこ》だ。独身で、歳はまだ三十前だろう。笹野は数年前に病気で妻を亡くしており、家族はこの長女一人だけだった。

「父は刑事という仕事が大好きでしたし、特に何か仕事で悩みを抱えているようにも見えませんでしたから。一体、何が原因で自殺なんかしたのか。職場放棄など絶対にしない人だと思っていたのに、残念です」

二月十三日。午後二時――。尾島到と閑谷一大は、江東区《こうとうく》辰巳《たつみ》にある死んだ笹野雄吉の自宅に来ていた。笹野の席やロッカーに遺された私物を返却するためだ。

辰巳は埋立地だが、新築高層マンションが建ち並ぶ豊洲とは違って、古い団地が多く残る地域だ。笹野の自宅もそんな古い団地の一室だった。それでも辰巳からは、地下鉄有楽町《ゆうらくちょう》線を使えば、乗り換えなしで桜田門《さくらだもん》駅前の警視庁に行くことができる。

仕事第一の笹野らしい住所の選択だった。

尾島はいつものように、黒いスーツに黒いネクタイという格好。だが尾島は、喪服に着替えるのが面倒でいつも黒ずくめの格好をしていたことを、今日初めて後悔していた。笹野のためではなかったのに——。何度もそう思って、悔しさに奥歯を嚙み締めた。そして尾島の左隣には、濃紺のスーツ姿の閑谷も憔悴した顔で座っていた。

笹野の告別式は、死亡から四日後の二月六日に行われた。葬儀が済んだあとは、普通なら遺体は斎場《さいじょう》へと運ばれ茶毘《だび》に付されるのだが、笹野の遺体はかつて部下だった監察医・大谷無常の下《もと》へと届けられた。背理能力者によって脳神経をハッキングされ、身体を操られて死んだ笹野の遺体は、貴重な検体でもあった。

そんなことを知らない遺族たちは、当然のことながら、なぜ遺体をすぐに返してくれないのかと尾島に詰め寄った。だが説明できる筈もなく、臨場中の警察官の死体は司法解剖することになっていると苦しい言い訳をして、尾島は何とかその場を収めた。そして今も笹野の遺体は、自宅に帰ることができないままだ。

小さな仏壇には、笑っている笹野の顔写真の隣に、やはり笑顔の女性の写真が置かれていた。智子によると、数年前に病死した笹野の妻だった。言われてみれば、智子とよく似ている。

二つの写真の前に座って順に焼香を終えると、尾島と閑谷は元の座布団の上に戻った。そして尾島は両手を膝に置くと、女性に向かって深々と頭を下げた。

「まことに申し訳ありませんでした」

尾島に合わせ、隣の閑谷も無言で同じように低頭した。

「どうして尾島さんが謝るんですか？」

智子が不思議そうな表情で尋ねた。

「父が勝手に死んでしまったせいで、職場の皆様にご迷惑をおかけすることになってしまったんですよね。謝らないといけないのはこちらのほうです」

そう言うと智子は畳に両手を突き、深々と上半身を折った。

「父に代わってお詫びを申し上げます。本当に申し訳ありませんでした」

尾島と閑谷は慌てた。

「いや、そんな。お願いですから、どうぞお手をお上げ下さい」

尾島はいたたまれない思いで懇願した。

「私のせいなのです。私さえしっかりしていれば、笹野さんはこんなことには」

尾島は心の底からそう思っていた。俺さえしっかりしていれば、笹野さんを死なせることはなかったのに。その言葉を尾島は、何度胸の中で繰り返しただろうか。

「尾島さん。もう、自分を責めないで下さい」

智子は気丈に、弱々しいながらも笑みを見せた。

「上司だからって、尾島さんが責任を感じられる必要はありません。それに警察には、殉職でもないのに過分にお金を頂いて、どうもありがとうございました」

殉職でもないのに――。

尾島はその言葉に、それ以上何も言うことができなかった。笹野の死は、殉職以外の何物でもなかった。しかしそれを隠さなければならないのだ。

笹野の死は、勤務中の拳銃自殺と発表された。背理能力者の存在が極秘である以上、背理能力者に殺害されたと発表することはできなかった。それに脳神経をハッキングされ、身体を操られて、自分のこめかみに銃口を突き付けて銃爪を引くという最期は、どんな医者や検視官の見立てでも、自殺以外の判定にはならなかった。

――背理犯罪と思われる事案の発生を確認した場合、都道府県警察は速やかに警察庁刑事局へ報告、並行して秘密裏に捜査を行う。捜査終了後、背理犯罪は全て事故または自殺として公表し、事案の全貌を内部資料・0号事案として記録、蓄積する――。

会議の場で言い渡された、警察庁の中邑核刑事局長からの通達だった。笹野の死も、この通達に従って処理されることになったのだ。

ただ、巖田課長の計らいによって、笹野の遺族には殉職に準じた賞恤《しょうじゅつ》金《きん》が支払われ、死亡退職金と遺族年金も割り増しされることになった。このところの激務が自死の背景となった可能性を考慮して、という理由だった。それでも完全な殉職扱いとはならず、殉職時の慣例である二階級特進は残念ながら叶わなかった。

「そう言えば、今朝」

　智子は畳に視線を落としたまま、突然ぽつりと言った。

「父のことで、ふと思い出したんです」

「どんなことでしょう？」

　尾島が促すと、智子はゆっくりと喋り始めた。

「私が子供の頃、確か六歳の時だったと思います。その日も父は、いつものように仕事で夜遅くに帰ってきました。私はテレビを観て起きていたんですが、早く寝なさいと叱られると思って、急いでおやすみなさいと言って寝ようとしたんです。すると突然、父が私を呼び止めて、私に聞いたんです」

　そこで智子は言葉を止めた。その先を言うのに逡巡《しゅんじゅん》しているようだった。

「何を、聞かれたんですか？」

　尾島が尋ねると、智子は顔を上げて尾島を見た。

「なあ、妖精っているのかな？　って」

　尾島は絶句した。その言葉を聞いた瞬間、背中が粟立《あわだ》つのを覚えた。

　閑谷も、恐る恐る聞いた。

「ようせいって、お伽噺《とぎばなし》に出てくる、あの妖精ですか？」

「可笑《おか》しいですよね」

智子は頷いて、ふっと笑った。

「仕事人間で堅物の父が、妖精なんていう子供みたいな言葉を突然口にしたので、とても驚いたことを覚えています」

「何と答えられたんですか?」

尾島が聞くと、智子は小さく肩をすくめた。

「妖精は『ピーターパン』とかのお話の中にいるんだよ、だから本当はいないんだよ、パパ大人のくせに知らないの? そう答えました。可愛げのない子供でしたね」

そこで智子はまた、ふっと笑った。

「私の答えを聞いた父は、そうだよなあと呟いて、何度も小さく頷くと、台所の椅子に座ったまま黙り込んでしまいました。その後ろ姿を今でも鮮明に覚えています。あまりにも不思議な会話だったので」

久我山0号事案のことだ——。尾島は確信した。

智子の外見から察すると三十前か、六歳だったのは今から二十年と少し前だろう。

久我山0号事案が起きたのは二十二年前。計算も合う。

おそらく笹野は、この日の数日前、久我山で起きた強盗殺人事件に臨場した。そしてそこにある夫婦の死体と、賊と思われる三つの死体と、現場に残された痕跡と、ただ一人の生存者である一人娘・毎水《うみ》の証言から、笹野は「この事件の犯人は、人間ではないかもしれない」という結論に至ったのだ。

あまりに理不尽な事件に遭遇した笹野は、情報の漏洩に当たらない範囲で、誰かに話を聞いてほしかった。そして、まだ小さな我が子に、つい気を許してしまったのだ。本当は怪物や化け物という言葉を使いたかったのかもしれないが、小さな娘に話すにあたり、妖精という言葉を選んだのだろう。

尾島が考え続けていると、智子がまた口を開いた。

「そして亡くなる前の日、父がまた、妖精の話をしたんです」

「え？」

尾島は思わず、智子の顔を見た。

「その日もやっぱり、父は仕事で遅く帰ってきました。そしてあの時と同じように、上着を脱いで、ネクタイを緩めて、よっこいしょと言いながら台所の椅子に座ると、どこでもない宙をぼんやりと見ながら、こう言ったんです」

少し間をおいて、智子が言った。

「智子。俺、妖精に会えるかもしれないよ、って」

尾島は思わず隣の閑谷を見た。閑谷も無言で尾島を見た。

笹野は連日、運転手・平在富士夫の警護に通いながら、何か予感のようなものを感じていたのだ。明日あたり、背理能力者・伊沢昌浩が、平在を殺害するために現れるのではないかと。そしてその予感は的中した――。

突然、智子が尾島に向かって、堰を切ったように喋り始めた。

「尾島さん、妖精って何のことですか？　父はあれ以来二十二年間も、一体何を、いえ誰を探していたんですか？」

尾島は無言だった。この女性は二十二年間、父親の放った不思議な言葉について、人知れず考え続けてきたのだろう。しかし、尾島の口から妖精の正体について話ができる筈もなかった。

すると智子は、すぐに頭を下げた。

「どうもすみません。捜査に関係のあることは、部外者には言えないんですよね。よく承知しています。でも」

智子は必死の表情で、尾島の顔を見た。

「一つだけ教えて下さい。父は、妖精に会えたんでしょうか？」

会えました――。

その言葉が、もう少しで尾島の口から出るところだった。

「申し訳ありません」

尾島は忸怩《じくじ》たる思いに苦しみながら、深々と頭を下げた。

「残念ですが、私の立場上、笹野さんのお仕事に関することは、何も申し上げることができません。どうぞお察し下さい。そしてお許し下さい」

　会えたと教えてやれば、おそらく智子は父親の願いが叶ったことに満足しただろう。しかし、それを言ってしまえば、きっと笹野が妖精に殺されたということも同時に悟ってしまうかもしれない。つまり、笹野は自殺ではなかったことに気が付くかもしれない。警察官である以上、その危険を冒すことは尾島にはできなかった。

「わかりました」

　智子は音を立てずに息を吐いた。全てを諦めたような表情だった。

「本日はご焼香頂き、どうもありがとうございました」

　智子は畳に手を突くと丁寧に頭を下げた。そしてそれきり、殻を閉ざした貝のように黙り込んだ。尾島と閑谷は立ち上がると、智子に深々と一礼し、団地の隅にある笹野の住まいを辞した。

「久我山0号事案の犯人が伊沢だと、笹野さん、確信してたみたいですね」

　運河沿《ぞ》い、かすかに潮の香りが漂う舗道を駅に向かって歩きながら、閑谷がぽつりと呟いた。

「だとすれば、余計に無念だったでしょうね。二十二年も追っかけていた相手が、ついに目の前に現れたっていうのに、何もできないまま、むざむざ――」

その言葉に続いて、洟《はな》を啜る音が聞こえた。

「むざむざ殺された訳じゃない」

隣を歩きながら、尾島が前を向いたまま答えた。

「え？」

関谷が不思議そうに尾島の顔を見た。尾島は構わずに続けた。

「笹野さんは亡くなる間際、俺たちに伊沢逮捕のための大きな手掛かりを残してくれた。それも、二つもだ」

「二つ、ですか？」

関谷は首を傾げた。

「一つは、スマホで撮影したホシの映像ですよね。確かにあの映像のお陰で、今回の実行犯が伊沢昌浩であることが、ようやく証明されました。でも、笹野さんは他にも残して下さったんですか？　もう一つは何です？」

すると尾島が立ち止まり、関谷の顔を見た。

「あの時、銃声が二回聞こえたな？」

関谷も立ち止まると、辛そうな顔で答えた。

「ええ。どちらも笹野さんが、自分の側頭部を撃った音でした。二度も撃たせて完全に息の根を止めるなんて。伊沢の奴、本当に酷いことを」

　そのまま閑谷は、声を詰まらせた。

「二度撃ったということは、だ」

　尾島が感情を抑えるように、静かに言った。

「一発目を撃った時、まだ笹野さんは生きていたということだ」

「――あ」

　閑谷が目を見開いた。尾島は続けた。

「それも瀕死の状態ではなく、もう一度銃爪を引ける状態だった。そうだろう？」

「そうです、言われてみればそうです！」

　閑谷は何度も頷いた。

「それが二つ目の手掛かりだ」

　尾島は厳しい表情で、自分に言い聞かせるように言った。

「二十二年間に及ぶ笹野さんの執念が、奇跡を生んだんだ」

24 証拠

「死者に対する時は、いつも全ての感情を排し、冷静に向き合うようにしていた」

椅子に背中を預け、両の肘掛けに手を置いた姿勢で、大谷無常が静かに言った。

「しかし、今回ばかりはそれができなかった。まさか笹野さんと、この病院の地下で対面することになろうとは、想像もしていなかった」

そう言うと大谷はわずかに顔を上に向け、強い痛みにじっと耐えるかのように、固く目を閉じた。


二月十三日。午後十時――。

尾島と閑谷は、東京都監察医務院の監察医・大谷無常を訪ねていた。二月二日の未明、背理能力者・伊沢昌浩に殺害された同僚・笹野雄吉の解剖結果を聞くためだ。殺害された遺体は司法解剖ということになるが、笹野の死は自殺として処理されたため、名目は事件性のない遺体に行われる行政解剖ということになった。

なお、マンションのベランダから墜落死した平在富士夫も、自殺と発表された。尾島たちとともに出動した特殊五係は、マンションの建物内に殺人者がいたと考え、住人への聞き取りと館内の徹底的な捜査を行ったが、結局、住人全員に不審な点はなく、何者かが侵入した痕跡も発見できなかったからだ。

大谷はようやく目を開き、辛そうな顔で尾島を見た。

「笹野さんのスマートフォンに残された映像には、何が映っていた？」

大谷は死体の検案を行う場合、一切の知識を排して、まっさらな状態で死体と対面すると決めている。その理由について尾島は、「先入観による予断と見逃しが怖いから」と聞いたことがあった。従って今回も、笹野が殺害される直前、密かにセットしていたスマートフォンの映像を見ていない。

尾島が説明した。

「エレベーターの扉が開いてホシが現れるところから、笹野さんが拳銃で自分のこめかみを撃って崩れ落ちるところまでだ。笹野さんが床に倒れたあとは、エレベーターのドアしか映っていなかった。エレベーターから出てくる伊沢を狙って上向きにセットされていたので、床は死角になっていたんだ」

死を覚悟した笹野が命と引き換えに遺した映像。その中に映っていた、パーカーを着てフードを被った男は、やはり伊沢昌浩だった。

映像は尾島と閑谷、それに巌田課長で確認したあと、SSBCの分析捜査官・並木想作へと送られた。そして並木は映像を詳細に解析し、映像に映っている人物と犯罪者データベースに掲載された伊沢昌浩とは、九九・九九九九%の確率で同一人物だと判定した。笹野が遺した映像のお陰で、推測が事実として確定したのだ。

　映像の中で笹野が自分の側頭部を撃って倒れ、伊沢が笹野に向かって歩き出すと、二人はフレームアウトした。その後はエレベーターのドアが映っているだけだった。ただ音声は記録されており、かすかな足音が聞こえたあと、二度目の銃声が記録されていた。だが、その間に何が起きたのかは全くわからなかった。

「では、解剖所見を述べる」

　大谷は机上の液晶モニターに向き直り、PCのマウスを操作しながら説明を始めた。

「言うまでもないが、右側頭部の二ヵ所に至近射創《しゃそう》、つまりごく近くから射撃した銃創が確認された。銃弾は二つとも頭蓋骨《とうがいこつ》と脳を貫通しており、一つが大脳皮質の前頭葉にある眼窩《がんか》前頭皮質から白質《はくしつ》、もう一つが小脳から脳幹を通過していた。前者が一発目、後者が二発目で、この二発目が笹野さんの呼吸を停止させたと考えられる」

　あの時銃声は二回聞こえ、その音は笹野が遺した映像にも記録されていた。笹野の側頭部に残った射創も、笹野が自分の側頭部を二度撃ったことを裏付けていた。

「ということは、無常」

　尾島が確認した。

「一発目を伊沢に撃たされたあと、銃弾が頭部を貫通しながらも、笹野さんは生きていたんだな？」

「そういうことだ」

大谷は静かに頷いた。

「頭部を銃弾が貫通しても生存しているのは、実はそれほど珍しい事例ではない。銃犯罪が頻発するアメリカの統計によると、頭部を狙撃された者の五％は即死に至らず病院に搬送されるという。最終的に生還する者はそのうちの十六％しかいないようだが、たとえ短期間にせよ、二十人に一人は生きている計算だ。そして問題は」

そう言いながら大谷は、尾島を見た。

「二度の銃声の間に、一体何があったかということだ」

その言葉に、閑谷も隣の尾島をちらりと見た。尾島は閑谷に、笹野は伊沢逮捕のために手掛かりを二つ遺してくれたと言った。一つはスマートフォンで隠し撮りした伊沢の顔。そしてもう一つの手掛かりを、笹野は二つの銃声の間に遺したということになる。

「尾島」

大谷が尾島に聞いた。

「お前は銃声と銃声の間に、笹野さんが犯人と接触したと考えた。そうだな？」

「そうだ。二度の銃声の間に一体何が起きたのか、俺はこう想像した」

尾島は厳しい表情で、自分の推測を語った。

「笹野さんが自分の側頭部を撃ち抜いて倒れると、伊沢は手を下ろし、笹野さんの脳神経への接続を切って、死亡を確認するために歩み寄った。顔を見られたからだ。だが、その時笹野さんは、自分がまだ生きていることに気が付いた。激しい痛みに苦しみながらも、身体が自由を取り戻したことも感じていた」

喋る尾島の脳裏には、その時の状況が生々しく浮かんでいた。

右手に拳銃を持ったままコンクリートの床に倒れ、側頭部から血を流しながら、じっと動かない笹野。そこへゆっくりと伊沢が歩み寄る。笹野の前で立ち止まり、顔を覗き込もうと身をかがめた瞬間、笹野がいきなり伊沢に向かって左手を伸ばす。

その時、笹野は知っていたのかもしれない。もう自分には身体を起こし、右手に持っている拳銃を持ち上げ、伊沢に狙いを付けて銃爪を引くだけの、体力も時間も残されていないと。ただ自分にできるのは、左手を伸ばし、伊沢の身体のどこかに爪を立てることだけだと。届くのがたとえ人差し指一本だけであろうと、やらなければならないと。

――いや。そうではないかもしれない。もう何も考えることができないまま、無意識のうちに身体だけが動いたのかもしれない。

いずれにせよ、伊沢が笹野の顔を覗き込もうとした瞬間、笹野は自分に与えられた最後の使命を実行した――。

「尾島、お前の予想した通りだった」

大谷が静かに言った。

「笹野さんの、左手中指の爪の隙間から、わずかながら人間の皮膚と思われる組織が検出された」

「本当か」

尾島が聞いた。大谷は頷いた。

「本人の皮膚ではなく、また新鮮な組織であることから、襲撃者の皮膚の一部と考えて間違いない」

関谷が大きく目を見開いた。

「じゃ、じゃあ、伊沢のＤＮＡ型が」

「採取できた」

大谷は再びしっかりと頷いた。

「すでに警察のＤＮＡ型データベースに登録を終えている」

関谷が、ゆっくりと首を回して尾島を見た。

「トウさん、聞きましたか？」

その顔が泣き笑いでくしゃくしゃに崩れた。

「伊沢のDNA型が手に入ったんですよ？　伊沢を特定できる決定的な証拠が手に入ったんです！」

尾島は無言でしっかりと頷いた。同時に、笹野雄吉という刑事が最後に取った、死を賭した果敢な行動に感動し、深い感慨に襲われていた。

伊沢を追って階段を駆け下りる途中、二回聞こえてきた銃声。それは、一度自分のこめかみを撃ち抜きながらも笹野が生きていた証拠であり、死ぬ間際に何とか伊沢のDNAを採取しようと、伊沢の身体に爪を立てた証《あかし》だった。

伊沢はおそらく、笹野が自分に襲いかかったと思っただろう。手か首の皮膚に爪を立てられ、思わずかっとしたかもしれない。笹野の左手を振りほどくと、再び笹野の脳神経をハッキングし、右手に握っている拳銃で、もう一度自分のこめかみを撃たせた。無論、自分が関与した痕跡を一切残さないためだ。

そして笹野は死んだ。いや、無残にも殺害された。しかしその時、笹野が仕掛けたスマートフォンに伊沢の顔がはっきりと録画され、笹野の左手中指の爪には、削り取られた皮膚組織が保存されていたのだ。

大谷が辛そうに眉を寄せたあと、ようやく口を開いた。

「最初の銃弾が貫いた眼窩前頭皮質は、情動や思考を司《つかさど》る部位で、運動機能には影響がなかった。もし銃弾がここではなく、随意運動を司る部位を貫通していたら、一発目を撃ったあと、笹野さんは身体を動かすことができなかっただろう」

まさに奇跡――。そう思ったあと、尾島はすぐに自分の考えを否定した。

いや、そうではない。もしかすると笹野は、最初に銃爪を引かされる瞬間、渾身の力で伊沢に抗《あらが》ったのではないか？　即死さえしなければ、反撃のチャンスが残る。そう考えて、勝手に動こうとする自分の腕を必死に動かしたのではないか？　そのせいで銃弾は、急所を外れたのではないか？

可能だったかどうかはわからない。だが笹野という刑事なら、成し遂げても不思議ではないと思えた。

「やっぱり、すごい刑事だったんですね、笹野さん」

そう言うと閑谷は、膝の上で両拳を握り締めて俯き、そのまま黙り込んだ。尾島も無言で頷いた。伊沢昌浩のＤＮＡ型入手は、まさに、刑事・笹野の執念が生んだ奇跡と言うしかなかった。

俺は何をすればいい――？　尾島は必死に考えた。

そうとも、まず調べるべきは伊沢を乗せた平在の自家用車だ。毛根の残った伊沢の髪の毛を発見し、ＤＮＡ型が一致すれば、早見・藪田殺害の実行犯であるパーカーの男が、間違いなく伊沢であることが証明される。

――それからどうする？　尾島は自問した。次に俺がやるべきことは何だ？

「そらだ」

尾島は思わず、声に出して呟いた。

二十二年前、久我山０号事案で背理能力者と思しき侵入者に暴行され妊娠した少女・滝川毎水。笹野が聞き集めた関係者の証言によると、彼女はお腹の子供を産むつもりだったという。そして堕胎させようとした親戚の家から姿を消し、どこかで密かに出産した可能性が高い。そらというのは、毎水が子供に付ける予定だったという名前だ。

「そらを、探すんですか？」

閑谷が顔を上げ、尾島に聞いた。

「そうだ」

尾島は決然と言った。

「警察庁《サッチョウ》が決定した超法規的措置とやらで、マル能による犯罪は事件化することができなくなった。今回の早見・藪田両候補殺害についても、俺たちができるのは、残念ながら事実関係を捜査し、記録し、報告し、０号事案の一つとして蓄積することだけだ。——だが、久我山０号事案だけは、話が別だ」

もし今回の実行犯・伊沢昌浩が、久我山０号事案の逃亡した犯人であるならば、背理能力者であることを持ち出さなくても逮捕できる——。尾島はそう考えた。

滝川夫妻は刃物による刺殺であるし、生存者である娘・毎水に対する強制性交も、そらさえ発見できればＤＮＡ型から証明できる。久我山０号事案における伊沢の罪状は、強盗殺人罪及び強制性交等罪。強制性交等罪は公訴時効を迎えているが、強盗殺人に公訴時効はない。

「伊沢さえ逮捕できれば、たっぷり時間をかけて久我山０号事案に関する全てを吐かせ、今回の早見・藪田殺害事案についても唄わせる。実行犯が伊沢で、伊沢に指示をしたのが中公会の王城と都知事の中園であることを、完全に証明する」

「伊沢の逮捕のためには、そらが必要なんですね」

閑谷の言葉に尾島も頷いた。

「その通りだ。何とかしてそらを探し出し、そらのＤＮＡ型を採取し、笹野さんのお陰で入手できた伊沢のＤＮＡ型と照合すれば、久我山０号事案の逃亡したホシが伊沢昌浩かどうか特定できる」

そして尾島は、自分に言い聞かせていた。これは単なる未解決事件の捜査ではない。二十二年間かけて笹野が追い続けた事件の捜査は、笹野の弔《とむら》い合戦だ。笹野を殺害した伊沢が早見・藪田を殺害した実行犯であり、同時に二十二年前の久我山０号事案の犯人であれば、何としても犯行を証明し、逮捕し、法の裁きを受けさせねばならない。

「それはつまり、高山宙を探すってことですね？」

閑谷が確認した。閑谷は高山がそらだと完全に信じているようだったが、それは尾島も同じだった。

「高山がそらだという根拠は三つある。まず年齢が二十一歳で、二十二年前の事件で生まれた子供だと考えても矛盾がないこと。次に、宙という名前が空という意味であること。そして、伊沢と同じマル能だということ。何よりマル能だという点が決定的だ。そんな奴がそこら中にいるとも思えないからな」

「その、高山という男だが」

それまで無言で聞いていた大谷が、口を挟んだ。

「滝川毎水の息子なのに、どうして苗字が滝川ではないんだ？」

尾島は両手を浮かせて肩をすくめた。

「それはわからないな。もしかすると、親戚や知人に見つからないように偽名を使っているのかもしれない。毎水は自分の両親を殺害し、自分を暴行した男の子供を産んだんだ。周囲の人間に非難されてもおかしくないからな」

その時、閑谷がぽつりと呟いた。

「毎水は、どうしてそらを産んだんでしょうね」

尾島と大谷は思わず閑谷を見た。すると閑谷は、堰を切ったように喋り始めた。

「だって、トウさんが言った通り、お腹の子の父親は自分の両親を殺した憎むべき仇《かたき》なんですよ？　しかも暴行されてできた子供なんですよ？　堕ろすのが可哀相だと思ったとしても、彼女はまだ十五歳だった訳でしょう？　産んでしまったら、自分の未来は台無しじゃないですか。それなのに、どうして——」

そのまま閑谷は黙り込んだ。尾島も大谷も、閑谷の悲痛な問いかけに何も言うことができなかった。しばらくの間、あたりは沈黙に包まれた。

辛そうな閑谷を眺めながら、尾島は考えていた。今まで気が付かなかったが、閑谷は久我山0号事案の存在を知って以来、そして滝川毎水という数奇な運命の女性の存在を知って以来、ずっと毎水と子供のそらのことを考え、胸を痛めていたのだろう。

幸せな毎日から、不幸のどん底に突き落とされた少女と、生まれるはずではなかった子供。この母子が二十二年間、どんな人生を送ってきたのか。平穏な毎日ではあるまい。警察官としては、被害者への過剰な同情はいいことではないかもしれない。だが、閑谷一大という心優しい青年は、それをどうしても考えてしまうのだろう。

そして、もしかすると閑谷の生まれ育ちや家庭環境も、あの悲運の母子と重なるところがあるのかもしれない。以前、閑谷との打ち合わせのために、他人に聞かれないようカラオケボックスを利用したことがあった。その時閑谷は、母親とカラオケボックスによく来ていたと言った。住む所がなく、仮眠を取っていたのかもしれない。

「監察医として、君の疑問に答えるとすれば」

　沈黙を破って大谷が口を開いた。

「伊沢昌浩は、身体から発する電磁波を使用して、他人の脳神経にアクセスし、身体をハッキングする能力を持つと考えられている。もし、この能力が毎水の子供・そらに遺伝したとすれば、そらもまた同じ能力を持っている可能性がある。だとすれば、この能力が胎児の時から発揮されていた、そんなことも考えられる」

「どういうことだ？」

　尾島が説明を求めると、大谷は言葉を選びながら慎重に続けた。

「あくまでも推測に過ぎないが、胎児が背理能力によって、母親の感情や思考に関与した可能性があるということだ」

「じゃ、じゃあ」

　関谷の顔が、さらに悲しそうに歪んだ。

「母親の毎水は、胎児のそらに脳神経を操られて、無理やり産みたい気持ちにされてしまったんですか？　本当は産みたくなかったのに、産まされてしまったってことですか？」

「その言い方は正確ではない」

　大谷は首を横に振った。

「仮に、胎児が母親の脳神経へ関与したとしても、本能的な行動である筈だ。つまり胎児が意図的に母親を操ったのではなく、自らの生存本能によって、無意識のうちに操作してしまったということだろう。――それに、これに類する現象は、胎児がマル能でなくとも全ての妊婦に起きていることだ」

　大谷は例を挙げて説明した。

　二〇一六年、スペイン・バルセロナ自治大学の研究チームは、五年間に亘って妊娠した女性の脳を調べ、妊娠から出産後の約二年間、前頭皮質中央と後部皮質の灰白質、および前頭前皮質と側頭皮質の一部が小さくなることを確認した。これは妊娠という刺激によって起こる現象で、子育てに関係する脳神経を一時的に増やすためという説がある。

「つまり、妊娠した母親は、胎児に脳の構造を作り変えられてしまうということだ。繰り返すが、背理能力者の子を宿した女性だけが、胎児の関与を受ける訳ではない」

　しかし、大谷の補足にも閑谷は納得しないようだった。

「でも実際には、望まない妊娠の結果、堕胎する女性も大勢います。それなのに毎水がそらを産んだのは、やっぱりそらに脳神経を操られて、無理やり――」

「俺はそうじゃないと思う」

　尾島が穏やかな口調で言った。閑谷は尾島の顔を見た。

「俺は男だからよくわからないが、毎水は本当に、お腹の子供に対して深い愛情を感じていたんじゃないかな。あの事件のことは、毎水はショックで何も覚えていないというし、気が付いたら妊娠していた訳だ。両親を失った毎水にとっては、両親の代わりに神様に授かった、たった一人の大切な家族だと思ったんじゃないだろうか」

「神様に授かった、たった一人の、大切な家族――」

尾島の言葉を、閑谷は独り言のように繰り返した。

「そうだとも。ほら、イエス・キリストだってそうだ。マリア様は誰の子かわからないままお腹の子を産み、生まれたあとに神様の子だと知った。そして、マリア様がキリストを産んだ結果、世界は激変した。そらだって、もしかしたら世の中を変えてしまうような、生まれたことにみんなが感謝するような、そんな大人物になるかもしれない。そうだろう？」

「イエス様と一緒にするなんて――」

閑谷は思わずくすりと笑い、右手の甲で両目をごしごしとこすった。そして、急にすっと立ち上がると、明るく大谷に聞いた。

「すみません！　トイレはどこでしょうか？　この建物、冷えますすよね！」

「ドアを出て、左の突き当たりだ」

閑谷は礼を言うと、小走りにドアを出ていった。その後ろ姿を見て、尾島もふっと笑みを浮かべた。被害者の母子に感情移入して落ち込んでいた閑谷も、ようやく落ち着きを取り戻したようだった。

「すまない」

突然、大谷が尾島に頭を下げた。

「何がだ?」

「俺は何でも、科学的に説明が付かないと納得できない質《たち》でな。そのせいで余計なことを口走ってしまう。人間の情緒というものが欠落しているのかもしれない」

大谷は、自分の言葉で閑谷を傷付けたと思い、反省しているのだ。

尾島は微笑んだ。

「そんなことはないさ。お前が閑谷に配慮して喋っていたのはよくわかった。あいつは殊《こと》の外《ほか》、感受性の強い青年だから。そこがいいところなんだがな」

尾島の言葉を聞いて、そうかと安心したように言ったあと、大谷は話題を変えた。

「さっきの胎児の話には、もう一つ重大な問題が含まれている」

「何だ?」

「もし、お前が会った高山宙というマル能が、伊沢昌浩の子供・そらであるならば、背理能力が遺伝したことになる」

「うん。そういうことになるな」

尾島は気軽に頷いた。

「で、それが重大な問題なのか？　マル能の子なら、マル能でも当然だろう？」

　大谷は険しい顔になった。

「もし背理能力が親から子に遺伝するのであれば、背理能力を発生させる脳や神経、視覚細胞、心臓などの臓器の形質が遺伝したということであり、ひいてはその臓器の設計図である遺伝子が受け継がれたということだ。つまり背理能力は、人類の新しい能力として、人類全体に定着する可能性がある」

　尾島は愕然とした。背理能力が遺伝するということは、背理能力者がどんどん増え続ける可能性があるということだ。増え続けないまでも、一定数が常に存在するとなれば、背理犯罪はこれからも増えこそすれ無くなることはない。

　大谷が声を落とした。

「実は、俺のところにも警察庁からの協力要請が来ている」

　それは当然だろうと尾島も思った。大谷は背理能力者の死体を解剖した唯一の監察医であり、背理能力の原理について仮説を持つ唯一の人物だ。

「近く、背理能力の原理に関する仮説を、レポートとして警察庁に提出しなければならないが、その中に、背理能力者とは単なる突然変異ではなく、人間の中に定着していく可能性があることを特記するつもりだ。早く法的に手を打たないと、人間社会は背理能力者の増加に対応できなくなるからな」

大谷の予測は、正確に的を射ていた。現実に警察庁は、背理能力の原理が科学的に解明され、司法が対応できるようになるまで背理犯罪の事件化を見送るという判断を下した。いや、判断を下したのではない。警察庁とその上部組織である国家公安委員会は、背理犯罪の処理について判断停止状態に陥ったのだ。

大谷は小声で続けた。

「できれば死者ではなく、生きた背理能力者に会ってみたい。そうすれば、背理能力の解明は格段に進歩するだろう。そらと言ったか、これから伊沢の子供を探すのであれば伝えてくれないか。背理能力の研究に協力して欲しいと」

「無論だ」

「それから――」

わずかに躊躇《ためら》いを見せたあと、大谷は尾島の目を見据えて言った。

「尾島、笹野さんの仇《かたき》を討ってくれ。頼む」

そして大谷は、両手を膝に置いて深々と頭を下げた。

「言われるまでもないさ」

尾島は厳しい顔で大きく頷くと、急にふっと笑みを浮かべた。

「どうした？」

訝しげな表情で大谷が聞いた。

「いや、何でもない」

尾島は微笑みながら誤魔化し、心の中で大谷に話しかけた。

大谷無常、お前は情緒が欠落した理屈ばかりの人間なんかじゃない。それどころか、誰よりも熱い心を持った男だ――。

25　増員

「どうも初めまして。警視庁の本部勤務となり、緊張しております」

　男は尾島と閑谷に向かって、にっこりと笑った。ひょろりとした細身の体型、百八十cm近い長身。細くて目尻が下がった目のせいか、飄々《ひょうひょう》とした雰囲気があり、常に微笑んでいるかのように見える。

「碓氷《うすい》進《すすむ》と申します。どうぞよろしくお願いします」

　そう言って男は、深々と頭を下げた。

　それを見た瞬間、閑谷は慌てて後ろを向きながら口を押さえた。なぜなら碓氷と名乗った男の頭頂部のほぼ全体が薄毛で、地肌が丸く透けて見えていたからだ。苗字が碓氷で頭が薄い、名前が進で薄毛も進んでいる——。この事実にツボを突かれて吹き出しそうになるのを、閑谷は辛うじて抑え込んだのだ。

「閑谷君、どうかしたの？　お腹でも痛いのかい？」

　顔を上げた碓氷が、心配そうに閑谷を見た。

「いえ、あの、何でもありません！」

閑谷は真面目な顔を作り、急いで頭を下げた。

「閑谷一大です。イチって呼んで下さい。よろしくお願いします！」

尾島も思わず笑みを浮かべながら挨拶を返した。

「係長をやらされてる尾島到です。よろしくお願いします」


二月十五日、午前十時、警視庁六階にある刑事部捜査第一課、特殊八係――。

この日、笹野の死亡で欠員が生じた特殊八係に、代わりの捜査員が異動してきた。

碓氷進。年齢は尾島の四つ上の四十二歳、階級は尾島と同じ警部補。

警視庁入庁は二十四年前。高校を卒業後、警察学校での二年間を経て高井戸署に配属され、その最初の年、のちに久我山0号事案と呼ばれる久我山夫婦惨殺事件に、笹野と共に臨場した刑事だった。

「碓氷さんの席はここです。ロッカーは、入り口に三つ並んでいる中の中央です。書類戸棚は、あそこを使って下さい。それから――」

尾島が指差しながら説明していると、碓氷がにっこりと笑いながら言った。

「係長。私に対して敬語はやめて下さい」

「え？」

戸惑う尾島に、碓氷は教師のように説明した。

「いいですか？　警察は階級社会なんですから、上長が部下に遠慮する必要はありません。命令する側の人に敬語を使われると、部下は却ってやりにくいんです。タメ口でお願いします」

尾島は抵抗を試みた。

「いや、しかし勤務歴や年齢では、碓氷さんのほうが四年も」

「駄目です。敬語はやめて下さい」

きっぱりと碓氷に言われて、尾島も観念した。

「わかりました。なるべくそうするように努力します。——その代わり、名前は碓氷さんとさん付けにしてもいいですよね？」

「うーん、しょうがありませんね。じゃあ、特別に許可しましょう」

碓氷はしぶしぶといった表情で頷いた。

助かった——。尾島はほっと息を吐いた。

他人に対して偉そうにするのは、どうにも尾島の性に合わなかった。というか、自分は人の上に立つ器ではないのだ。尾島は改めてそう思った。それでも碓氷という男は、笹野と同様に温厚で明朗な性格の人物のように思えた。そのことに尾島は、内心でほっと胸を撫で下ろした。

「笹野さんの後輩、ですか？」

巖田課長に呼ばれ、特殊八係の増員を告げられた時、尾島は思わず確認した。

「そうだ。二十二年前、高井戸署の刑事課に配属された時、笹野が指導係だったそうだ。以来ずっと所轄勤務だったんで、俺は碓氷とは面識がねえがな」

いつもの個室のソファーで、巖田課長が煙草に百円ライターで火を点けながら答えた。巖田課長は入庁以来、ずっと桜田門の警視庁本部勤務だ。

「マル能関係が極秘である以上、何も知らねえ奴を引っ張ってくるのも気が進まねえ。0号事案に関わった奴をあれこれ見繕っていたが、どうせなら笹野の後輩がいいだろうと思った訳だ。久我山のホシが、早見と藪田殺しの実行犯・伊沢昌浩だってのなら、久我山に臨場した経験は貴重だしな。——それに」

巖田課長はふうと煙を吐き出した。

「笹野の後輩なら、笹野の敵討《かたきう》ちをしてえだろうからな」

「はい」

笹野雄吉の笑顔を思い出しながら、尾島は頷いた。

「それで課長、全て碓氷さんには説明済みなんですか？　三鷹事件の顚末《てんまつ》と、早見・藪田殺害事案に関する現在の状況と、笹野さんが亡くなった経緯に関して」

尾島が聞くと、巖田課長はふんと鼻を鳴らした。

「俺の口から説明した。すぐに動いてもらわなきゃならんからな」

「ありがとうございます」

尾島は巌田課長に深々と頭を下げた。とりわけ、警視庁内でも自殺として公表されている笹野の死について、真相を説明するのは忸怩たる思いだったろう。

「じゃあ、そういうことでよろしく頼む」

立ち上がろうと腰を浮かせた巌田課長を、尾島が呼び止めた。

「あの、課長」

「あ？」

再び腰を下ろした巌田課長に、尾島は膝に両手を置いて、深々と頭を下げた。

「申し訳ありませんでした」

「何がだ？」

「笹野さんが亡くなったのは、俺のせいです」

巌田課長は無言だった。尾島は静かに言葉を続けた。

「もっと周到に状況を分析し、用心に用心を重ねるべきでした。俺の迂闊《うかつ》な計画のせいで笹野さんが亡くなったんです。つまり、俺が笹野さんを殺したんです」

なおも巌田課長はしばらく無言だったが、やがて、ぼそりと低い声を発した。

「俺もこれまでに、可愛い部下を何人も殺してきたよ」

尾島は何も言えなかった。巌田課長は尾島の顔を見ながら続けた。

「そしてこれからも、何人も部下を殺すだろう。尾島、お前もな」

そう言うと巌田課長は立ち上がり、自分の席のほうへと歩き去った。


「碓氷さんが加わったところで、改めて今後の捜査方針を確認しておく」

碓氷の異動の挨拶が終わると、尾島、閑谷、碓氷の三人は四人掛けの打ち合わせスペースに移動し打ち合わせを開始した。

「人員は変わったが、俺たち特殊八係の任務は変わらない。背理犯罪の捜査、及び背理犯罪者の逮捕だ」

尾島は碓氷と閑谷を交互に見ながら喋り始めた。

「昨年末以来、俺たちは、中公会・王城竜介と東京都知事・中園薫子による、都知事選における殺人の捜査を進めてきた。中園の対立候補だった早見市朗と藪田政造が殺害され、巻き込まれた一般人数十名が死傷した事件だ。だが、この事件は、背理能力が解明されるまで超法規的措置によって事件化しないことが決定した。つまり塩漬けにせざるを得ない」

碓氷と閑谷も、無言のまま尾島の話に耳を傾けた。

「王城と中園を放っておくのは腸《はらわた》が煮えくり返る思いだが、一方で王城と中園は、我々が平在を逮捕した段階で、警察が自分たちを殺人容疑で捜査していることに勘付いた筈だ。だからこそ奴らは平在の口を塞いだ。しばらくは、警察の出方を見るために大人しくしているだろう。その間にやるべきことがある」

碓氷が意気込んで聞いた。

「何をやるんですか？」

「マル能・伊沢昌浩を、何としても逮捕する」

きっぱりと尾島は言った。ぎりっと歯を噛み締める音が聞こえた。

「運転手の平在を殺された今、王城と中園が殺人の共謀共同正犯であることを知る証人は、伊沢しかいない。来るべき逮捕の時を見据えて根拠を完全に揃える。それにマル能の伊沢を逮捕すれば、王城と中園はこれ以上の殺人を計画できまい。そして勿論、伊沢の逮捕は笹野さんの敵討ちでもある」

「でも、係長」

碓氷が困った顔で口を開いた。

「警察庁のお達しで、早見・藪田殺害は事件化できないんですよね？　平在と笹野さんは、どっちも自殺と発表されました。何の容疑で伊沢を逮捕するんです？」

するとと尾島は、首を横に振った。

「伊沢の容疑は早見・藪田殺人容疑でも、平在や笹野さんの殺人容疑でもありません。

久我山0号事案での強盗殺人容疑です」

「久我山、0号事案——」

碓氷が驚きの表情を浮かべた。尾島は頷いた。

「そうです。二十二年前、碓氷さんが高井戸署に配属された時に、笹野さんと共に臨場した、あの久我山での陰惨な殺人事件です。あの事件で仲間三人と滝川家に強盗に侵入し、滝川夫妻を殺害し、一人娘を暴行し、仲間三人も殺害して金品を独占し、一人だけ逃亡した男。それが伊沢昌浩だと俺は考えています」

その論拠として尾島は、伊沢が過去に行った窃盗未遂事件と、久我山0号事案の侵入の手口がほぼ同一であることを述べ、さらにこう付け加えた。

「そして、伊沢が久我山0号事案のホシであることを証明するためには、まず高山宙という人物を見つける必要があります」

碓氷が不思議そうに首を傾げた。

「高山？　それは誰ですか？」

「かつて俺が出会ったマル能の青年です。伊沢の子供である可能性が高い」

碓氷は大きく目を見開いた。

「じゃあ、その高山が、滝川毎水が産んだ、そらなんですね？」

碓氷によると笹野は、後輩の碓氷に対しても、そらは必ず生まれている、そらを発見してDNA型を鑑定すれば逃亡したマル能を特定できると、常々言っていたらしい。

　尾島は頷いて続けた。

「この高山は、俺が知る限りただ一人だけの、犯罪者体質ではないマル能です。彼の協力を得て、彼の能力について調べることができたら、背理能力の原理が解明できるかもしれない。そうすれば裁判でも背理犯罪の立証が可能になる。それに高山には、できれば今後の背理犯罪捜査に関する協力も求めたい」

　それは、監察医の大谷無常もまた希望していることだった。

「高山宙、ですか――」

　碓氷はその名前を記憶に刻み込むかのように、何度も小さく頷いた。

「それで、どうやって高山を見つけるんです？」

　閑谷が聞くと、尾島は自信ありげに答えた。

「今回もSSBCの並木の力を借りる。俺が高山を事情聴取した時の映像が、新宿署に残っている筈だ。この映像から高山の顔情報を抽出し、顔認証システムを使用して、街頭防犯カメラをはじめとする都内のカメラで網を張る。高山もまさか警察に追われているとは思ってないから、隠れようともしていないだろう。必ず引っ掛かる」

「もし、違ったら？」

　閑谷が遠慮がちに聞いた。

「仮に高山が見つかって、ＤＮＡ型鑑定をやって、高山と伊沢が親子じゃなかったら、どうなります？」

少し考えてから、尾島が答えた。

「そうだな。その場合に備えて、ＤＮＡ型データベースで伊沢のＤＮＡとの照合をやってみといたほうがいいかもしれん。ひょっとしたらそらもまた犯罪者になっていて、前科が付いているかもしれんからな」

「そらが、犯罪者に――」

閑谷は当惑の表情を見せた。それを見て尾島は、やはり閑谷は毎水とそらの親子に深く同情しているのだと思った。

「もし、伊沢と高山が親子だと判明して、伊沢が久我山０号事案のホンボシだとわかったとして」

今度は碓氷が言いにくそうに唇を舐め、そして続けた。

「伊沢を発見することはできるんでしょうか？　今でもＳＳＢＣの捜査官が必死に探しているのに、見つかってないんですよね？」

碓氷の懸念はもっともだと言うしかなかった。伊沢が平在を殺害して逃亡した後、今も伊沢の行方は摑めていないのだ。並木によると、原因は現場付近に街頭防犯カメラが一台もなかったことだった。

すぐ近くにある日本有数の繁華街・新宿区歌舞伎町《かぶきちょう》には、宿泊業、飲食サービス業の店舗が約千二百軒存在する。そのため、ドームカメラ四十六台、固定カメラ九台、計五十五台の街頭防犯カメラが設置してある。

だが、現場となった新宿六丁目の路地は、住宅とオフィスが入ったマンションや雑居ビルばかりで、飲食店はほとんど存在しない。つまり、歌舞伎町と違って街頭での事件はほとんどない。従って、個々のビルが設置している防犯カメラはあるものの、路上の監視のために設置された街頭防犯カメラは存在しなかったのだ。

「どうしても伊沢が発見できなければ、いよいよ最後の手段だ」

「最後の手段、とは？」

碓氷が聞いた。

「伊沢の逮捕状を請求して公開捜査に踏み切る。即ち、二十二年前の強盗殺人の容疑で特別手配とし、さらに懸賞首にする」

尾島がきっぱりと言った。

特別手配とは、正式名称は警察庁指定被疑者特別手配。「治安に重大な影響を及ぼし、または社会的に著しく危険性の強い凶悪または重要な犯罪の指名手配被疑者であって、その早期逮捕のため、特に全国的地域にわたって強力な組織的捜査を行う必要があると認められる者」に対して行われる。

懸賞首にするとは、二〇〇七年より開始された捜査特別報奨金制度を適用するという意味だ。有力な情報の提供者には、通常百万円から三百万円、最高で一千万円の懸賞金が支払われる。

「そこまでやれば、絶対に見つかります」

閑谷が上気した顔で大きく頷いた。

「これも笹野さんが、伊沢の映像とＤＮＡを遺してくれたお陰なんですね」

碓氷がぽつりと言った。

その碓氷に、尾島が聞いた。

「ところで碓氷さん。銃の腕に自信は？」

碓氷は頭を掻きながら答えた。

「いや、お恥ずかしいことに、銃の腕のほうはから、っ、き、し、でして――。でも、これから真面目に教習に参加して、上達したいと思います」

「そうして下さい。マル能の捜査においては、身の危険を感じた場合には躊躇なく銃を使用してもらいます。よろしいですね」

そして尾島は閑谷を見た。

「イチ。高山宙の捜索について、ＳＳＢＣの並木と至急打ち合わせしたい。並木に空けられる時間を聞いてくれ」

「わかりました！」

閑谷がスマートフォンを取り出し、ＳＮＳで連絡を取るために画面を指で叩き出した。それを見て尾島は、今度は碓氷に視線を移した。

「碓氷さん。新宿署の刑事課に、俺が高山の事情聴取をした時の映像を借りたいと打診してくれませんか」

「お任せを。あそこには四年ほどいましたんで。今の課長もよく知ってます」

碓氷はにっこりと笑って、机の上の電話機に手を伸ばした。

その時、尾島の頭に、ふいにある疑問が湧き上がった。

俺があの日、新宿のコインロッカーの前で、高山宙というマル能の青年に出会ったのは本当に偶然だったのだろうか――？

あの時俺は、三鷹での若い女性の不審死を捜査していた。そして、殺人事件の臭いを感じていたにも拘らず、結局犯人は見つからないまま、病死として処理しようとしていた。そして、高山に会って初めて背理能力の存在を知り、被害者の階下に住む大家・水田茂夫が背理能力者で殺人犯だと気が付いた。

だが、背理犯罪に初めて遭遇した一ヵ月後、背理能力者の高山に偶然出会うとは、あまりにもタイミングが良すぎないか？

もし高山が、俺に背理能力の存在を教えるために、わざわざ俺の前に現れたのだとしたら——？

しばらく無言で考えたのち、尾島は思わずふっと笑った。

まさか、そんなことがある筈がない。俺はあの日、たまたま新宿署に行ったあと、気が向いて新宿の雑踏を歩いていたのだ。俺があの日新宿にいることを知っていたのは、警察関係者だけだ。

それに、俺が高山に目を留めたのは、あいつがコインロッカーの扉を開けて立ち去るという不思議な行動を取ったからだ。そのコインロッカーには覚醒剤入りの鞄が入っていたが、あれは高山が入れた物じゃない。反社があのコインロッカーを覚醒剤の受け渡しに使っていたのだ。

そもそも高山は、どうして俺が三鷹で起きた背理犯罪を見過ごそうとしているのを知っていたというんだ？ そして何のために、俺に自分の正体を明かし、背理能力の存在を教えたというんだ？ 俺と高山は、それまで一度だって会ったこともないのに——。

「どうしました？ トウさん」

気が付くと閑谷が、不思議そうに尾島を見ていた。

「ああ、いや。何でもない」

そう答えて、尾島は作り笑いを浮かべた。

――そうとも。高山が自ら俺の前に現れたなんて、そんなことがある筈がない。気のせいに決まっている。尾島は頭の中の疑念を無理矢理追い払った。

「トウさん！」

閑谷が顔を上げて尾島を見た。

「並木さんから返事《レス》が来ました。今すぐ来てもＯＫだそうです！　他の予定は全部後回しにしてくれるって」

「係長！」

碓氷が受話器を置きながら、早口に言った。

「新宿署の刑事課ですが、高山の取り調べ映像を出してくれるそうです。今からサーバーに上げて、ダウンロード用のリンクを私宛に送ってくれるとのことです！」

閑谷と碓氷を順に見ると、尾島は大きく頷いて立ち上がった。

「イチ、それに碓氷さん。ＳＳＢＣは警察庁第二別館の四階だ。行くぞ！」

「はい！」

三人は上着と鞄を引っ掴むと、特殊八係の部屋のドアを駆け出て行った。

エピローグ　伝染

同じ頃――。

東京都文京区大塚にある東京都監察医務院。

監察医・大谷無常は、サブデスクの前で立ったまま背中を丸め、双眼鏡のような覗き口の付いた白い器械をじっと覗き込んでいた。病理検査用の高性能実体顕微鏡で、死体の組織を観察しているのだ。

数々の専門書がぎっしりと立てられた書棚の上には、チボリ・オーディオ社製のコンパクトな一体型システムが置かれていた。ウォールナットのケースに収められた左右のスピーカーからは、ＦＭ放送のクラシック音楽が静かに流れていた。

やがて音楽が終わり、ニュースの時間になった。バリトンの男性アナウンサーが、淡々とした事務的な口調でニュースを読み上げ始めた。

――中国湖北《こほく》省の都市・武漢《ぶかん》で増加している原因不明の肺炎について、ＷＨＯ・世界保健機関は「新型のコロナウイルスが原因であることが確認された」と発表しまし

た。「今のところ、大規模に感染が広がっている状況ではない」としながらも、「ヒトからヒトへ感染する可能性があるため、今後も注視していきたい」と慎重な姿勢を見せています。

大谷は顕微鏡から顔を上げ、ゆっくりとオーディオシステムに視線を移した。アナウンサーがニュースを読み上げる声は、なおもスピーカーから流れ続けた。

現在のところ、まだ日本国内ではこの新型コロナウイルスは確認されていませんが、政府のインバウンド政策によって、中国各地からの観光客は増加する一方であることから、政府内には今後を不安視する声も出ています――。

「まさか」

大谷が茫然と呟いた。眉根を寄せ、口をわずかに開いたその表情は、大谷がニュースを聞いて深い衝撃を受けたことを物語っていた。

「恐れていたことが、本当に起きてしまうとは――」

そう呟いた後、ふと大谷は、窓に目を遣った。

ずっと顕微鏡を覗き続けていて気が付かなかったが、外には粉雪が舞い始めていた。

大谷には、その灰色の空から落ちてくる可憐な白い雪が、平穏な時代の終わりを告げる不吉な使者のように思えてならなかった。

謝辞

本作の執筆にあたり、弁護士・錦野匡一氏に法律・裁判関係への貴重なご助言を頂きました。この場を借りて御礼を申し上げます。

なお、本作中に実際の法律の運用や裁判の進行と異なる描写がある場合には、その責任は全て筆者にあります。

二〇二一年六月　河合莞爾

本作品は書き下ろしです。
またこの物語はフィクションです。実在する
人物、団体等とは一切関係ありません。

中公文庫

カンブリアⅡ　傀儡《くぐつ》の章《しょう》
──警視庁《けいしちょう》「背理犯罪《はいりはんざい》」捜査係《そうさがかり》

2021年6月25日　初版発行

著　者　河合《かわい》　莞爾《かんじ》

発行者　松田　陽三

発行所　中央公論新社
〒100-8152　東京都千代田区大手町1-7-1
電話　販売 03-5299-1730　編集 03-5299-1890
URL http://www.chuko.co.jp/

DTP　平面惑星
印　刷　大日本印刷
製　本　大日本印刷

Published by CHUOKORON-SHINSHA, INC.
Printed in Japan　ISBN978-4-12-207077-6 C1193